grafit

Chemnitzer Str. 31, D-44139 Dortmund
Internet: http://www.grafit.de
E-Mail: info@grafit.de

Umschlagillustration: Peter Bucker
Druck und Bindearbeiten: Elsnerdruck GmbH, Berlin
ISBN 3-89425-267-7
2. 3. 4. 5. / 2004 2003 2002

Gabriella Wollenhaupt

Grappa und die acht Todsünden

Kriminalroman

grafit

Die Autorin

Gabriella Wollenhaupt, Jahrgang 1952, arbeitet als Fernsehredakteurin in Dortmund. Sie mag wilde Tiere, gutes Essen und schöne Männer.

Als Kriminalschriftstellerin debütierte sie im Frühjahr 1993 mit *Grappas Versuchung*. Es folgten *Grappas Treibjagd*, *Grappa macht Theater*, *Grappa dreht durch*, *Grappa fängt Feuer*, *Grappa und der Wolf*, *Killt Grappa!*, *Grappa und die Fantastischen Fünf*, *Grappa-Baby*, *Zu bunt für Grappa*, *Grappa und das große Rennen* und *Flieg, Grappa, flieg!*.

Die lebenden Sünder

Yunus Aydin	Sündenfälle sind sein Beruf
Big Mäç	seine Sünde ist das Nikotin
Elvira Bollhagen-Mergelteich	sehnt sich nach Sünde
Anton Brinkhoff	ist für Sünden anderer zuständig
Eberhard	kommt nicht zum Sündigen
Maria Grappa	sündigt gern mal
Pfarrer Heinrich Großmann	vergisst Sünder nicht
Michele Guardini	verfolgt Sünder
Peter Jansen	verhindert gedruckte Sünden
Georg Mahler	hat alle Sünden schon gelebt
Nikoll Mahler	zu blond, um zu sündigen?
Odysseus Odenski	verdient an Sünden
Kosmo Schmitz	möchte Sünden vergessen
Anneliese Scholz	versündigt sich an der Sprache

Die toten Sünder

GULA (Maßlosigkeit)	Johannes Schadewald, Reporter
SUPERBIA (Hochmut)	Dr. Hartmut Freudenreich, Diplompsychologe
INVIDIA (Neid)	Mandy Turner, Lehrerin
AVARICIA (Geiz)	Dr. jur. Botho Müller, Richter i. R.
ACCIDIA (Trägheit)	Schwester Barbara Odel, Ordensschwester
IRA (Wut)	Richard Borchert, Rentner
LUXURIA (Wollust)	Monika Keller, Hausfrau

Stets sah ich nur den Tod am Horizont
Im Jägermantel übern Acker schreiten,
Die braunen Rüden an der Leine leiten,
Die breite Stirn vom Abendrot besonnt.

Ich sah ein Kind ihn auf dem Arm im Mond
Auf einem weißen Pferd vorüberreiten,
Ich sah ihn still im Kahn vorübergleiten,
In dem ein junges Mädchen weinend wohnt.

Mein Weib und ich: wir lauschten früh der Mette,
Da riss die Türe jäh wie Spinngeweb.
Er hob mein Liebstes lächelnd aus dem Bette

Und sprach zu ihr: Mein goldner Vogel, schweb!
Ich schrie in Martern: Wo ist meine Stätte?
Er sprach: Sie ist erlöst. Du, büße! Leb!

Klabund, aus: *Totenklage*

Für E. S. – mit Dank für die Katerlaunen …

Abendmahlstimmung

»Mach dich auf was gefasst!«, sagte der Bluthund am Telefon. In seiner Stimme lag Anspannung und professionelle Gier nach der Sensation.

»Hab alles im Kasten, was ging. Aber so richtig konnte ich mich dem Tatort noch nicht nähern. Kannst du sofort kommen?«, setzte er nach.

Mach dich auf was gefasst! Das klang nach einer Sache, die härter war als das Übliche.

»Wo bist du?«, fragte ich matt. Der Anruf hatte mich aus dem Tiefschlaf gerissen.

»Ich bin an der alten Villa, du weißt schon.« Er nannte die Straße, die sich in einer besseren Bierstädter Gegend befand.

»Was ist passiert?«

»Da sind Leichen«, klärte mich Big Mäc auf. »Und zwar mehrere. Schwing die Hufe, Grappa, bevor die Bullen alles dichtmachen!«

Das klang überzeugend. Big Mäc war mein Kollege, Fotograf beim *Bierstädter Tageblatt,* der seinen Namen der Vorliebe für US-amerikanischen Schnellfraß verdankte.

»Okay. Ich beeil mich. Knips alles, was noch zappelt. Und das, was nicht mehr zappelt, erst recht!«

»Klare Sache, das.«

Ich wischte mir einmal kurz mit dem Waschlappen übers Gesicht, sprang in die Jeans, warf den Pullover über und stieg in die flachen Schuhe. Keine Zeit für Make-up, nachts waren eh alle Katzen grau.

Kühle Spätsommerluft schlug mir entgegen. Die Nacht war noch nicht ganz vorbei, im Osten schob sich aber schon eine helle Wand hinter den Wald mit seinen gezackten Spitzen. Die Uhr zeigte kurz vor fünf.

Die Villa in dem grünen, hügeligen Stück Bierstadt zwischen der südlichen City und der Spielbank hatte früher mal einen Landgasthof beherbergt und konnte heute für Festivitäten aller Art gemietet werden.

Den Weg kannte ich, war noch letzte Woche in der Gegend herumgekurvt, um mich mit dem Vorsitzenden eines Arbeitskreises gegen die Spielsucht zu treffen, der vor dem Glückstempel eine Demonstration hatte anzetteln wollen. Die Aktion war aber zu dilettantisch angelegt gewesen, um etwas bewirken zu können. Nur Mitleid hatte mich dazu gebracht, zwanzig Zeilen ins Blatt zu heben.

Ich ließ den Motor des Wagens aufheulen und zog ab. *Spielcasino* stand irgendwann auf den Hinweisschildern. Denen musste ich folgen.

Die Landstraße war fast leer, im Abblendlicht erkannte ich gerade noch rechtzeitig eine Kugel, die gemächlich die Fahrbahn überquerte. Ich zog den Wagen nach links, der Igel blieb am Leben.

Nach knapp zehn Minuten erreichte ich die Straße, in der die Landvilla lag. Ich peilte die Lage. Noch hatte die Polizei die Straße nicht abgesperrt.

Ich beschloss, meinen Wagen abzustellen und mich zu Fuß zu nähern. Das war unauffälliger. Mein schwarzes Cabrio war bekannt in der Stadt, vor allem bei den Vertretern der exekutiven Gewalt. Nicht selten hatten sie mich mit Hinweis auf das rot-weiße Absperrband gnadenlos nach hinten geschossen.

Einige Polizeikombis in der Ferne zeigten mir die Stelle, zu der ich wollte. Blaulicht gleißte stumm. Einen Moment lang dachte ich an mein weiches Bett und das Kopfkissen, das ich nachts zu bearbeiten pflegte, wenn kein männlicher Körper neben mir ruhte. Und das war in den letzten Monaten beklagenswerte Normalität.

»Da bist du ja«, empfing mich Big Mäc.

»Hi, Baby«, grüßte ich kurz. »Was weißt du?«

Der Fotograf kam rasch mit dem rüber, was bereits feststand: Ein anonymer Anrufer hatte beim Polizeinotruf angeklingelt und von mehreren Leichen in einem Haus berichtet. Eine Streifenwagenbesatzung war umgehend ausgerückt. Auf heftiges Läuten an der Haustür der Villa hatte es keine Reaktion gegeben. Die Beamten waren um das Haus und so in den Garten gelangt. Durch die Terrassentür habe man dann die Leichen gesehen, denn das Zimmer war hell erleuchtet.

»Die Bullen haben die Tür eingeschlagen«, berichtete Big Mäc, »und sind beinah umgekippt. Da kam nämlich Gas raus oder so was.«

»Hast du die Toten im Kasten?«, fragte ich.

»Nee, leider nicht. Als ich die Kamera heben wollte, haben die Bullen Stress gemacht. Aber einen Blick konnte ich drauf werfen.«

»Und?«

»Nicht schön, kann ich dir sagen, Grappa. Alle saßen um einen Tisch herum.«

»Einfach so?«

»Nee, der Tisch war gedeckt. Die müssen wohl vorher gegessen haben. Einige hatten die Köpfe zurückgelegt, manche waren halb vom Stuhl gerutscht, andere lagen mit dem Gesicht im Essen oder knapp daneben.«

»Wie viele sind es denn?«

»Ich hab sieben gezählt.«

»Wer bringt sieben Menschen mit Gas um und lädt sie vorher noch zum Essen ein?«, murmelte ich. »Ziemlich viel Aufwand.«

»Sagte ich doch, dass du dich auf was gefasst machen sollst!«

»Wer leitet die Ermittlungen?«

»Der dort hinten. Das ist der Staatsanwalt.«

Big Mäc deutete mit dem Kinn auf einen Yuppie-Typen. Smart, gut gekleidet, dominant. Das waren die schwierigsten Kandidaten. Hatten keine Ahnung, konnten kein Blut sehen, wollten ihren Kopf aber am nächsten Tag möglichst als Close-up im Blatt bewundern. Letzteres hielt sie immerhin davon ab, allzu unhöflich zu werden.

Ich pirschte mich an den Mann ran, hörte schon auf halbem Weg, wie der Jurist den alten Hasen von der Mordkommission Befehle erteilte.

»Sie leiten die Ermittlungen hier?«, fragte ich und hielt Yuppie meinen Presseausweis unter die Nase. »Mein Name ist Grappa. Wie der italienische Tresterschnaps. Kann ich Ihnen ein paar Fragen stellen?«

Der Staatsanwalt studierte das Papier in meiner Hand, ich konnte sein Parfum riechen. Es stammte nicht vom Grabbeltisch eines Drogeriemarktes.

»Ich komme gleich zu Ihnen, Frau Grappa«, kündigte Yuppie an. »Verstehen Sie bitte, dass ich mir erst selbst einen Überblick verschaffen möchte. Haben Sie etwas Geduld. Ich bin übrigens Oberstaatsanwalt Guardini.«

»Aber natürlich«, sagte ich. »Darf ich mich auf dem Gelände umsehen?«

»Sie wissen doch, dass die Spurensicherung zuerst ihre Arbeit erledigen muss. Fragen Sie die Beamten, wo Sie sich am Tatort aufhalten dürfen. Kann ich mich darauf verlassen?« Der Staatsanwalt lächelte mich an.

»Sicher«, meinte ich verblüfft. »Ich werde fragen.«

Ich schlenderte zu Big Mäc zurück. »Kennst du den näher?«, fragte ich mit Blick auf den Staatsanwalt. »Er heißt Guardini.«

»Ist mir noch nicht vor die Flinte gekommen«, antwortete der Fotograf.

»Gar nicht so übel, der Bursche. Scheint Verständnis für die Arbeit der Presse zu haben. Also, los! Ich brauch ein Bild von den Toten am Tisch.«

»Und wie soll ich das machen?« Big Mäc deutete auf Polizisten, die endlich das rot-weiße Absperrband um das Gelände zogen. Dahinter hatten sich Fernsehteams und ein paar Kollegen postiert.

»Wir sind immerhin schon hier drin«, versuchte ich den Fotografen aufzumuntern. »Und die da müssen draußen bleiben.«

Ich beobachtete, wie der Kameramann eines Privatsenders von den Polizeibeamten rüde zurückgedrängt wurde. Es kam zu einem heftigen Wortwechsel zwischen dem Filmer und den Grünröcken.

»Komm!«, befahl ich Big Mäc. Die Gelegenheit war günstig. »Wo geht's zur Terrasse?«

Der Fotograf trabte los, ich hinterher – mit einem Auge immer die Lage peilend. Ein flaues Gefühl zog in meinen Magen. Obwohl ich Polizeireporterin des *Bierstädter Tageblattes* war, beeindruckte mich der Anblick von Toten immer wieder. Es war nicht das Wissen um die Gewalt, die dieser Art des Sterbens meist vorausgegangen war, sondern diese unfassbare Stille, die von toten Körpern ausging – egal wie lebhaft, freundlich, laut, lebensfroh die Menschen gewesen sein mochten, als das Blut noch in ihren Adern floss und ihre Gehirne arbeiteten – sie befanden sich nun in einem Zustand beginnender Zersetzung.

Zum Glück hatte ich schrecklich zugerichtete oder verweste Körper noch nie ansehen müssen. ›Meine‹ Toten waren bisher relativ frisch gewesen, erschossen, erstochen, vergiftet, erwürgt. Meist tauchte ich ja nach der Polizei am Tatort auf, die Fotografen waren fast immer zuerst da, weil sie den Polizeifunk abhörten.

Der Garten lag an der Rückseite der Villa und war von der Straße aus nicht einzusehen. Die Spurensicherer waren gerade dabei, das Gelände zu durchkämmen. Zum Glück waren sie noch einiges von uns entfernt.

Um nicht allzu sehr aufzufallen, strichen wir eng an der Hauswand entlang. Wir umkurvten einige Blumenkübel mit Trockengemüse und standen bald auf der Terrasse. Das Zimmer war hell erleuchtet. Ich atmete tief ein, trat dicht zur Scheibe hin.

»Mein Gott!«, entfuhr es mir.

Sieben Menschen, drei Frauen und vier Männer, saßen an einem festlich gedeckten Tisch. Auf den Tellern aus weißem Porzellan waren noch die Reste von Speisen zu erkennen.

Alkohol hatte es auf jeden Fall gegeben, es befanden sich mehrere Weinkühler auf dem Tisch, aus denen Flaschenhälse ragten.

Big Mäc begann wortlos mit seiner Arbeit. Er hüpfte wie ein Kobold vor der eingeschlagenen Glastür hin und her, die Scherben klirrten unter seinen Schuhen. Es war das einzige Geräusch, das ich bewusst wahrnahm.

Der Fotograf jagte einen ganzen Film durch, nahm ihn aus der Kamera, gab ihn mir und legte sofort einen neuen ein.

Ich verstaute den Film in meiner Tasche. Wir arbeiteten immer so, bei Problemen mit der Staatsgewalt an einem Tatort wurden immer zuerst die Knipser gefilzt.

»Ich mach mal die Totale vom Haus«, kündigte Big Mäc an und tauchte in das Dunkel des Gartens ab.

Ich blieb allein zurück. Die Terrassentür war nur angelehnt. Ich versicherte mich, dass mich die Polizisten im Garten nicht sehen konnten, und überlegte. Nein, das konnte ich nicht machen. Und dann tat ich es doch.

Zögernd zog ich die Tür auf. Meine Hand hatte ich mit meiner Jacke umwickelt, um keine Fingerabdrücke zu hinterlassen.

Fast wäre ich über eine Orientbrücke gestolpert; ich konnte mich gerade noch an einer Gardine festhalten. Sie riss ab und einige Gardinenröllchen kullerten auf den Boden.

Es war so still im Raum, die Luft war stickig, die Situation unwirklich. Der Mörder hatte den Tod seiner Opfer theatralisch in Szene gesetzt. Mir war, als würden die sieben gleich aufstehen, sich verbeugen und lächelnd den Applaus eines Publikums entgegennehmen.

Mein Blick wanderte über die Körper, mein Hirn versuchte, sich möglichst viele Einzelheiten einzuprägen, meine Lippen begannen die Worte zu formen, mit denen ich die Lage hier später beschreiben würde.

Die Toten waren schwarz gekleidet, elegant und schlicht, so, als habe sie jemand in Uniformen gesteckt, die sie im Jenseits würden tragen müssen. Alle waren nicht mehr jung, hatten ein Leben gelebt, das sich in die Gesichter eingegraben hatte.

Big Mäc hatte von Gas gesprochen. Dann musste es sie alle etwa zur gleichen Zeit getroffen haben.

Nein, hatte es wohl doch nicht. Die Miene der toten Frau mit dem blonden Haar war friedlich, während der Mann neben ihr wohl sehr mit dem Tod hatte kämpfen müssen, die Züge waren verzerrt und die Zunge hing seitlich aus dem Mund.

Mein Blick fiel auf die Hand einer weiteren männlichen Leiche – sie hatte sich in die Tischdecke verkrallt und war erstarrt. Mich schauderte.

»Schöne Schweinerei«, hörte ich eine Stimme in meinem Rücken fluchen. »Was machen Sie hier, zum Teufel?«

Die Spurensicherer der Kripo waren angerückt und sie gehörten nicht eben zu meinen Freunden.

»Kein Problem, Jungs! Ich bin schon weg«, beeilte ich mich zu versichern.

»Nachdem Sie hier alles zertrampelt haben«, meinte Anton Brinkhoff.

Der Hauptkommissar war eine der Konstanten während meiner Arbeit der letzten Jahre. Er leitete die Mordkommission der Bierstädter Kripo, ich schrieb über seine Kunden, er erhielt Tipps von mir und manchmal fiel auch für mich eine kleine Info ab, die sonst kein anderer Journalist bekam.

Brinkhoff brauchte ich meine grundgesetzlich verankerte Pressefreiheit nicht immer wieder zu erklären, ich akzeptierte im Gegenzug seine Lizenz, mich notfalls von einem Tatort wegscheuchen zu dürfen. So waren wir immer gut miteinander klargekommen.

»Ich habe mir nur einen Eindruck von der Lage verschafft«, sagte ich. »Und Sie wissen doch, Herr Brinkhoff, wie vorsichtig ich immer bin.«

»Das sehe ich«, meinte der Kripomann trocken und deutete auf die abgerissene Gardine. »Die sah eben noch ganz anders aus!«

»Kleiner Unfall«, gab ich zu. »Tut mir echt Leid.«

»So, so«, entgegnete Brinkhoff. »Und? Welchen Eindruck haben Sie von der Lage?«

»Der Mörder ist ein fantasievoller Mensch und er hat sich viel Mühe gegeben. Mord als Kunstwerk, als szenische Darbietung.«

»Das klingt ja so, als würden Sie ihn bewundern.«

»Ich bewundere Profis immer«, gab ich zu. »Profis auf allen Gebieten.«

»Und den hier halten Sie für einen Profi?«, hakte der Hauptkommissar nach.

»Ja. Und er ist erst dann ein echter Künstler, wenn er sich nicht erwischen lässt.«

Frische Brötchen

Oberstaatsanwalt Guardini vertröstete die Journalisten auf den frühen Nachmittag – erst dann würde er sich einen Überblick verschafft haben. Egal. Es war sowieso zu spät, in der nächsten Ausgabe noch einen Artikel zu platzieren. In einer knappen Stunde würden die Zeitungsboten die druckfrischen Exemplare des *Bierstädter Tageblattes* in die Briefkästen der Abonnenten legen.

Ich hatte genug gesehen und machte mich auf den Nachhauseweg. Big Mäc war schon gestartet, wir würden uns in ein paar Stunden in der Redaktion treffen.

Unterwegs hielt ich vor einer Bäckerei, in der es die ersten frischen Brötchen und immer einen frisch gebrühten Kaffee gab. An Morgen wie diesem kehrte ich besonders gern hier ein.

»Moin, Frau Scholz«, sagte ich, als ich eingetreten war.

»Moin, Frau Grappa«, antwortete die Bäckersfrau.

»Wie isses?«, fragte ich.

»Muss«, meinte sie. »Und selbst?«

»Auch«, entgegnete ich.

»Was lag an?« Sie stellte mir einen heißen Kaffee hin.

»Sieben Tote«, sagte ich. »Im Süden.«

»Ach was! Unfall?«

»Eher nicht.«

»Gleich sieben auf einen Schlach?« Sie konnte es kaum glauben.

»Genau.«

»Schinken wie immer?«

Ich nickte. Die Bäckersfrau zog das Blech aus dem Ofen. Wärme und der Geruch von frischem Brot verbreiteten sich im Raum. Ich sog beides ein.

»Kein Unfall«, sinnierte sie. »Was dann?«

»Die sieben saßen beim Abendessen und …« Ich führte meinen Arm von links nach rechts quer über die Kehle.

»Die Kehlen durchgeschnitten?«, fragte Frau Scholz mit glänzenden Augen.

»Nee. Kein Messer im Spiel. Vermutlich Gas.«

»Is kein schöner Tod«, stellte sie fest. »Zuerst merkt man nichts, und wenn man's merkt, isses zu spät. Und tschüs.«

Sie stellte das Brötchen vor mich auf den Bistrotisch. Es war mit gekochtem Schinken und ein paar frisch aufgeschnittenen Gurkenscheiben belegt. Ich biss mit Lust hinein.

»Woher wissen Sie so was?«, kaute ich.

»Hab's mal gelesen«, antwortete sie. »In einem meiner Krimis. Der Mörder hat da auch Gas benutzt. Geruchlos.«

»Sie und Ihre Krimis«, lächelte ich. Sie hatte mir mal erzählt, dass sie alles an Literatur verschlang, was nur entfernt mit Gewalttaten zu tun hatte. »Das Leben ist anders. Nicht so wie in Ihren Büchern.«

»Ich weiß. Die meisten Menschen sind in Wirklichkeit noch schlimmer als in meinen Krimis.«

Ich gab es auf, sie von der Harmlosigkeit der Welt überzeugen zu wollen.

»Es gibt auch viele Arten schnell wirkender Gifte«, plapperte sie fröhlich weiter. »Auch welche, die keiner auf Anhieb findet. Indianisches Pfeilgift zum Beispiel. Kommt in die Blutbahn und löst sich sofort wieder auf. Nicht nachzuweisen. Oder Gifte, die in Backwaren versteckt sind.«

Irritiert beäugte ich mein Brötchen. Nein, sie hatte kein Motiv, mich umzubringen. Ich hatte meine Einkäufe immer sofort bezahlt und war auch stets freundlich zu ihr gewesen.

»Weiß man schon, wer's war?«

»Nein. Die Ermittlungen haben gerade erst begonnen.«

»Sie werden's bestimmt rauskriegen, Frau Grappa«, meinte Frau Schulz und klopfte mir aufmunternd auf die Schulter. »Wenn jemand, dann Sie.«

»Vielen Dank für das Vertrauen«, murmelte ich. »Können Sie mir noch zwei frische Brötchen einpacken? Für zu Hause.«

Blonde Überraschung

Nach kurzem, tiefem Schlaf betrat ich gegen elf Uhr morgens die Redaktionsräume des *Bierstädter Tageblattes.* Ich hatte mir die Konferenz um zehn Uhr geschenkt – immerhin war ich nachts auf den Beinen gewesen. Mein Chef Peter Jansen wusste Bescheid, dass ich den mysteriösen Mordfall bearbeiten würde – ich hatte ihm eine kurze Mitteilung auf die Mailbox seines Handys gesprochen.

Von der Redaktionssekretärin erfuhr ich, dass die Staatsanwaltschaft um 14 Uhr zu einer Pressekonferenz eingeladen hatte.

»Hallo, ihr Lieben«, begrüßte ich die Kollegen im Großraumbüro. Ich blickte mich um. »Wo ist Jansen?«

»In der Kantine. Zweites Frühstück«, flötete Kosmo, der schnuckelige Redaktionsbote. »Wie geht's dir, Grappa, meine Schöne?«

»Wenn ich dich sehe, Süßer, schnappen meine Hormone nach Luft«, revanchierte ich mich.

»Hier ist Post für dich«, säuselte er, »steht groß und fett *persönlich* drauf. Soll ich's für dich aufmachen, *bellezza*?«

»Schaff ich schon selbst.«

Brav reichte mir Kosmo einen Umschlag. »Muss jetzt meine Runde drehen«, kündigte er an und setzte seinen göttlichen Körper in Bewegung. »Bis dann!«

Verträumt blickte ich ihm nach und jäh wurde mir wieder mal bewusst, wie einsam ich doch war. Statt meine Zeit nächtens an der Seite warmer Männerkörper zu verbringen, schlug ich sie in Gesellschaft von sieben kalten Leichen tot.

Ich bewegte mich in Richtung meiner Einzelzelle. Auf dem Weg dorthin betrachtete ich den Umschlag in meiner Hand.

Nichts Außergewöhnliches: Format DIN A5, mit Schreibmaschine adressiert, der Absender fehlte, das Wort *persönlich* war mit der Hand unterstrichen.

In meinem Büro angekommen, öffnete ich das Kuvert.

Es enthielt ein Schwarzweißfoto. Das Bild zeigte einen Mann, der auf einem Stuhl saß, von nahem fotografiert, denn das Gesicht war gut zu erkennen. Schütteres, längeres Haar, das in Strähnen bis auf die Schultern hing, der Kopf war nach hinten geneigt, die Augen halb geschlossen, der Mund leicht geöffnet, die Zunge hing seitlich zwischen den Lippen herunter, wie ein dickes Blatt Löschpapier.

»Das ist ja …«, murmelte ich.

Ja, das war einer der Toten in der Villa, in der ich vergangene Nacht gewesen war, und zwar nicht mit einem Teleobjektiv herangezoomt, sonst wäre das Foto grobkörniger geworden. Der Fotograf musste direkt vor dem Toten gestanden haben.

Quer über dem Gesicht des Mannes stand etwas geschrieben: *GULA*.

GULA?

Ich drehte das Bild um und las:

Zum Herrn rief ich in meiner Not, und er erhörte mich. Herr, rette meine Seele vor Lügenlippen, vor falscher Zunge. Was wird er dir geben? Was dir hinzufügen, du falsche Zunge? Scharfe Pfeile eines Starken samt glühenden Ginsterkohlen.

Wollte sich jemand einen Scherz mit mir erlauben? Nein, schoss es mir durch den Kopf, das war kein Scherz, sondern ein Hinweis. Und der konnte nur vom Mörder selbst stammen.

Ich las den Text noch einmal durch. Die Worte muteten religiös an, der angesprochene Herr konnte nur Gott sein. Dieser Gott wurde von jemandem angerufen. Vielleicht vom Opfer?

Lügenlippen, falsche Zunge, scharfe Pfeile – das klang nach dem, was das Strafrecht heute als üble Nachrede bezeichnete.

Jemand beklagte sich bei Gott darüber, dass er verleumdet worden war.

Und was bedeutete GULA?

Der kleine Langenscheidt für die wenigen lateinischen Momente in meinem Leben lag griffbereit in meinem Bücherschrank.

Da hatte ich es. GULA – das hieß »Kehle«, »Speiseröhre« und »Schlund«. Das brachte mich nicht weiter.

Ich gab das Wort in eine Suchmaschine im Internet ein und erfuhr, dass GULA eine der sieben christlichen Todsünden war und mit »Völlerei«, »Maßlosigkeit« und »Unmäßigkeit« übersetzt wurde.

Wer hatte mir das Foto zugesandt? Eine müßige Frage. Und warum hatte er es getan? Auf diese Frage würde ich eine Antwort finden!

Ich steckte das Bild in den Umschlag zurück und dachte nach. Was hatte der Mann auf dem Foto angerichtet, um der Todsünde der Maßlosigkeit bezichtigt zu werden, denn nichts anderes konnten Bild und Wort bedeuten?

In mein Grübeln platzte ein Klopfen und dann stand mein Chef Peter Jansen in der Tür. Er war nicht allein. Hinter ihm versteckte sich eine junge Frau.

»Morgen, Grappa!«, begrüßte mich Jansen – forscher als sonst.

»Hallo, Peter«, entgegnete ich. »Ich wollte gerade zu dir ... mir ist vielleicht ein Ding passiert ...«

»Kannst du mir später erzählen«, unterbrach er mich. »Das hier ...«, er schob die junge Frau vor sich, »... ist Frau Mahler. Ab heute Hospitantin.«

»Hallo«, sagte ich lahm und musterte die Maus. Quietschblond, höchstens Mitte zwanzig, hellblauer Lidschatten, verträumter Blick, aufgeworfene hellrosa Lippen und große Ohren – eine Art fleischgewordenes Spindgirl aus den frühen Siebzigern.

»Und?«, fragte ich. Mir schwante, dass es mit der braven Vorstellungsrunde noch nicht getan war.

»Du bist doch die Ausbildungsbeauftragte unserer Zeitung«, sagte Jansen und grinste. »Und da dachte ich, dass du ...«

»Was bin ich?«, fragte ich wie vom Donner gerührt.

»Unsere Ausbildungsbeauftragte.«

»Und du bist das größte Lügenmaul, das mir je begegnet ist ...«

»Ich habe dich gerade dazu ernannt«, freute sich mein Chef. »Du kümmerst dich doch gern und immer so aufopfernd um den journalistischen Nachwuchs.«

»Ja«, gab ich zu. »Aber nur wenn er männlich, dunkelhaarig, clever und charmant ist.«

»Frau Mahler, lassen Sie Frau Grappa und mich doch bitte einen Moment allein«, bat Jansen Blondie, »und warten Sie in meinem Vorzimmer auf mich.«

Die Blondine machte einen Schmollmund, musterte mich missbilligend und stiefelte ab. Ich sah ihr nach, sie wackelte mit dem Hintern, wie es ihrer grellen Haarfarbe entsprach.

Jansen schloss die Tür.

»Willst du mich veräppeln?«, blaffte ich ihn an. »Wo hast du die denn aufgegabelt? In einer Pommesbude?«

»Na ja«, räumte er ein. »Sie ist ein bisschen grell. Könnte

weniger Farbe vertragen, die Kleine. Aber sie hat es sich nun mal in den Kopf gesetzt, Journalistin zu werden.«

»Und? Was kann ich dafür?«

»Grappa-Baby!« Er legte sein Flehen in die Augen. »Irgendeiner muss es doch machen.«

»Irgendeiner ja«, stimmte ich ihm zu. »Aber bestimmt nicht ich!«

»Wie oft hab ich dir schon aus der Patsche geholfen!«, erinnerte er mich. »Und jetzt, wo ich dich mal brauche ...«

»Gib sie doch der Kulturtante. Die Bollhagen-Mergelteich freut sich über jeden, den sie zu einem Konzert mitschleppen kann. Oder auf eine dieser beknackten Matineen.«

»Frau Mahler will aber Polizeireporterin werden«, erklärte Jansen. »Genau wie du. Du bist ihr großes Vorbild. Und ihr Onkel ist ein Schulfreund des Schulfreundes der Schwester des Verlegers. Oder so ähnlich.«

»Ach, daher weht der Wind!« Jetzt verstand ich. »Und ich bin ihr Vorbild? Bestimmt nicht, was den Intellekt und die Haarfarbe betrifft. Sag mir, womit ich so was verdient hab!«

»Grappa! Schlepp sie einfach mit. Unterhalten brauchst du dich ja nicht mit ihr. Außerdem – so blöd ist sie auch wieder nicht.«

»Mit diesem Vogel im Schlepptau ist jede verdeckte Recherche gleich im Eimer«, ereiferte ich mich. »Mit dem grellen Blond und den Riesenmöpsen! Da erinnert man sich doch noch Jahrhunderte später dran. Gib sie Big Mäc mit, der kann ihr zeigen, wie man eine Kamera hält und sich am Tatort danebenbenimmt.«

»Grappa, jetzt hör endlich auf! Big Mäc kriegt einen Herzkasper, wenn die Mahler neben ihm sitzt! Die Einzige, die in der Redaktion blondinenresistent ist, bist du!«

»Allerdings! Hat sie überhaupt schon journalistische Erfahrung?«

»Ja, klar. Darauf legt unser Verlag doch Wert, wenn er Hospitanten einstellt.«

»Und welche Erfahrungen wären das?«

Peter Jansen druckste. »Sie war bei einem Privatsender.«

»Als was? Nummerngirl? Oder als Bedienung in der Kantine?«

»Sie hat das Wetter angesagt. Bei SAT.1 im Regionalmagazin.«

»Wetterfrosch? Und wer, zum Teufel, hat ihr die Flausen in den Kopf gesetzt, dass sie Journalistin werden muss?«

»Keine Ahnung. Ich hab sie mal bei der Wetteransage gesehen«, bekannte Jansen. »Hat mir gut gefallen. Sie kam optisch gut rüber, ja ehrlich. Hatte allerdings ziemlich wenig an.«

»Überzeugende Argumente!«, höhnte ich.

»Ich finde sie wirklich ganz niedlich.«

»Das hab ich begriffen.«

»Grappa! Gib deinem Herzen einen Stoß! Du kannst sie ja mit niederen Aufgaben betreuen – schick sie meinetwegen deine Mandelhörnchen holen.«

»Glaubst du, sie findet den Weg in die Bäckerei?«

»Wenn du ihr eine Zeichnung machst – bestimmt.«

»Was krieg ich dafür?«, fragte ich.

»Du willst einen Deal?«

»Ja. Ich will den Fall von gestern Nacht. Und zwar so lange, bis er gelöst ist. Freie Hand bei der Arbeit und du stärkst mir den Rücken, wenn's brenzlig wird. Okay?«

»Hab ich dir jemals eine Bitte abgeschlagen, Grappa-Baby?«

»Einverstanden?«

»Klar. Und du kümmerst dich dafür um sie?«

»Hast du kümmern gesagt?«

Ein alter Bekannter

Nach dem Schlagabtausch über Blondie informierte ich Peter Jansen über die Ereignisse der vergangenen Nacht und über die merkwürdige Post, die ich erhalten hatte. Mein Chef warf einen Blick auf das Foto und stutzte.

»Den kenne ich! Das ist doch ... Schadewald! Johannes Schadewald. Ja, kein Zweifel, das ist er!«

»Schadewald? Wer ist das?«

»Ein ehemaliger Kollege«, antwortete Jansen. »Falls man so jemanden als Kollegen bezeichnen will. Ist aber schon lange aus dem Geschäft.«

»Und? Das klingt nicht sehr freundlich. Was war das für ein Typ?«

»So eine Art Schmuddelreporter. Hat hauptsächlich fotografiert. Schadewald hatte absolut keine Skrupel. Je blutiger der Einsatz, umso besser. Er hat mit jedem Trick der Welt gearbeitet, um an Infos ranzukommen ... war echt hart drauf.«

»Und warum hat er den Job hingeschmissen?«

»Hat er nicht«, erinnerte sich Jansen. »Vor etwa zwanzig Jahren, da haben die Zeitungen im Lande, die noch was auf sich hielten, beschlossen, Schadewald zu ignorieren, ihm keine Fotos und Storys mehr abzunehmen. Er hatte es einfach übertrieben.«

»Was heißt das – übertrieben?«

»Es gab immer Theater. Er war so geil auf Blut- und Spermageschichten, dass er begann, sie selbst zu inszenieren, um sie dann zu verkaufen. Er hat Leute sogar angestiftet, Straftaten zu begehen, um als Erster die Story zu haben. Ein mieser Kerl.«

Ich überlegte. Wie kam dieser abgehalfterte Typ zu der ›Ehre‹, bei einem exklusiven Essen hingerichtet zu werden? Ich gab die Frage an Jansen weiter.

»Keinen blassen Schimmer! Schadewald war lange von der Bildfläche verschwunden. Völlig abgetaucht.«

»Und GULA? Eine der Todsünden, Völlerei, Maßlosigkeit? Kannst du dir darauf einen Reim machen?«

»Das passt zu ihm. Irgendwie war er maßlos ... in seiner Arbeit und in seiner Gier nach Geschichten ...«, murmelte Jansen. »Auch der Text passt.«

Er griff nach dem Foto und zitierte: *»Herr, rette meine*

Seele vor Lügenlippen, vor falscher Zunge. Was wird er dir geben? Was dir hinzufügen, du falsche Zunge? Scharfe Pfeile eines Starken samt glühenden Ginsterkohlen. Wahnsinn! Der Mörder muss Schadewald gut gekannt haben.«

»Hört sich nach später Rache an«, stellte ich fest. »Gibt's was von Schadewald im Archiv?«

»Bestimmt. Musst du aber in den Keller gehen. Die Sachen von vor zwanzig Jahren gibt's noch nicht auf Mikrofilm.«

»Auch das noch«, stöhnte ich. Doch dann kam mir eine Idee. »Das kann ja Blondie machen. Lernt sie gleich mal, was Archivarbeit und Recherche ist. Kann sie lesen?«

»Mir ist nichts Gegenteiliges bekannt«, erwiderte Jansen.

»Hoffentlich bricht sie sich nicht die Fingernägel beim Umblättern ab.«

»Du bist ein verdammtes Biest, Grappa«, grinste Jansen. »Musst du sie gleich in den Keller jagen?«

»Hast du Zweifel an meinen pädagogischen Fähigkeiten?«, fragte ich mit milder Stimme. »Ich bin doch wohl nicht ohne Grund die Ausbildungsbeauftragte unserer Zeitung?«

Als ich wieder allein war, loggte ich mich erneut ins Internet ein. In eine Suchmaschine gab ich die Worte *Lügenlippen* und *falsche Zunge* ein und wartete. Der ›Auswurf‹ kam prompt: Der Mörder hatte einen christlichen Psalm zitiert, und zwar den 120.

Fast null Infos

Es wurde Zeit, mich mit meinen Aufgaben als Ausbildungsbeauftragte zu befassen. Deshalb beschloss ich, Frau Mahler zu fragen, ob sie mit mir und dem Fotografen Big Mäc die Pressekonferenz der Staatsanwaltschaft besuchen wolle. Anschließend würde ich sie in den Keller schicken.

Blondie strahlte mich an, mit so viel spontaner Freundlichkeit hatte sie nach unserem ersten Zusammentreffen wohl nicht gerechnet. Und sie bot mir an, sie Nikoll zu nennen.

Ich akzeptierte gerührt und schlug ihr vor, mich doch einfach mit »Frau Grappa« anzureden. Mein Entgegenkommen machte sie für eine Weile stumm.

Big Mäc hatte unserem Austausch von Nettigkeiten aufmerksam gelauscht. Wir waren auf dem Weg zum Justizgebäude, hockten im Dienstwagen des Verlages und kämpften uns durch den Verkehr.

Big Mäc saß am Steuer, ich neben ihm, Nikoll hatte ich auf die Rückbank verbannt, denn ihr Rock taugte nicht dafür, die Blicke des Fotografen auf den Straßenverkehr zu konzentrieren.

Der Weg war nicht weit. Als Nikoll aus dem Auto stieg, bekam Big Mäc Stielaugen. In der Tat: Die Art, wie sie ihre langen Beine mit dem kurzen engen Rock und den Ausstiegsbewegungen koordinierte, hatte was.

Big Mäc, der schon wieder qualmte, brach vor lauter Andacht seinen Brennstab in der Mitte durch.

»Bleib ganz cool, Süßer«, raunte ich ihm zu. »Ich soll sie ausbilden ... nicht du. Also halte dich zurück.«

»Darf ich auch Fragen stellen?«, wandte sich Blondie an mich. Sie tat, als habe sie den Schlagabtausch zwischen Big Mäc und mir nicht gehört.

»Na ja«, meinte ich. »Wir wollen es nicht gleich übertreiben am ersten Tag. Hören Sie gut zu, schreiben Sie mit, machen Sie einen guten Eindruck. Das reicht für heute, Frau Mahler.«

»Nikoll«, sagte sie.

»Okay, Nikoll. Und jetzt los! Mal gucken, was der Guardini auf der Pfanne hat.«

Wir waren rechtzeitig da, um noch einen guten Platz zu kriegen. Kamerateams hatten ihre Lampen und Stative bereits aufgebaut, Radioreporter ihre Rekorder eingestellt, und vor dem Platz, an dem traditionell der ermittelnde Staatsanwalt sitzen würde, standen mindestens fünfzehn Mikrofone.

Alle Privatsender waren vertreten, die Öffentlich-Rechtlichen, die Boulevard-Blätter und die Zeitschriften, die über spektakuläre Kapitalverbrechen bunt und ganzseitig berichteten. In Bierstadt schlug wieder einmal das Herz der Boulevardpresse hoch.

Big Mäc und Nikoll setzten sich rechts und links neben mich. Blondie hatte einiges Aufsehen erregt, sie war neu in der Garde der Kollegen, die sich alle untereinander kannten. Männer wie Frauen taxierten sie unverhohlen, die Männer natürlich aus anderen Gründen als die Frauen.

Blondie nahm es gelassen hin. Sie lächelte jeden freundlich an. Die hat nicht nur quietschblondes Haar, sondern auch das dazu passende Gemüt, dachte ich.

Ihre Majestät erschien: Oberstaatsanwalt Guardini rauschte in den Raum, flankiert von Hauptkommissar Anton Brinkhoff und einem weiteren Kripomann.

»Guten Tag, meine Damen und Herren«, begann Guardini. »Wir wollen gleich zur Sache kommen, denn die Zeit drängt. Bekanntlich sind die ersten vierundzwanzig Stunden nach einem Kapitalverbrechen die wichtigsten für die Ermittlungen nach dem oder den Tätern. Lassen Sie uns also beginnen. Herr Brinkhoff, bitte!«

Es war ungewöhnlich, dass ein Staatsanwalt den Leiter der Kripo sofort zu Wort kommen ließ, andere taten gewöhnlich so, als seien alle Ergebnisse auf ihrem Mist gewachsen. Es sprach für Yuppie, er schien keine Probleme mit seinem Ego zu haben.

Brinkhoff schilderte die Ereignisse der vergangenen Nacht aus der Sicht der Polizei. Sieben Menschen, deren Namen man kenne, aber nicht nennen wolle, seien einem offensichtlich gut geplanten und raffiniert inszenierten Mord zum Opfer gefallen.

»Die Villa wurde von einer so genannten Event-Agentur für Veranstaltungen an Privatkunden vermietet. Meist handelte es sich dabei um Firmenjubiläen, Hochzeiten, Taufen oder Geburtstage. So war es auch an diesem Wochenende.

Die Agentur hatte das Haus für zwei Tage vermietet.« Brinkhoff machte eine Pause.

»Sie wollen jetzt natürlich wissen, an wen und ob derjenige der Mörder sein kann«, übernahm Guardini das Wort. »Aber so einfach liegt die Sache nicht. Der Mörder hat die Sache wohl über einen Strohmann abgewickelt.«

Ein Raunen ging durch die Journalistenschar. »Haben Sie diesen Strohmann schon ermittelt?«, fragte der Kollege von der Bild-Zeitung.

»Nein, wir suchen noch nach ihm«, meinte Guardini.

»Dann sagen Sie uns doch den Namen der Agentur!«, mischte ich mich ein.

»Auch das, Frau Grappa, geht aus ermittlungstechnischen Gründen zurzeit nicht. Wir stehen ganz am Anfang.«

»Wie heißen die Toten – wer sind die Leute?«, fragte ein Radioreporter.

»Wir werden die Namen nicht bekannt geben«, wiederholte der Oberstaatsanwalt.

»Wer hat die Leute eingeladen?«

»Wie sind sie ums Leben gekommen?«

»Ist es wirklich Gas gewesen, so wie erzählt wird?«

Fragen über Fragen prasselten auf Guardini nieder. Doch der ließ sich nicht beeindrucken, verwies auf die laufenden Untersuchungen und die noch nicht abgeschlossenen Obduktionen. Dann beendete er die Pressekonferenz.

Murrend schob sich die Journalistenschar über den Flur zum Ausgang.

»War ja eine Nullnummer das Ganze. Schöner Mist, das!«, meinte Big Mäc.

»Für uns nicht, Süßer!«, meinte ich lächelnd.

»Wieso?«, fragte der Fotograf verständnislos.

»Ich kenne den Namen eines der Toten – und genau da setzen wir an.«

»Was sagst du?«

»Du hast richtig gehört.«

Und zu Blondie sagte ich: »Sie können mir helfen, Nikoll.«

»Klasse!«, sagte sie und strahlte übers ganze Gesicht. »Danke, Frau Grappa! Ich werde mein Bestes geben und Sie nicht enttäuschen.«

Big Mäc schaute mich schräg an und grinste fett.

Blondie im Keller

Nikoll verschwand im Keller des Verlagshauses, um die Zeitungsbände nach den Schandtaten des Schmuddelreporters Johannes Schadewald zu durchsuchen, ich setzte mich an meinen PC und gab den Namen *Schadewald* in eine Suchmaschine und ins Telefonbuch ein, nach ein paar Minuten wurde ich fündig: Johannes Schadewald hatte in einem kleinen Ort in der Nähe von Bierstadt gelebt. Vielleicht allein, vielleicht aber auch nicht. Dass niemand den Hörer abhob, musste nicht unbedingt auf einen solo lebenden Menschen hindeuten. Vielleicht saß seine Frau in einer Eckkneipe und hob einen auf seinen Tod.

»Komm, Bruder«, sagte ich zu Big Mäc, »lass uns los.«

»Und Nikoll?«, fragte er.

»Die bleibt im Keller«, kündigte ich an. »Und zwar so lange, bis sie was Brauchbares gefunden hat. Also, schwing die Hufe!«

Die Autobahn brachte uns rasch zu dem Kaff am Rand des so genannten Reviers, wo es kaum noch Kohle und Stahl gab, dafür aber viel High Tech, denkmalgeschützte Fördertürme, fragwürdige Arbeitsbeschaffungsmaßnahmen und jede Menge Hoffnungen auf eine Zukunft im Zeichen des selig machenden Strukturwandels.

Schadewalds Hütte sah aus wie ein Bindeglied zwischen alt und neu. Das huckelige Zechenhäuschen wurde von einer riesigen Satellitenschüssel gekrönt, die mindestens 40 TV-Programme für einsame Stunden zwischen Schrankwand und Klubgarnitur pusten konnte.

Big Mäc knipste die Bude von außen, mir fiel spontan die

Bildunterzeile ein: *Johannes Schadewald verließ dieses gemütliche Heim, um nie wieder zurückzukehren …*

Aber so viel Schmalz war vielleicht doch nicht angebracht. *Hier fristete Johannes Schadewald sein bescheidenes Dasein, bevor er seinem Mörder in die Hände fiel …* Schon besser.

Ich trat zur Tür und klingelte. Nichts rührte sich. Ich blickte mich um. Es waren zwar Häuser in der Nähe, doch niemand schaute zum Fenster heraus, zumindest nicht so, dass es zu sehen war.

Na gut, die Nachbarn mussten trotzdem herhalten. Hier kannte bestimmt jeder jeden und wusste besser über ihn Bescheid als er selbst.

Entschlossen steuerte ich das Haus gegenüber an, betätigte eine der Klingeln, hatte Glück. Die Tür wurde aufgedrückt, eine ältere Frau schlurfte mir über eine kleine Treppe entgegen.

»Hallo«, sagte ich forsch. »Ich will zu Herrn Schadewald von gegenüber. Scheint aber nicht da zu sein. Wissen Sie, wo er sein könnte?«

»Verreist isser.«

»Und wohin?«

»Hat er nicht gesacht. Beruflich. Was wollen Sie denn von dem?«

»Ich bin von der Zeitung«, sagte ich. »Kenne ihn von früher, wollte mal gucken, was er so macht. Vielleicht ihm einen Job verschaffen.«

»Den hatte er doch schon.«

»Wieso?«

»Deshalb isser doch wech.«

»Ach so. Und was war das für ein Job?«

»Zeitung eben. Wollte sich mit Leuten treffen.«

»Hat er gesagt, mit wem?«

»Nee.« Jetzt guckte die alte Frau misstrauisch. »Fragen Sie ihn das doch selbst.«

»Würde ich ja gern«, lächelte ich. »Aber er ist ja nicht da. Hat er allein gelebt?«

»Sicher. Wer hätte es schon ausgehalten mit dem?«

Dazu fiel mir nichts mehr ein. Ich bedankte mich und ging zurück zu Big Mäc.

»Schadewald hat eine Katze«, sagte der Fotograf. »Schönes Tier, das.«

»Und? Warum erzählst du mir das?«

»Sie lief erst über die Straße, so 'ne schwarze mit Flohhalsband. Dann ist sie hinters Haus gelaufen. Und guck mal, wo sie jetzt ist.«

Big Mäc deutete auf das kleine Fenster von Schadewalds Haus, das sich direkt neben der Eingangstür befand. Dort saß eine schwarze Katze, die uns mit grünen Augen ansah.

»Das bedeutet ja …«, sagte ich.

»Genau«, feixte Big Mäc. »Da muss es eine offene Tür geben.«

»Süßer, du bist ein Genie!«

Kater mit Familienanschluss

Na ja, es reichte scharf an Hausfriedensbruch heran, aber egal. Der Zweck heiligt die Mittel – diesen Satz hatte ich schließlich nicht erfunden, er war seit Jahrhunderten gültig und dafür konnte ich nichts.

Big Mäc blieb draußen im Garten, um mich zu warnen, falls Entdeckung drohte.

Zuerst kam mir die Katze entgegen und maunzte jämmerlich. Klar, sie hatte nichts mehr zu fressen gekriegt, seitdem ihr Herrchen so unschön den Löffel abgegeben hatte.

Ich ging auf einen Tisch zu und sah mir die Papiere an, die darauf lagen. Unbezahlte Rechnungen, Mahnungen – Schadewald schien nicht auf Rosen gebettet gewesen zu sein. Von GULA keine Spur, noch nicht einmal ansatzweise. Der Mörder hätte ihm eher PAUPERTAS – die Armut – zuordnen sollen, dachte ich, doch die war keine Todsünde, sondern nur Schicksal.

Plötzlich fiel mir ein Briefkopf ins Auge. *Agentur Odysseus Odenski* las ich und: *Künstler- und Eventvermittlung.*

Herzlichen Glückwunsch – Sie haben gewonnen!
Im Namen der Tourismusförderung für das nördliche Ruhrgebiet möchten wir Sie gern zu einem Wellness-Wochenende in angenehmer und luxuriöser Atmosphäre einladen. Unsere Agentur wird sich mit Ihnen in Verbindung setzen, um die Einzelheiten abzuklären! Wir versprechen Ihnen zwei entspannende Tage, die Sie nicht vergessen werden: Unsere erfahrenen und attraktiven Event-Assistentinnen werden dafür sorgen, dass es Ihnen an nichts mangelt.

Unterzeichnet war der Brief mit *Odysseus Odenski.* Der Ort und das im Brief angegebene Datum für das Event stimmten exakt mit dem Mordtag überein.

Ich hatte die erste brauchbare Spur in diesem Fall! Der Brief landete in meiner Handtasche. So was galt eindeutig als Unterschlagung von Beweismaterial, doch warum sollte ich ausgerechnet heute schwächeln?

Ich sah mich kurz in den anderen Zimmern des Hauses um, konnte aber nichts Interessantes mehr entdecken. Überall blickte mir nur die Anmutung von Schäbigkeit und Verfall entgegen.

Auf dem Weg zur Tür setzte sich die Katze in meinen Weg und schaute mich so durchdringend an, wie nur Katzen gucken können. Als ich weitergehen wollte, legte das Tier den Kopf an meine Beine und schnurrte.

»Was willst du?«, fragte ich.

Jetzt spürte ich zarte Bisse an meinen Fesseln. Mir lief ein Schauer den Rücken herunter, das schlaue Biest hatte eine meiner erogenen Zonen entdeckt.

»Lass das!«, grollte ich.

Tatsächlich stoppte das schwarze Tier seine Attacke. Es saß wieder vor mir, mit diesem unfassbar naiven, klaren

Katzenblick. Ich bückte mich, nahm die Katze auf den Arm und bemerkte, dass ›sie‹ ein unkastrierter Kater war. Auch das noch.

Er schmiegte sich an mich und bettelte vermutlich um eine Mahlzeit.

»Wo soll ich jetzt was zu essen für dich hernehmen?«, fragte ich.

Ich ging in Schadewalds Küche, der Futternapf war leer, das Wasser ausgetrunken.

»Soll ich dich mitnehmen?«, fragte ich den Kater.

Er sah mich wieder mit einem jener Blicke an, denen zu widerstehen ich nicht in der Lage war.

»Heißt das ja? Oder nein?«

Der Kater blinzelte und schnurrte weiter.

»Also, gut! Aber glaub bloß nicht, dass du bei mir im Wunderland bist«, warnte ich. »Mit unkastrierten Männchen bin ich noch nie wirklich klar gekommen.«

Als ich mit dem Tier bei Big Mäc aufkreuzte, grinste der.

»Oh, Grappa«, lachte er. »Du willst die Katze doch nicht etwa mitnehmen, oder?«

»Es ist ein Kater«, sagte ich. »Und ohne mich verhungert er.«

»Dann soll er doch Mäuse fangen.«

»Er ist ein domestizierter Kater. Das schafft er nicht. Er kommt mit!«, sagte ich entschlossen.

Big Mäc seufzte. »Hast du wenigstens einen Namen für ihn?«

Ich überlegte kurz und sagte dann: »Ich werde ihn Eberhard nennen.«

Elsterflug für Eberhard

»Wie kommst du denn auf den Namen Eberhard?«, wollte Big Mäc wissen.

Ich hatte keine Ahnung. Es war eine spontane Eingebung, aus dem Augenblick geboren. Der Name war so urdeutsch, altertümlich, eng und unsinnlich, also der verbale Widerspruch zu dem wilden schwarzen Kater, der auf der Rückfahrt nach Bierstadt nicht zu bändigen war und sich ständig in Gefahr begab, aus meinem geöffneten Cabrio zu springen und auf der Überholspur zu landen.

»Nimm ihn auf deinen Schoß und halt ihn – verdammt noch mal – fest«, raunzte ich Big Mäc an. »Oder willst du, dass wir diese Fahrt nicht überleben?«

»Ich hab eine Katzenallergie«, behauptete er. »Wenn ich den anfasse, bekomme ich Bronchitis. Schlimme Sache, das.«

»Weichei!«, stellte ich fest.

Ich griff Eberhard ins Nackenfell und setzte ihn auf meinen Schoß. »Und jetzt gib Ruhe!«, befahl ich.

Der Kater verstand. Er rollte sich auf meinen Oberschenkeln zusammen und schloss die Augen.

Zurück in der Redaktion setzte ich mich an meinen PC; Jansen hatte hundert Zeilen auf der Eins und im überregionalen Teil eingeplant, ich musste meine Gedanken ordnen, durfte nicht zu viel verraten, denn sonst hätte die Kripo erfahren, dass ich mir meine Informationen auf halb legale Weise beschafft hatte.

Eberhard erschwerte die Konzentration. Er maunzte unaufhörlich und rannte dabei im Zimmer auf und ab.

»Mach nicht so ein Theater!«, schnauzte ich ihn an.

Er warf mir einen vernichtenden Blick aus den grünen Augen zu, als wollte er sagen: »Du hättest mich ja nicht mitzunehmen brauchen!«

»Ich kann dich auch wieder in die Slums von Wanne-Eickel zurückbringen«, stellte ich ihm in Aussicht.

Der Kater schmiegte sich schnurrend an meine Beine, den Schweif hoch aufgerichtet.

»Na, also«, meinte ich. »Und jetzt sei lieb, dann besorge ich dir auch was zu essen.«

Er setzte sich brav vor mich und wartete.

»Okay!« Ich rief Kosmo an und bat ihn, mir drei Dosen Katzenfutter beim Aldi-Markt nebenan zu besorgen.

Kosmo wusste schon, dass ich nicht mehr solo war – es hatte sich herumgesprochen.

»Welche Geschmacksrichtung darf es denn sein?«, fragte der Redaktionsbote.

Ich gab die Frage an Eberhard weiter. Er war auf den Schreibtisch gesprungen und drückte seinen dicken Katerkopf gegen die Hand mit dem Telefonhörer. Der Motor in seinem Inneren surrte.

Eine Elster flatterte am Fenster vorbei, der Kater hielt inne und verfolgte den schwarzweißen Rabenvogel mit großem kulinarischem Interesse.

»Also? Was soll ich ihm bringen?«, wiederholte Kosmo die Frage.

»Ich glaube, ihm ist nach Geflügel …«, antwortete ich. »Aber …« Ich musterte den Kater. »Den Weg zu Aldi kannst du dir, glaub ich, sparen. Geh in die Drogerie um die Ecke. Da gibt es diese kleinen goldfarbenen Portionsdöschen, die man oben aufreißen kann.«

»Bist du verrückt?«, entsetzte sich Kosmo. »Die kosten ein Schweinegeld!«

»Ja, ja, ich weiß. Und ich weiß auch, dass der Hunger in der Dritten Welt noch lange nicht besiegt ist. Hol zehn Stück von den Dingern. Und – neben der Drogerie ist diese tolle Konditorei.«

»Ein oder zwei?« Er kannte meine Vorliebe für Mandelhörnchen.

»Zwei«, bestellte ich.

Es klopfte, Blondie betrat das Zimmer. Sie war etwas derangiert, was ihr aber gut stand. Auf ihrem Haar lag ein feiner Schleier Staub aus dem Archivkeller, der hellblaue Lidschatten war verwischt und die Lippen hatten ihre normale Form angenommen, weil der Lippenstift sie nicht mehr unnötig vergrößerte.

»Und?«, fragte ich jovial. »Was gefunden, Nikoll?«

»Das war vielleicht eine Wühlerei«, maulte die Hospitantin.

»Vor den Ruhm haben die Götter den Schweiß gesetzt«, erklärte ich.

»Eher Staub, Dreck und Spinnweben«, konterte Nikoll überraschend schlagfertig. »Hier, das waren Schadewalds letzte Artikel!«

Sie legte mir ein paar Kopien auf den Schreibtisch.

»Gute Arbeit«, lobte ich. »Setzen Sie sich doch!« Ich wies auf den Besucherstuhl. Dann blätterte ich in den Artikeln, die Eberhards verflossenes Herrchen in seinem journalistischen Leben ›verbrochen‹ hatte.

»Huch!«, schrie Nikoll Sekunden später. Eberhard war auf ihren Schoß gesprungen und sah sie neugierig an.

»Wo kommt denn die Katze her?«, stammelte Nikoll.

»Das ist Eberhard«, stellte ich fest.

»Können Sie ihn nicht wegnehmen?«

»Warum?«, fragte ich streng. »Haben Sie was gegen Katzen?«

Eberhard hatte uns aufmerksam gelauscht: die Augen halb geschlossen, den dicken Katerkopf etwas schräg haltend.

»Ich habe eine Katzenallergie!«, flehte Nikoll.

Das ließ sich Eberhard nicht zweimal sagen. Er begann mit Inbrunst Nikolls Hand zu lecken.

»Bitte, Frau Grappa!« Es klang panisch.

»Komm mal her, mein süßer kleiner Kater«, sprach ich Eberhard eher halbherzig an. Der Kater reagierte nicht.

»Frau Grappa!«, flehte meine Auszubildende.

»Scheint so, dass er auf Blond steht«, erklärte ich ungerührt. »Wie alle Kerle. Ich weiß auch nicht, was zwischen euch gerade schief läuft.«

Nikoll versuchte ihre Hand wegzuziehen.

Eberhard hob die rechte Tatze – sie war weiß getupft –, fuhr die Krallen aus und langte zu. Am Unterarm der Blonden zeigten sich drei lang gezogene Kratzer. Nikoll sprang vor Schreck vom Stuhl, der Kater galoppierte unter den Schreibtisch.

Ich grinste. »Tut mir Leid. Eberhard ist sonst ganz lieb ...«

»So ein ekelhaftes Vieh!«, rief Nikoll mit Tränen in den Augen. Anklagend hielt sie den verletzten Arm hoch.

»Was ist denn hier los?«, fragte die Redaktionssekretärin, die ins Zimmer gerannt war – angelockt durch das Getöse.

»Herrje! Es ist alles in schönster Ordnung!«, schimpfte ich laut. »Ich muss mich konzentrieren! Alle Zweibeiner verlassen jetzt dieses Zimmer – und zwar pronto!«

Eine Stunde arbeitete ich hochkonzentriert, knusperte meine Mandelhörnchen, speicherte den Artikel ab und bat Peter Jansen, ihn gegenzulesen.

Eberhard störte mich nicht mehr. Nach Beendigung seiner Fressorgie – er hatte vier kleine Döschen verputzt – war er auf dem Besucherstuhl eingeschlafen: satt, zufrieden und eingerollt.

Todsünde: Völlerei

Leicht bekleidet, noch feucht vom Duschen, ungeschminkt und heiterer Stimmung saß ich am nächsten Morgen am Frühstückstisch. Vor mir Vollkornbrot, viel schwarzer Kaffee, Serrano-Schinken, Spiegelei und Jogurt – und neben mir Eberhard, der die erste Nacht in meiner Wohnung verbracht hatte.

Der Kater hatte sich sehr manierlich benommen, die Räume der Wohnung inspiziert, dem Balkon besondere Aufmerksamkeit gewidmet, um sich dann im Bad das provisorische Katzenklo zeigen zu lassen.

In der Nacht hatte er ein paar Mal gemaunzt, war aufs Bett gesprungen und hatte mich mit seinen Barthaaren im Gesicht gekitzelt. Morgens fand ich ihn in meinem Arm, den Kopf in meine Achselhöhle gedrückt, die Vorderpfötchen um meinen Unterarm geschlungen, schnurrend vor Glück.

Besser Eberhard als gar kein Mann, dachte ich, das Leben schenkt einem nicht immer die perfekten Lösungen.

Der Kater fixierte die Speisen auf dem Tisch mit unverhohlenem Interesse, besonders der Schinken hatte es ihm angetan.

»Vergiss es!«, riet ich ihm.

Ich überlegte, ob ich Eberhard eine Wurmkur verpassen sollte. Irgendwo hatte ich mal gelesen, dass fast alle frei laufenden Katzen mit Würmern verseucht seien, dass sie Schnupfen und Husten kriegen könnten und noch eine Palette weiterer netter Krankheiten.

»Ach was«, sagte ich. »Du riechst gut, dein Fell glänzt, du hast immer Hunger, deine Augen sind klar – also bist du gesund!«

Ich goss mir Kaffee ein, klappte die Zeitung auf und las die fetten Lettern der Überschrift, die ich am Abend zuvor gefertigt hatte:

»LÜGENLIPPEN« UND »FALSCHE ZUNGE«: MÖRDER SCHLÄGT SIEBEN AUF EINEN STREICH

Darunter prangte das Foto von Big Mäc aus der Nacht: fast eine Abendmahlszene, die sieben Leichen am Tisch, mehr oder weniger aufrecht, aber alle sichtlich leblos.

Ich las weiter: Ein Exklusiv-Bericht von Maria Grappa

Wie oft hatte ich die eigene Autorenzeile schon gelesen? Einige tausend Male bestimmt und ich musste zugeben, dass ich sie noch immer mit Gefallen sah. Weniger aus Eitelkeit, sondern eher mit Stolz, denn ich hatte ein kreatives Produkt vor mir, etwas, was ich ganz allein geschaffen hatte, das in meinem Kopf entstanden war – Emotionalität und Professionalität, verbunden mit hoher Intelligenz.

Ergriffen von der eigenen Genialität wurde ich für eine Weile sentimental und unaufmerksam. Nur so konnte mir entgangen sein, dass Eberhard auf die Küchenplatte gesprungen war und das Spiegelei aus der Pfanne geholt hatte. Danach hatte er es ein paar Meter über den Küchenboden gezogen, wie mir die Fettspur verriet. Jetzt saß der Kater in einer Ecke und schleckte begeistert das Eigelb, von dem ein Teil bereits sein Gesicht bedeckte.

»Darüber reden wir noch!«, drohte ich.

Er schaute mich an, irgendwie verblüfft, dass ich seinen Raub überhaupt bemerkt hatte.

Ich musste lachen. Jetzt begann sich der Kater mit den Pfoten zu putzen, langsam und gründlich. Er sah aus wie ein kleiner schwarzer Preisboxer beim Schattenkampf.

»Wenn du noch die Schleifspuren von den Fliesen aufleckst, verzeihe ich dir«, meinte ich gönnerhaft.

Er dachte natürlich nicht daran.

Ich seufzte und wandte mich wieder der Zeitung zu:

Ein mysteriöser Massenmord erschüttert Bierstadt: In einer Villa im Süden entdeckte die Polizei aufgrund eines anonymen Anrufes sieben Leichen, alle schwarz gekleidet, alle eingeladen zu einem mehrgängigen Abendessen, das niemand von ihnen überlebte.

Polizei und Staatsanwaltschaft hüllen sich in Schweigen, doch unsere Zeitung erfuhr: Die sieben Personen waren von einer Bierstädter Agentur zu einem so genannten ›Event-Wochenende‹ eingeladen worden. Hat der unbekannte Mörder die sieben arglosen Opfer in die Villa gelockt, um sie zu töten?

Die Identität der Opfer steht noch nicht in allen Fällen fest. Wie wir aus sicherer Quelle wissen, handelt es sich bei einem der Toten um den ehemaligen freien Journalisten Johannes Schadewald, der früher als Polizeireporter tätig war.

Unserer Zeitung wurde ein Foto von Schadewald zugesandt, das offenbar der Mörder selbst gemacht hat: Es zeigt den Kopf des Mannes (siehe rechts unten) und die Art seiner vermutlichen Verfehlung: GULA – die ›Maßlosigkeit‹ – ist eine der sieben Todsünden in der christlichen Glaubenslehre; auf der Rückseite des Bildes zitiert der Mörder einige Sätze aus dem 120. Psalm. Dem Toten wird vorgeworfen, »Lügenlippen« zu haben und mit einer »falschen Zunge« zu sprechen.

Handelt es sich bei dem Täter um einen religiös gestörten Menschen?

Leider sind die Bierstädter Ermittlungsbehörden mit Informationen über die Ereignisse noch zurückhaltend. Wer war Johannes Schadewald? Zu seinem Leben und seiner Arbeit – siehe dritte Lokalseite.

Auf der Drei hatte ich, ausgerüstet mit Blondies Rechercheergebnissen aus dem Archivkeller, die Arbeit von Schadewald geschildert. Na ja, die ganz dicken Sachen hatte ich verschwiegen, über Tote soll man ja nur Gutes sagen beziehungsweise schreiben.

Schadewald hatte überall da gnadenlos draufgehalten, wo es um Sex, Blut und Tod gegangen war. Seine Storys waren reißerisch geschrieben, er benannte gierig jedes schmutzige Detail, um anschließend die Schlechtigkeit der Welt und der darin lebenden Voyeure zu beklagen. Der Mann hatte ausführlich über Vergewaltigungen berichtet, und zwar mit einer Wortwahl, für die ihn jedes Frauen-Femegericht zum Tode verurteilt hätte. Er hatte sich an Leichenteilen aufgegeilt, die nach schrecklichen Massenunfällen verstreut auf der Autobahn herumlagen, hatte Fotos von verbrannten Menschen genauso geschossen wie von zerschmetterten Körpern nach dem Einsturz eines Einkaufszentrums.

Das alles erwähnte ich natürlich nicht in dieser Schärfe, machte aber auch keinen Helden aus dem Mann, sondern beschrieb ihn als engagierten Reporter, dem kein Thema zu heikel gewesen war, als jemanden, der den Hals nicht voll kriegen konnte von Sensation und ihrer Vermarktung. Denn schließlich hatte es ja Blätter gegeben, die ihm seine Fotos immer wieder abgekauft hatten.

Ich schlug die Zeitung zu und räumte die Küche auf. Von dem Spiegelei war nur noch der weiße Rand übrig, ich klaubte ihn von den Fliesen.

Jetzt noch ins Bad und die letzten Handgriffe vor dem Spiegel. Ich sah mir in die Augen und betrachtete mich. Nein, ich war keine Schönheit. Die Krähenfüße um die blauen Augen wurden stündlich tiefer, beginnende graue Haare musste ich mit Henna übertönen, was mir farblich gesehen zur Anmutung eines laufenden Feuermelders verhalf, ein beginnendes Doppelkinn erinnerte an zu viel gutes Essen und guten Wein, und neben den Mundwinkeln hatten sich zwei Linien gezeichnet, die nicht mehr so eben weggebügelt werden konnten.

Ich verzog den Mund zu einem Lächeln. Die Falten verschwanden. Lächle öfter mal, Grappa, dachte mein heiteres Ich, das macht dich um zehn Jahre jünger.

Du kannst doch nicht den ganzen Tag lang rumgrinsen, meinte mein trüberes Ich, da denken ja alle, du schwächelst, und tanzen dir sofort auf der Nase herum.

Schluss jetzt, ihr beiden!, mahnte ich mich, haltet endlich die Klappe! Ich bin so jung, wie ich mich fühle, meine Haut ist makellos, der Busen prall ohne Silikon und ich habe noch jede Menge Spaß an Sex.

Es kratzte an der Tür. Ich schreckte auf, ich hatte mich noch nicht an meinen neuen Mitbewohner gewöhnt.

Eberhard stolzierte, wie aus dem Spiegelei gepellt, ins Bad, sprang mutig ins Waschbecken und blickte zu mir hoch.

»Findest du mich hübsch, mein süßer Kater?«, flötete ich.

Er schaute mich ernst an. Die Augen groß und klar, die Farbe von Tiefseen in kühlen Landschaften.

Ob du hübsch bist, weiß ich nicht, aber du bist die, die mir das teure Katzenfutter kauft und auf meine Streiche nur mit einem Augenbrauenrunzeln reagiert, hörte ich ihn sagen.

»Also ist es dir scheißegal, wie ich aussehe?«, maulte ich.

Ja, ist es. Ich weiß, dass du gut riechst, ich werde gern in deiner gebrauchten Wäsche liegen, und ich weiß, dass du mir diese dämlichen Impfungen beim Tierarzt ersparst, sagte er.

»Aber irgendwann lass ich dich kastrieren!«, kündigte ich an.

Darüber reden wir, wenn es so weit ist, maunzte er.

»Dann benimm dich entsprechend«, riet ich ihm.

Eberhard murrte, als ich in der Tür stand, um die Wohnung zu verlassen.

»Du musst hier bleiben«, sagte ich, »ich kann dich nicht mit zur Arbeit nehmen.«

Der Kater ließ nicht locker. Er schmiegte sich an meine nackten Beine und schnurrte.

»Ich kann dich auch nicht nach draußen lassen«, erklärte ich ihm. »Das ist zu gefährlich. Ich möchte dich nicht irgendwann von der Fahrbahn kratzen müssen.«

Er begann mich wieder leicht in die Fesseln zu beißen.

»Eberhard, lass das!«

Es machte keinen Sinn, ihm gut zuzureden, ich musste massiver werden. Ich hob den Kater hoch, sah ihm direkt in die Augen.

»Hör mal zu. Du bist das Tier und ich bin der Mensch. Deshalb bin ich hier der Boss. Capito?«

Retten und gerettet werden

In der Redaktion wartete bereits eine Beschwerde auf mich. Oberstaatsanwalt Guardini hatte Peter Jansen angerufen und sich bitter über mich beklagt: Ich hätte den Behörden das Foto vom toten Schadewald vorenthalten. Dies sei Behinderung polizeilicher Ermittlungsarbeit.

»Ruf ihn an und besänftige ihn«, schlug Peter Jansen vor. Er saß in meinem Zimmer – wie immer, wenn er etwas Ernstes mit mir zu besprechen hatte.

»Und wie?«, stellte ich mich dumm.

»Sag ihm, dass du ihm künftig keine Informationen mehr vorenthalten wirst!«

»Aber nur, wenn ich auch was von ihm kriege! *Serva me, servabo te!*«

Jansen lachte. »Jetzt, wo du mit Bibelzitaten konfrontiert wirst, bist du ziemlich latinesk. Was soll das denn nun wieder heißen?«

»Genau übersetzt heißt es: Rette mich, dann rette ich dich. Aber ich interpretiere es so: Eine Hand wäscht die andere.«

»Dann mach das dem Burschen klar.«

Es klopfte. Kosmo steckte sein hübsches Köpfchen ins Zimmer. »Störe ich?«

»Du doch nicht«, sagte ich ehrlich.

»Sie haben wieder Post, gnädige Frau«, lächelte der Redaktionsbote, drückte mir einen freundschaftlichen Kuss auf die Wange und reichte mir einen Umschlag.

»Danke, Traumprinz.«

»Es geht doch nichts über ein gutes Betriebsklima«, frotzelte Jansen, als ich sanft durch Kosmos Locken strich. »Pass bloß auf, Kosmo, dass sich die Frauen im Verlag nicht bei der Gleichstellungsbeauftragten beschweren.«

»Wieso?«, meinte Kosmo.

»Grappa kriegt immer ein Küsschen, die anderen nicht«, klärte ihn Jansen auf. »So was macht böses Blut.«

»Grappa hat mich immerhin gerettet«, erinnerte Kosmo ihn. »Ohne sie wäre ich nicht hier.«

»Ich weiß«, lachte Jansen. *»Serva me, servabo te.«*

Wir schwiegen eine Weile, jeder von uns dachte wohl an die Geschichte von damals: Kosmo, der Callboy mit Herz und Niveau, der mitgeholfen hatte, dass aus dem *Bierstädter Tageblatt* kein neonazistisches Kampforgan geworden war. Und der es geschafft hatte, aus der Niederung des käuflichen Sexes in ein bürgerliches Leben umzusteigen – ohne dabei an Charme, Eleganz und Liebenswürdigkeit einzubüßen.

»Willst du den Umschlag nicht öffnen?«, unterbrach Jansen meine Gedanken.

Wieder ein DIN-A5-Brief, an mich persönlich adressiert. Ich riss ihn auf.

Ein Foto fiel heraus, dasselbe Format wie das Bild, das Schadewald zeigte. Auch das Sujet hatte Ähnlichkeit: ein glatzköpfiger Mann, die Serviette in den Kragen gesteckt, irgendwelche Krümel im Mundwinkel. Die Augen geöffnet und leblos. Quer über dem Foto stand das Wort *SUPERBIA*.

Ich drehte das Bild um.

»Hier! Schon wieder ein Text aus der Bibel. Hört mal zu! *Denn nichts Gewisses ist in ihrem Mund, ihr Inneres ist Verderben*«, rezitierte ich. »*Ein offenes Grab ist ihre Kehle, ihre Zunge glätten sie. Lass sie büßen, o Gott; mögen sie fallen um ihrer Pläne willen! Stoße sie hinweg wegen der Menge ihrer Vergehen, denn sie sind widerspenstig gegen dich gewesen.*«

»Der Killer hat einen Bibel-Tick«, rief Jansen aus.

»Ich liebe diese Worte«, schwärmte ich. »Sie haben eine archaische Kraft, die mich umhaut! *Ein offenes Grab ist ihre Kehle* ... Wahnsinn!«

»Du solltest deine Bewunderung etwas im Zaum halten«, riet mein Chef.

»Die Sache hat eben Stil und Niveau. Und ist journalistisch erste Sahne. Beflügelt meine Fantasie, stimuliert meinen Sinn für Dramatik ...«

»Oh, Grappa«, seufzte Jansen. »Bleib bitte auf dem Teppich! Dieser Mörder hat sieben Menschen umgebracht – und er hat es mit Überlegung und Heimtücke getan! Er hat seine arglosen Opfer in eine Falle gelockt und zelebriert das alles auch noch, indem er die Toten fotografiert hat und dir jetzt die Fotos schickt.«

»Ist ja gut«, versuchte ich Jansen zu beschwichtigen. »Ich werde meine Begeisterung zügeln – ich verspreche es.«

»Du solltest Guardini anrufen.«

»Bist du verrückt? Dann ist das Foto futsch!«

»Na und?«, meinte mein Chef. »*Serva me, servabo te!* Er sagt dir den Namen des Typen auf dem Bild, und wir geben ihm alles, was der Mörder bei uns abliefert. Capito, Grappa-Baby?«

»Das ist eine Idee«, nickte ich.

»Bevor du mit dem Staatsanwalt sprichst, solltest du allerdings eines wissen. Er weiß, dass du bei Schadewald herumgeschnüffelt hast ... Die Nachbarin hat von einer Frau mit roten Haaren gesprochen und einem Mann mit Fotoapparat. Außerdem ist das Foto von seiner Hütte ja heute im Blatt.

Guardini weiß allerdings nicht, dass ihr in Schadewalds Wohnung spaziert seid. Und dabei sollte es auch bleiben.«

»Dachtest du, ich würde es ihm freiwillig auf die Nase binden?« Ich verstand nicht.

»Die Polizei geht davon aus, dass der Mörder in der Wohnung war«, erklärte Jansen weiter. »Schadewalds Kater ist nämlich verschwunden. Das hat eine Nachbarin von Schadewald erzählt. Jetzt glauben sie, dass der Mörder ihn mitgenommen hat.«

»Das ist doch ...« Mir fehlten zunächst die Worte, dann prustete ich los.

»Was ist?«

»Nicht zu fassen!«, lachte ich. »Die machen sich um einen Kater Sorgen? Haben die keine anderen Probleme?«

»Weißt du etwas über das Tier?«, fragte Jansen.

»Der Kater ist bei mir. Ich habe ihn ... na ja ... geklaut.«

»Bist du verrückt geworden?«

»Wieso? Er wäre verhungert. Ich gebe Eberhard nicht mehr her«, sagte ich entschlossen. »Jeder, der ihn mir wegnehmen will, muss erst mich beiseite räumen!«

»Ach, Grappa«, lachte Jansen. »Deine Exaltiertheit hat manchmal komische Züge!«

Damit verließ er das Zimmer.

»Du hast es gut«, seufzte Kosmo. »Bist wieder mittendrin im Leben. Und ich schleppe hier Post und Päckchen durch die Gegend und muss mir von jeder Tippse auf den Arsch gucken lassen.«

»Nicht nur die Tippsen gucken dich an, Traumprinz«, tröstete ich ihn. »Neulich ertappte ich die verehrte Kollegin Dr. Elvira Bollhagen-Mergelteich, das Mutterschiff des real existierenden Feminismus, wie sie dir ausgesprochen verträumt nachsah.«

»Die Kulturtante kann mich«, brauste Kosmo auf. »Ständig nervt sie mich mit Einladungen zu Matineen oder Konzerten von irgendwelchen Bands, die keiner kennt. Oder sagen dir die Namen Schönberg, Berg und Webern etwas?«

Ich schluckte. »Wiener Schule.«

»Welche Schule?«

»Nicht wichtig, *bellezzo.* Die Musik von denen ist jedenfalls grausig. Soll ich mal mit der Bollhagen-Mergelteich reden, damit sie die Finger von dir lässt?«

Kosmo kam nicht mehr dazu, mir eine Antwort zu geben, denn Nikoll Mahler stand plötzlich im Raum.

»Oh, ich wollte nicht stören«, stammelte sie, als sie Kosmo und mich sah.

Kosmo saß auf der Schreibtischkante, ich hatte meine Hand schwesterlich auf seinen knackigen Oberschenkel gelegt.

»Was liegt denn an?«, wollte ich wissen.

»Ich dachte ... ich könnte vielleicht ...« Blondie ließ die Augen nicht von Kosmo.

»Was denn?«, dehnte ich.

»Ob ich Ihnen was helfen kann ...« Ihre Stimme klang somnambul.

»Ich geh mal lieber«, sagte Kosmo und pflückte meine Hand von seinem Oberschenkel.

Dann hob er seinen Body, holte Luft, das Hemd blähte.

Blondie starrte ihn weiter an, als sei sie vom Donner gerührt.

Kosmo warf mir eine Kusshand zu und setzte seine langen muskulösen Beine in Bewegung. Als er an Nikoll vorbeiging, blickte er sie kurz und durchdringend an, um seinen schönen Mund spielte ein maliziöses Lächeln.

O weia, dachte ich.

Als Kosmo draußen war, ließ sich die Hospitantin in den Stuhl vor meinem Schreibtisch fallen. Sie seufzte.

»Wer war das?«, krächzte sie – noch immer völlig verwirrt.

»Kosmo Schmitz«, sagte ich milde. »Er gehört zum Haus. Er ist der Redaktionsbote. Sie werden ihn jetzt jeden Tag sehen.«

»Ist er ... hat er? Wie gut kennen Sie ihn?« Sie wurde rot.

»Gefällt er Ihnen?«

»Er ist so ... er sieht toll aus.«

»Ja, das finde ich auch. Kosmo ist ein schöner Mann.«

»Sind Sie ... und er?«, stotterte sie.

»Aber nein! Für mich ist er wie ein kleiner Bruder.«

Sie glaubte mir kein Wort, so wie sie mich anschaute.

»Nikoll! Kosmo ist ein Freund und er ist solo – soviel ich weiß.«

»Warum ist er ... nur Verlagsbote?«

»Das soll er Ihnen selbst erklären«, schlug ich vor.

»Ich kann ihn doch nicht einfach fragen!«

»Warum nicht?«

Nikoll Mahler schwieg.

»Reden Sie mal mit Kosmo. Stellen Sie sich ihm vor, Sie sind ja schließlich die neue Kollegin. Sie werden sehen, wie er darauf reagiert. Ich kann nur sagen, dass er ein sehr sensibler und charmanter junger Mann ist.«

»Meinen Sie wirklich, dass ich ihn einfach so ansprechen kann?«

»Ja, das ist hier so üblich. Ich weiß, wie sich Verliebtheit anfühlt, glauben Sie mir! Außerdem sollten wir uns ab heute duzen. Einverstanden?«

Sie nickte. Ihr Make-up war etwas verrutscht durch die Gewalt des Gefühls, das sie ergriffen hatte. Sie sah plötzlich viel weicher aus.

Frust und Selbstfindung

Ich musste Näheres über die Nacht in der Todesvilla erfahren. Was lag da näher, als Hauptkommissar Brinkhoff anzuzapfen? So konnte ich mir auch den von Jansen gewünschten Anruf bei Guardini ersparen.

Ich fuhr zum Polizeipräsidium. Brinkhoff war in seinem Büro und bearbeitete irgendwelche Aktenberge.

»Alles ungelöste Fälle?«, fragte ich mit Blick auf den Papierhaufen.

Er schüttelte den Kopf. »Das wäre fatal. Ein bisschen erfolgreicher sind wir doch. Was führt Sie zu mir?«

Zunächst legte ich ein Geständnis ab und gab zu, den Kater des Mordopfers Schadewald in Obhut genommen zu haben.

»Ich wusste gar nicht, dass Sie so tierlieb sind«, meinte der Kripomann trocken. »Dann kann ich den Fall ›Schwarzer Kater‹ ja abhaken.«

Dann kam ich auf die Todsünden zu sprechen. »GULA und SUPERBIA haben wir ja jetzt schon«, sagte ich. »Was haben die anderen gemacht?«

»Wir haben die einzelnen Todsünden gefunden. An den Zimmertüren der Opfer waren Schilder angebracht. Mit der Bezeichnung der einzelnen Sünden.«

Er legte ein paar Bilder auf den Tisch; sie zeigten Zimmertüren, an denen Pappen angebracht waren.

»Ich habe auch ein Foto, der Mörder hat es mir zugeschickt«, sagte ich und legte eine Farbkopie vor ihn. »Was hat der hier angestellt? Wer ist der Mann?«

»Das ist Dr. Hartmut Freudenreich.«

»Und?«

»Ein Diplompsychologe aus Düsseldorf.«

»Was wissen Sie noch über ihn?«

»Er war ein Modearzt – wie man so schön sagt – und hatte sich auf frustrierte Gattinnen reicher Männer spezialisiert. Solche Frauen, die vor lauter Langeweile Probleme mit der Selbstfindung hatten. Der Mann trat in Talkshows auf, hat Bücher veröffentlicht, den Lions-Club in der Landeshauptstadt gegründet und soll in fünfter Ehe glücklich verheiratet gewesen sein.«

Ich griff nach dem Foto. »SUPERBIA ist seine Sünde. Das heißt Hochmut, Stolz, Überheblichkeit.«

»Wir suchen gerade nach einer Verbindung zwischen den Toten«, berichtete Brinkhoff. »Es muss da etwas geben – und wir müssen es finden! Die Toten waren etwa gleich alt – alle zwischen Mitte vierzig und Mitte fünfzig. Wenn es etwas Verbindendes gibt, finden wir es wahrscheinlich in der Vergangenheit der Opfer – und des Täters natürlich.«

»Ja. Schon vor zwanzig oder fünfundzwanzig Jahren waren sie so erwachsen, dass sie Sünden begehen konnten. Bekomme ich die Namen der anderen Toten?«

»Die kann ich Ihnen nicht geben, wegen der anderen Medien«, antwortete der Hauptkommissar. »Aber ich habe einen Tipp für Sie: Versuchen Sie es mal bei der Agentur, die die Villa vermietet.«

Nervengift und Wiener Schule

Nachmittags erreichte uns ein Fax, mit dem Guardini die Ergebnisse der Obduktionen bekannt gab. Die sieben Toten waren durch ein schnell wirkendes Atemgift namens Cyanwasserstoffsäure getötet worden. Der Mörder hatte den Raum vorher abgedichtet, das unsichtbare Gas war durch eine Öffnung in der Wand in das Zimmer geleitet worden.

Das Gas, ähnlich dem, das in amerikanischen Gaskammern zur Hinrichtung zum Tode Verurteilter benutzt wird, blockiert innerhalb von Sekunden die Atmung und man erstickt.

Ich recherchierte und erfuhr, dass das Gas nur denjenigen schnell und fast schmerzlos tötet, der es tief einatmet. Sich wehrende Opfer haben dagegen einen qualvollen Tod.

Ich öffnete das Fenster, sog die noch laue Spätsommerluft ein; sie roch nicht sonderlich gut, denn der Dunst der Stadt konnte nicht abziehen, weil sich kein Lüftchen regte.

Die Sicht von meinem Zimmer ins Land rund um Bierstadt war an diesem Tag besonders gut. Ich sah die grünen Ausläufer des Sauerlandes, über dem jetzt die Sonne stand, links über dem Horizont spalteten aufgegebene Fördertürme die blaue Fläche und rechts von mir entdeckte ich Fensterputzer in einer Gondel, die außen an einem Hochhaus langsam emporschwebte. Die Sonne spiegelte sich in den Glasflächen des Hauses.

Ich dachte an den Mörder. Was tat er wohl gerade? Empfand er Genugtuung über seine Taten? Hatte er tatsächlich das Gefühl, ein Kunstwerk geschaffen zu haben? Oder spürte er nichts mehr? Vielleicht doch ein wenig Reue?

Nein, dachte ich, es gibt keinen Grund für dich, den Todsündenmörder heimlich zu bewundern für seine logistische Meisterleistung, seine Art, Spuren zu legen, sie wieder zu verwischen, und für seine Kunstfertigkeit, Straftaten mit Psalmen zu verklären. Er hatte kaltblütig sieben Menschen getötet – nur das allein sollte als Maßstab zählen!

Der Hunger trieb mich in die Kantine. Es war nicht mehr viel los. Nikoll und Kosmo saßen an einem Tisch und tranken Kaffee, ineinander vertieft und misstrauisch beäugt von einigen weiblichen Verlagsangestellten.

Kosmo saß mit dem Rücken zu mir und konnte mich nicht sehen. Nikoll blickte kurz zu mir hin, ich kniff ihr ein Auge. Dann packte ich mir zwei Brötchenhälften, warf sie auf einen Pappteller und zog mich mit meiner Ration in mein Büro zurück.

Vor dem PC machte ich zunächst ein paar Fingerübungen, ging dann ins Internet und recherchierte Freudenreichs Vita. Es war genau so, wie Brinkhoff gesagt hatte – der Mann gehörte zu einer Art Schickimicki-Hautevolee der Landeshauptstadt.

Ich überlegte kurz, wählte dann die Nummer seiner Praxis. Eine genormte Frauenstimme sagte mir, dass alle Anschlüsse belegt seien, mir der nächste freie Platz aber sofort zugewiesen würde.

Während ich wartete, sann ich über eine glaubwürdige Geschichte nach.

»Hier Praxis Dr. Freudenreich, was kann ich für Sie tun?«, wurde ich gefragt.

»Grappa mein Name. Zunächst einmal mein Beileid zum tragischen Tod Ihres Chefs. Ich bin Journalistin und die Deutsche Psychologische Gesellschaft hat mich gebeten, ein Porträt über den verehrten Kollegen zu schreiben. Werdegang, Lebenslauf, die Anfänge seiner Karriere. Dazu benötige ich natürlich Informationen. Könnten Sie mir diesbezüglich weiterhelfen?«

Die Maus war überfordert und verband mich weiter zu einem Kollegen von Freudenreich. Ich wiederholte meinen Spruch.

»Ich würde Ihnen gern helfen«, behauptete der Mann. »Aber ich habe keine Unterlagen hier. Ich weiß nur, dass er ein guter Kollege war, der seine Arbeit sehr ernst genommen hat. Er hat vielen Menschen, die in Not waren, geholfen – ohne dabei an sich zu denken.«

Das war eindeutig Heldenverehrung. »Können Sie mir etwas über die Stationen seines segenreichen Wirkens sagen? Über den Beginn seiner Laufbahn – zum Beispiel?«

»Tut mir Leid – darüber weiß ich nicht viel. Rufen Sie doch mal bei ihm zu Hause an.«

Ich ließ mir die Telefonnummer geben.

Fünfmal verheiratet. Ich würde wohl an das letzte Modell der Freudenreich-Gattinnen geraten. Ein Gespräch von Frau und Frau zu führen, nein, darauf hatte ich keine Lust. Nikoll Mahler sollte sich darum kümmern.

Sie saß wieder an ihrem Hospitantenplatz, noch leicht errötet von dem Date mit dem Traumprinzen Kosmo.

Ich erteilte ihr den Auftrag, sich um Freudenreichs Vita zu kümmern. Sie nickte. Ihr Gesicht leuchtete von innen.

»Und? Wie lief's?«, fragte ich. »Ist Kosmo nicht sehr charmant?«

»Ja, das ist er«, schwärmte sie.

»Wie geht es weiter mit euch?«

»Er hat mich zu einem Konzert eingeladen. Die Kulturredakteurin hat ihm zwei Karten geschenkt.«

Mir schwante etwas. »Was wird denn gespielt?«, fragte ich.

»Schönberger oder so, und dann noch zwei andere ... ein Mann namens Weber – oder so ähnlich. Aus Wien kommen die wohl, sagt Kosmo. Von irgendeiner berühmten Schule.«

»Oh, Mann«, sagte ich. »Tut euch das nicht an. Schönberg, Berg und Webern sind nichts für Verliebte. Diese verdammte Wiener Schule erstickt jedes romantische Gefühl im Keim.«

»In echt?«

»In echt!«

Ich machte mich wieder auf den Weg zu meinem PC. Der Artikel über die neuesten Entwicklungen schrieb sich nicht allein.

Jansen hatte mir nur fünfzig Zeilen zugedacht. Ich motzte das Wenige, das ich über den Psychologen wusste, ein bisschen auf und versprach, die geneigten Leser des *Bierstädter Tageblattes* auch weiterhin über die Ermittlungen im Fall ›Todsündenmorde‹ auf dem Laufenden zu halten.

Katerspiele

Eberhard hatte den Tag damit verbracht, die Wäschestücke aus meinem Wäschepuff herauszuzerren und in der Wohnung zu verteilen. Auf einigen hatte er geruht, andere hatte er mit seinen Krallen bearbeitet. Meine Kaschmirstrickjacke, die ich während meines Urlaubs in Florenz erstanden hatte, sah nicht mehr so aus, wie ich sie in Erinnerung hatte. Die zart gestaltete Bordüre mit den winzig weißen Perlen um den Ausschnitt – sie betonten mein Dekolleté auf exquisiteste Weise, wie mir mal ein Verehrer gesagt hatte, dessen Gesicht ich vergessen hatte – war verschwunden. Die Perlen lagen verstreut auf den Terrakottafliesen.

Eberhard benutzte die Kügelchen als Spielzeug, schlug mit der Pfote nach ihnen, damit sie über den Boden rollen und er hinter ihnen herjagen konnte.

»Oh, nein!«, jammerte ich. »Verdammtes Saubiest!«

Der Kater unterbrach sein Spiel, stolzierte maunzend in die Küche und platzierte sich vor dem Napf. Die gähnende Leere in seiner kleinen Schüssel war eine einzige Anklage, sein empörter Blick die Bestrafung.

»Ab morgen gibt es nur noch Aldi-Fraß«, kündigte ich an. »Und zwar so lange, bis ich die Jacke wieder drinhabe, die du ruiniert hast.«

Der Kater warf einen Blick auf die goldenen Futterschachteln.

»Glaub bloß nicht, dass ich mich von dir tyrannisieren lasse.«

Eberhard guckte mich an, als würde er mir genau das nicht abnehmen.

»Und wenn du dich an meinen Dessous vergreifst, mache ich eine Rheumadecke aus dir. Kapiert?«

Würde ich niemals tun, sagte sein Gletscherseenblick, *die Dessous einer Dame sind mir heilig.*

»Du lügst, ohne rot zu werden, Eberhard«, widersprach ich. »Du wärst kein Mann, wenn dich Dessous nicht interessieren würden.«

Um Himmels willen, dachte ich, so fängt es an mit dem Wahnsinn: Gespräche mit einem schwarzen Kater, der alles darauf anlegt, mein ordentliches Leben durcheinander zu bringen.

Ich füllte die Goldfutterhäppchen in den Glasnapf, aus dem der Kater sein Mahl zu nehmen pflegte. Plastikschüsseln führten bei ihm zu Nasenrümpfen und einem indignierten Gesichtsausdruck.

»Für einen ehemaligen Streuner stellst du verdammt hohe Ansprüche, mein Lieber«, sagte ich und sah ihm eine Weile zu, wie er sich – zugegebenermaßen possierlich – über die Bröckchen hermachte.

Jetzt war mein Abendmahl dran. Ich öffnete eine Flasche roten Rioja, dann schlug ich ein paar Eier in die Pfanne, ein bisschen Schinken darüber, fertig.

Der schwarze Kater sprang auf seinen Stuhl und schaute mir unverwandt beim Essen zu.

»Weißt du, Eberhard«, sagte ich. »Wir haben verdammtes Glück, dass wir heutzutage leben. Sonst hätten sie uns beide schon längst platt gemacht. Nicht immer hatten schwarze

Kater und rothaarige Frauen ihre Ruhe vor Aberglauben und Engstirnigkeit. Ich wäre als Hexe verbrannt worden und dich hätten sie als Handlanger des Teufels in einen Sack gesteckt und im Fluss ertränkt.«

Der Kater legte den Kopf schief.

»Darauf trinken wir einen. Etwas Rioja, der Herr?«, bot ich an. Ich holte einen Eierbecher aus dem Schrank und füllte ihn mit Wein.

Eberhard sprang auf den Tisch, schnüffelte, zögerte – und schleckte den Rioja auf.

»Willkommen im Klub!«

Immer dasselbe Spiel

Am dritten Tag nach dem Mord wurde es höchste Zeit, sich um die Künstler- und Eventagentur Odysseus Odenski zu kümmern. Der Manager hatte bestimmt schon Besuch von der Polizei gehabt.

Ich traf meinen Chef Peter Jansen auf dem Weg zu Big Mäcs Zimmer, denn ich wollte den Fotografen mitnehmen.

»Hallo, Grappa-Baby«, begrüßte er mich. »Wie ist das werte Befinden?«

»Was ist los?«, fragte ich misstrauisch. »Warum fragst du, wie's mir geht?«

»Weil alles prima läuft«, strahlte Jansen. »Die kleine Blonde ist ganz begeistert von dir. Und dabei ist dir dein schlechter Ruf mal wieder vorausgeeilt … Unberechtigterweise.«

»Sie stellt sich gar nicht so dämlich an«, räumte ich ein.

»Läuft da was zwischen Kosmo und der Mahler?«

»Warum?«

»Die beiden sind Kantinengespräch. Wenn die Gefahr von kollektiven Selbstmorden beim weiblichen Redaktionspersonal besteht, sollte ich es als Chef ja wohl vorher wissen.«

»Die beiden sind jung und ein bisschen verliebt. Ob was daraus wird? Keine Ahnung.«

»Hat er ihr denn schon was von seinem Vorleben erzählt?«

Ich zuckte die Schultern.

»Mensch, Grappa! Du klatschst doch auch ganz gerne! Also?«

»Ich weiß es nicht!« Seine Fragerei ging mir auf die Nerven.

»Ihr versteht euch ja richtig gut, du und Blondie«, insistierte Jansen. »Wundert mich sehr, Grappa. Sonst bist du doch ziemlich stutenbissig. Was ist denn los mit dir? Hat dich die Beschäftigung mit den Todsünden milde gemacht oder sind es die beginnenden Wechseljahre? Oder gar Muttergefühle?«

»Klar. Wenn Frauen miteinander auskommen, ist das für euch Männer immer ein Wunder oder es sind die Wechseljahre. *Sancta simplicitas!*« Ich ließ ihn stehen.

Big Mäc war bereit, mich zu begleiten, und wir gingen zum Parkplatz des Verlagshauses. Auf dem Weg dorthin steckte er sich seine notorische Zigarette an. Ich zerwedelte den Qualm in Schäfchenwolken.

»Dann mal los!«, sagte ich forsch.

»Dasselbe Spiel wie immer?«, fragte er.

»Klar! Ich lenke Odenski ab, indem ich ihm inquisitorische Fragen stelle, und du schnüffelst ein bisschen herum.«

Schlüssel im Fach

Das Bürohaus, in dem die Agentur ihre Geschäftsräume gemietet hatte, lag in unmittelbarer Nähe des Bahnhofs in einem futuristisch anmutenden Bau. Odenskis Firma befand sich im zehnten Stock. Zum Glück funktionierte der Aufzug.

»Guten Tag«, polterte ich ziemlich laut los, als wir vor dem Tresen der Empfangsdame standen. »Grappa – *Tageblatt.* Dies ist mein Fotograf. Wir hätten gern Herrn Odenski gesprochen!«

»Haben Sie einen Termin?«, stellte sie die Standardfrage aller Vorzimmertussis dieser Welt.

»Sagen Sie ihm meinen Namen und sagen Sie ihm, dass es um den Massenmord in der Villa im Süden geht – das Abendessen mit ultimativem Ausgang. Dann wird er mich schon empfangen.«

Ich behielt Recht. Odenski ließ bitten. Big Mäc blieb zunächst draußen, seine Aufgabe war es, die Maus am Empfang in Schach zu halten und sie in unserem Sinne zu ›behandeln‹.

Der Chef der Künstleragentur hatte wohl Federn lassen müssen, denn er guckte ziemlich kläglich aus der Wäsche. Er war knapp über fünfzig, schien schon bessere Tage im Leben gehabt zu haben. Seine Kleidung war zwar sicher mal teuer gewesen, wirkte nun aber abgeschabt und unmodern. Das Haar fiel auf die Schultern, ein dicker Schnauzer zierte die Stelle zwischen Nase und Oberlippe. Auf dem Besuchertisch bemerkte ich einen schwarzen Schlapphut, den ich mir gut auf seinem Schädel vorstellen konnte.

Odenski machte auf Bohemien.

»Was wollen Sie?« Der Agenturchef konnte seine Nervosität kaum verbergen, er schluckte und stockte beim Sprechen, der Adamsapfel vollführte ein Tänzchen. »Ich hab schon meine Aussage bei der Polizei gemacht. Fragen Sie doch bei der Pressestelle nach.«

»Sie müssen mir schon selbst überlassen, wie ich meine Recherchen führe«, wies ich ihn sanft zurecht. »Ich bin daran interessiert, den Mörder zu finden – und zwar vor der Kripo. Und Sie wären gut beraten, mir dabei behilflich zu sein, Herr Odenski.«

»Ich habe mit der Sache nichts zu tun. Und ich weiß überhaupt nichts.«

Ich seufzte tief. »Das wollen wir erst mal gemeinsam rausfinden, ob Sie etwas wissen, was von Bedeutung ist.«

»Ihr Ton passt mir nicht.« Jetzt wurde der Eventmanager komisch.

»Das tut mir aber Leid«, meinte ich ironisch.

»Verlassen Sie meine Räume!«

Odenski war aufgestanden und hatte sich vor dem Stuhl, auf dem ich saß, aufgebaut und zu mir herabgebeugt. Er hatte wohl zur Beruhigung schon einen Kleinen gehoben, denn der unverwechselbare Duft von Bier zog in meine Nase.

»Setzen Sie sich wieder auf Ihren Stuhl«, wies ich ihn an. »Und hören Sie mir mal gut zu!«

Ich stand auf. So konnte ich auf ihn herabschauen. »Ihrer merkwürdigen kleinen Firma geht es ja nicht eben gut, nicht wahr?«

Odenski sagte nichts.

»Ihrer merkwürdigen kleinen Firma wird es aber noch um vieles schlechter gehen, wenn ich morgen in meiner Zeitung schreibe, dass Sie sich in Schweigen hüllen, was den Mord angeht. Dass Sie aus Gründen, die die Öffentlichkeit nun überhaupt nicht verstehen wird, einen Massenmörder decken. Wer, glauben Sie, ist dann noch an einem Event interessiert, das Ihre Firma, die natürlich namentlich genannt wird, verkaufen will? Dann sind Sie am Ende, Mann!«

Ich trat noch näher zu Odenski hin.

»Aber«, sagte ich freundlich und klopfte ihm auf die Schulter, »wir sind ja keine Unmenschen. Reden Sie mit mir, sagen Sie mir alles, was Sie wissen, und der Name Ihrer Firma wird nicht erwähnt ... und Sie können in Ruhe weiter Ihren Geschäften nachgehen.«

Ich hatte ihn. Odenski sank resigniert auf seinem Stuhl zusammen. »Fragen Sie«, meinte er leise.

»Könnten Sie Ihre Sekretärin bitten, uns einen Kaffee zu kochen? Oder verstößt das gegen deren Menschenwürde?«

Er drückte aufs Telefon und orderte den Kaffee. »Sonst noch was?«

»Ja. Sie soll die Unterlagen mitbringen, in denen es um die Vermietung der Villa geht.«

»Die sind von der Polizei beschlagnahmt worden.«

»Keine Kopien im Computer?«

»Nein.«

»Dann hätte ich gern die Liste mit den Namen der sieben Personen, die Sie zu dem Wochenende eingeladen haben.«

Er druckste.

Ich warf ihm einen warnenden Blick zu.

Odenski griff erneut zum Telefonhörer. »Vanessa, bring doch mal eben die Liste mit den sieben Namen rein.«

»Und nun«, machte ich weiter, »den Namen des Mannes, in dessen Auftrag Sie die sieben Leute zu Tisch gebeten haben.«

»Wieso Mann?«, fragte Odenski.

»Ich verstehe nicht.« Jetzt war ich verblüfft.

»Das war eine Frau.«

»Frau?«

»Ja, ich weiß. Der Mann war eine falsche Spur, die die Kripo gelegt hat.«

»Name?«

»Sie hat einen falschen Namen genannt, die Kripo hat das gecheckt.«

»Sagen Sie mir den Namen!«

Vanessa betrat den Raum. Sie schleppte zwei Kaffeebecher und ein Schriftstück und knallte alles, betont unfreundlich, auf den Schreibtisch des Managers. Die Tür schlug heftig zu.

»Sie hat sich Michaela Engel genannt«, antwortete Odysseus Odenski.

Michael, fuhr es mir durch den Kopf, der Erzengel der Rache, der mit dem Flammenschwert umherzieht und alle Schurken von der Himmelspforte vertreibt.

»Wie sah diese Frau Engel denn aus?«

»Keine Ahnung. Wir haben nur miteinander telefoniert. Die Zahlung kam pünktlich, der Vertrag wurde unterschrieben, alles lief wie üblich.«

»Mist!«, entfuhr es mir. »Wie war die Stimme der Frau? Alt? Jung? Akzent?«

»Sie hatte eine ganz normale Stimme.«

»Wie hat sie gezahlt?«

»In bar. Viertausend Mark in einem Briefumschlag.«

»Stolzer Tarif«, meinte ich.

»Aber alles inklusive«, verteidigte Odenski seine Preisgestaltung.

»Allerdings. Sogar der Tod war mit drin.«

Ich überlegte und schlürfte den Kaffee. Vanessa hatte sich anscheinend Mühe gegeben, die Brühe hinzukriegen. Hoffentlich gab sich Big Mäc genauso viel Mühe mit ihr.

»Was war mit dem Abendessen? Wer hat sich darum gekümmert?«

»Das haben wir gemacht. Gehört dazu. Abendessen für sieben Personen, vier Gänge, Getränke inklusive. Ein Partyservice, mit dem wir zusammenarbeiten, hat die Sachen angeliefert.«

»Keine Kellner, kein anderes Personal?«

»Nein. Die Kundin sagte, dass sie eigenes Personal mitbringen würde. Die Firma hat das Essen in der Villa nur abgestellt und ist wieder gefahren.«

»Wie ist die Frau an den Schlüssel gekommen?«

»Ich habe ihn im Schließfach hinterlegt. Direkt vor dem Eingang zu meinem Büro.«

»Warum keine persönliche Übergabe?«

»Die Kundin war nicht sicher, ob sie während der Geschäftszeiten kommen konnte. Deshalb habe ich den Schlüssel ins Fach gelegt. Es war nicht verschlossen, sie konnte ihn sich einfach so nehmen.«

Mein Blick fiel auf die Liste.

»Darf ich?«, fragte ich pro forma und griff nach dem Schriftstück.

Sieben Namen inklusive Adressen und Telefonnummern prangten in fetten Lettern auf dem Papier.

Johannes Schadewald und *Hartmut Freudenreich* standen an erster und zweiter Stelle, die kannte ich ja schon, aber die anderen fünf Namen waren mir neu. Ich las:

Mandy Turner
Dr. jur. Botho Müller
Schwester Barbara Odel
Richard Borchert
Monika Keller

»Mandy Turner«, las ich vor. »Sie wohnt in Großbritannien. Wie kommt sie zu einer Einladung nach Bierstadt?«

»Ich habe mit ihr telefoniert«, antwortete Odysseus Odenski. »Sie sprach ganz gut Deutsch, sie war Lehrerin. Sie kannte Bierstadt, hat hier mal als Au-pair-Mädchen gearbeitet. Vor etwa zwanzig Jahren.«

Elektrisiert schaute ich Odenski an. »Wie hießen die Leute, bei denen sie beschäftigt war? Die Gastfamilie?«

»Den Namen hat sie nicht gesagt. Nur, dass es eine – wie sagte sie? – Tragödie gegeben hat und sie ihren Aufenthalt in Deutschland vorzeitig abbrechen musste.«

In meinem Inneren stieg eine Welle der Erregung auf. Brinkhoff hatte auch schon in diese Richtung gedacht: Die Lösung zu dem Fall musste in einer Begebenheit zu finden sein, die Jahre zurücklag und mit der alle sieben Toten zu tun hatten.

Ich bat Odenski um eine Kopie der Namensliste, erhielt sie und verabschiedete mich.

»Ihr Fotograf wartet draußen«, teilte mir Vanessa mit. Ich sah Big Mäcs Visitenkarte neben ihrem Computermonitor liegen. Die Frisur der Vorzimmerdame war ein wenig derangiert, die Wangen hochrot.

Er hatte wohl wieder die Nummer: »Ich bin Fotograf und bring dich ganz groß raus, Kleines« abgezogen, ein Trick, der trotz jahrzehntelanger emanzipatorischer Mädchenerziehung noch immer erstaunlich gut klappte.

»Und?«, fragte ich den Fotografen. »Was hast du ihr erzählt? Die Maus ist ja ganz zerzaust.«

»Sag du zuerst!«

»Ich hab die sieben Namen der Toten und weiß, dass der

Auftraggeber für den Abend eine Frau war, die aber leider niemand gesehen hat.«

»Und ich weiß ...«, Big Mäc gefiel die Situation, er zog genüsslich an einem Brennstab, »... dass Odenski die Frau doch gesehen hat. Er hat ihr aufgelauert, als sie den Schlüssel aus dem Fach holte.«

»Das ist ein Hammer!«

»Vanessa hat ihn ihrerseits beobachtet und ihn darauf angesprochen. Geile Sache, das.«

»Und?«

»Er hat es abgestritten.«

»Das ist wirklich interessant. Bruder, weißt du was?«

»Nee?«

»Manchmal haben wir mehr Glück als Verstand. Und jetzt erzähl mal, wie du sie weich geklopft hast.«

»War nicht schwer«, erklärte er. »Ein paar nette Worte, die Aussicht auf eine Einladung zum Pferderennen.«

»Auf so was fallen Frauen immer noch rein?«, wunderte ich mich.

»Frauen, ja«, grinste Big Mäc.

Aufgabenteilung

Wieder im Büro heftete ich einen Bogen Papier mit Zwecken an die Wand, klebte die Fotos von Schadewald und Freudenreich darauf, darunter Zettel mit den Worten GULA und SUPERBIA und die Texte aus den Psalmen. Ich ließ viel Platz frei, immerhin erwartete ich noch weitere fünf Fotos und Bewertungen ihrer Sünden.

Es klopfte. Es war Nikoll, die eifrig im Leben des Toten Nummer zwei herumrecherchiert hatte, und sie hatte gute Arbeit geleistet. Sie legte mir einen Bericht vor, der das Leben des Diplompsychologen Dr. Hartmut Freudenreich so vollständig darstellte, wie es in der kurzen Zeit zu recherchieren war. Alles war fein säuberlich aufgelistet, Quellenangaben, Uhrzeit der Gespräche und die Telefonnummern waren notiert.

»Das hat du ziemlich perfekt gemacht«, lobte ich Nikoll.

»Danke. Auf dem letzten Blatt habe ich dir Freudenreichs Aktivitäten zusammengestellt. Angefangen hat er seine Laufbahn als kleiner Psychologe, der sich mit Gerichtsgutachten über Wasser hielt.«

»Hat er vielleicht auch Angeklagte in Strafprozessen begutachtet?«

»Ja, sogar sehr viele. Er war ein ziemlich harter Hund. Aber was wirklich Spektakuläres habe ich nicht finden können.«

Ich rief Jansen an und bat ihn um eine Lagebesprechung. Wenig später saßen Big Mäc, Nikoll, Jansen und ich in der Kantine – vor uns eine große Kanne Kaffee.

Es war klar, dass wir uns Odysseus Odenski noch mal vornehmen mussten. Er hatte die geheimnisvolle Michaela Engel gesehen und es nicht zugeben wollen. Das musste ja etwas zu bedeuten haben.

»Gib Staatsanwalt Guardini den Tipp«, schlug Jansen vor. »Der kann sich Odenski noch mal vorknöpfen.«

»Nein«, sagte ich. »Das mache ich lieber selbst.«

»Grappa muss ihn so richtig weich gekocht haben«, schwärmte Big Mäc von meinen Recherchequalitäten. »Der wusste ja nicht mehr, ob er Männchen oder Weibchen war. Schöne Sache, das!«

»Bei der Inquisition wärst du der Brüller gewesen«, grinste Jansen.

»Als Hexe?«

»Nee, als Interviewerin.«

»Ihr spinnt wohl! Ich hab mit der Kirche nicht mehr viel am Hut«, sagte ich. »Ich bin in eine Nonnenschule gegangen – und das hat meinen Bedarf an Katholizismus fürs Leben gedeckt.«

»Arme Grappa! Aber meckere nicht! Du kennst dich immerhin mit dem Kirchenkram aus«, beruhigte mich mein Chef.

»Wir müssen trotzdem mit der Story weiterkommen!«, forderte ich. »Nikoll, hast du einen Vorschlag?«

»Mandy Turner. An die müssen wir heran«, meinte die Praktikantin. »Irgendeiner wird ja noch leben, der weiß, was sie genau in Bierstadt getrieben hat.« Sie bot an, die Bierstädter Vergangenheit der Frau abzuchecken.

Um den Tag perfekter zu machen, betrat jetzt Traumprinz Kosmo die Kantine. Er steuerte unseren Tisch an, in der Hand einen der bekannten Umschläge. Nikoll schenkte er einen seiner unbeschreiblich hinreißenden Blicke, sie schlug die Augen nieder.

Jansen und ich guckten uns an, wir grinsten.

»Post für dich, Grappa«, sagte Kosmo, ohne die Augen von Nikoll zu wenden. »Dein Massenmörder lässt grüßen.«

»Wenn der Mörder der Reihenfolge der Liste folgt, dann müsste hier Mandy Turner drin sein. Wettet jemand dagegen?«, fragte ich in die Runde.

Niemand wollte auf die Wette eingehen. Auf dem Foto war eine knapp 40-jährige Frau zu sehen. Ihre Brille war auf die Nasenspitze gerutscht, sie hatte die Augen geschlossen und die obere Zahnreihe war zu sehen. Quer über dem Bild stand: *INVIDIA*.

»Das ist bestimmt die Turner«, meinte ich. »Die sieht so englisch aus.«

»INVIDIA? Was heißt denn das nun wieder?«, fragte Jansen. »Grappa?«

»Neid«, erklärte ich. »Aber auch Eifersucht oder Missgunst. Hier ist der Text dazu. Hört mal! *Siehe, sie trägt in sich Böses; sie geht schwanger mit Unheil, gebiert Falschheit. Sie hat eine Grube gegraben und hat sie ausgehöhlt, doch ist sie in die Falle gefallen, die sie gemacht hat. Ihr Unheil kehrt auf ihr Haupt zurück, und auf ihren Scheitel herab kommt ihre Gewalttat.*«

»Sorry, ich muss wieder los«, sagte Kosmo.

»*Ciao, bello*«, verabschiedete ich ihn.

Der Traumprinz schlenderte davon, nicht ohne Nikoll noch einmal anzulächeln.

»Schon wieder ein Psalm?«, fragte Big Mäc.

»Scheint so. Werde ihn gleich heraussuchen. Es gibt hundertfünfzig von den Dingern. Schöne Sprüche – ich gewöhne mich langsam daran. Besser als alles andere, was ich in den letzten Monaten gelesen habe.«

»Für deinen Literaturgeschmack können wir ja nichts«, meinte Jansen.

»Ich lese wenigstens noch.« Ich stand auf. »Ich gehe wieder an die Arbeit.«

Nikoll erhob sich ebenfalls. Big Mäc fielen die Augen aus dem Kopf, als sie sich reckte und das dünne T-Shirt über ihrem Busen spannte.

»Für dich hab ich auch eine Sünde in petto«, raunte ich dem Fotografen zu, als sich Nikoll einige Meter entfernt hatte.

»Und die wäre?«, fragte er.

»VOLUPTAS – das heißt Geilheit. Aber keine Angst: Sie gehört nicht zu den Todsünden. Du kannst also ruhig so weitermachen!«

Kosmo schweigt

Brinkhoff bestätigte mir, dass die Tote auf dem Foto Mandy Turner war. Ich hatte das Foto eingescannt und ihm per E-Mail zugeschickt.

In meinem Zimmer pappte ich das Konterfei der Engländerin an die Wand, schrieb mit einem dicken Filzstift *INVIDIA* darunter und warf den PC an.

Der Text zu der toten Engländerin entstammte dem 7. Psalm, der Mörder hatte ihn leicht variiert, denn der Angesprochene war im Original ein Er und keine Sie.

»Der Mörder macht ein echtes Psalter-Quiz mit uns«, murmelte ich. »Aber mit einem Internetanschluss und einer guten Suchmaschine ist das alles kein Problem mehr. Früher musste ich wegen solcher Sachen stundenlang in Bibliotheken herumhängen. Das hat Zeit und Nerven gekostet.«

Nikoll war mir in mein Zimmer gefolgt; sie sah aus, als wollte sie mit mir über etwas anderes reden als Bibelverse.

»Wir läuft es denn mit dir und Kosmo?«, startete ich einen Versuch.

»Ich weiß nicht recht«, sagte Blondie.

»Was weißt du nicht?«

»Er ist so ... zurückhaltend. Ich glaube, er findet mich nicht attraktiv, als Frau, meine ich.«

»Wie kommst du darauf?«

»Er macht mir keine wirklich ernsthaften Avancen.«

»Er ist halt nicht so plump wie andere Männer«, sagte ich vorsichtig.

»Meinst du? Ich glaube, er hat trotz seines guten Aussehens noch nicht viel Erfahrung mit Frauen. Er wirkt ziemlich schüchtern.«

Jetzt musste ich aber schlucken! Kosmo hatte ihr anscheinend noch kein Wort von seinem Vorleben als Callboy erzählt, und das war eine Zeitbombe, die da tickte.

»Warte erst mal ab«, riet ich. »Das wird schon noch.« Es klang eher lahm.

»Hat er dir was über mich erzählt? Gesagt, wie er mich findet?«

Ich schüttelte den Kopf. »Nein. Er hatte aber auch noch keine Gelegenheit dazu, denn ich bin ja ständig unterwegs.«

»Ist eigentlich auch egal. Ich bin ja hier, um was zu lernen. Und nicht, um einen Lover zu finden. Okay, ich muss jetzt los.«

Ich sah ihr nach: Sie strahlte das Unglück verliebter Frauen aus, die unsicher sind, ob ihre Zuneigung erwidert wird – ein Gefühl, das mir nicht fremd war. Die Angst, zurückgewiesen werden zu können, setzt sich in jeder Pore der Haut fest und macht wechselweise depressiv und aggressiv.

Ich nahm mir vor, mit Kosmo unter vier Augen zu reden, aber nicht mehr heute. Ich hatte noch hundert Zeilen zu schreiben, und die musste ich bald hinter mich bringen.

Eine Stunde später jagte ich das Rechtschreibprogramm über mein Werk.

GEHEIMNISVOLLE FRAU LUD ZU LETZTEM ABENDMAHL EIN – IST SIE DIE TODSÜNDENMÖRDERIN?

Ja, die Überschrift gefiel mir.

O. O. versteht die Welt nicht mehr. »Alles war ganz normal«, verriet der Eventmanager unserer Zeitung. »Die Frau mietete telefonisch die Villa, überwies das Geld, bestellte ein Menü für sieben Personen und holte den Schlüssel ab. Wie konnte ich ahnen, dass ich das Haus an eine Mörderin vermiete?«
Gesehen hat O. die geheimnisvolle Frau nicht – so behauptet er. Er übergab unserer Zeitung aber exklusiv die Liste der Gäste, die das Essen nicht überlebten. Darunter auch Mandy Turner (Foto rechts), eine Engländerin, die vor zwanzig Jahren in Bierstadt als Au-pair-Mädchen gearbeitet hat.
Der Mörder – oder die Mörderin? – hat ihr die Todsünde INVIDIA (Hass, Missgunst) zugeordnet. Was hat Mandy Turner Schlimmes getan, dass sie dafür sterben musste?
Diese Frage stellt sich natürlich auch für die anderen Toten.
Von zwei weiteren Opfern ist bekannt, was ihnen vorgeworfen wird: Reporter Johannes Schadewald wird der GULA (Maßlosigkeit) bezichtigt und Dr. Hartmut Freudenreich soll sich der SUPERBIA (Hochmut) schuldig gemacht haben.
Leider tun sich die Ermittlungsbehörden mit der schnellen Klärung des siebenfachen Mordes schwer. Wie lange noch darf der offenbar religiös verwirrte Täter Fotos verschicken und sich über die untauglichen Versuche von Polizei und Staatsanwaltschaft lustig machen?

Jansen las den Artikel gegen, segnete ihn ab und sorgte für das Layout.

Ich ging nach draußen. Es war kurz nach acht. Mit Gewissensbissen dachte ich an Eberhard, der den ganzen Tag allein in der Wohnung gewesen war – eigentlich kein Leben für einen Kater, der unternehmungslustig und wild war. Ich hörte Schritte hinter mir, es war Nikoll.

»Noch Lust auf einen Wein?«, fragte ich.

»Nee, ich treffe mich mit Kosmo«, strahlte sie.

Ein Mann trat auf uns zu. »Hallo, Kleines«, sagte er und küsste Blondie auf die Wange. »Wie war dein Tag? Hast du den Todsündenmörder gefangen?«

Nikoll wurde verlegen. »Das ist Frau Grappa«, sagte sie zu dem Mann. »Sie schreibt die Artikel und leitet die Recherchen, ich helfe ihr nur. Mein Onkel, Herr Mahler.«

Er reichte mir die Hand.

»Nikoll hat mir viel über Sie erzählt«, sagte der Onkel.

»Hoffentlich nur Gutes«, murmelte ich.

»Nein«, lächelte er und sah mir direkt in die Augen.

Nachbarbesuch

Das Glück war mir hold, in der Bäckerei von Anneliese Scholz brannte noch Licht. Ich klopfte an die Glastür.

Die Bäckersfrau sah mich und öffnete.

»Und?«, fragte sie.

»Muss«, antwortete ich. »Und selbst?«

»Auch. Was liegt an?«, fragte sie.

»Ein Pfund Vierkornbrot und ein Pfund Kaffee.«

Sie griff nach dem Brot.

»Nee, nee – dieser Todsündenmörder! So wat!« Sie schüttelte verständnislos den Kopf. »Meinen Sie, Sie kriegen den?«

»Ich werde mein Bestes tun. Wie viel?«

Sie rechnete zusammen. Ich zog das Portemonnaie aus der Handtasche und legte das Geld auf den Tresen.

»Kennen Sie jemanden, der einen schwarzen Kater bei sich aufnehmen würde?«, startete ich einen Versuch.

»Wieso? Wat is mit dem Tier?«

»Nichts. Er ist sehr lieb und anhänglich, aber ich kann ihn nicht behalten, weil ich ja fast nie zu Hause bin.«

»Schwarze Katzen bringen Unglück. Isser wenigstens kastriert?«

»Noch nicht.«

»Dann geht der auch nich so schnell wech.«

Das klang ultimativ. Ich packte das Brot und den Kaffee und verabschiedete mich.

Eberhard begrüßte mich nicht an der Tür, als hätte er geahnt, dass ich soeben versucht hatte, ihn auf hinterhältige Weise loszuwerden.

»Eberhard, wo bist du?«, flötete ich, von schlechtem Gewissen geplagt.

Nichts passierte.

Ich spazierte durch die Wohnung und entdeckte ein schräg gestelltes Fenster. Panik ergriff mich. Wenn der Kater dort rausgeklettert war, würde er wohl kaum noch leben, denn er dürfte etwa drei Meter tief gefallen sein!

Ich suchte die gesamte Wohnung ab, schaute sogar in jede Schublade, bis mir einfiel, dass der Kater sie ja wohl kaum hätte hinter sich schließen können. Hektisch öffnete ich jede Schranktür, durchwühlte den Wäschepuff – keine Spur.

Unschlüssig saß ich schließlich in der Küche, da klingelte es. Ich stürzte zur Tür.

Vor mir stand ein dunkelhaariger junger Mann in Boxershorts und T-Shirt, gut und athletisch gebaut. Er war nicht allein, er hielt Eberhard auf dem Arm.

»Ist das Ihre Katze?«, fragte er.

»Eberhard, du verdammter Streuner«, rief ich. »Was ist passiert? Und wer ist dieser Onkel?«

»Ich bin Ihr neuer Nachbar«, erklärte der Mann. »Wir haben uns noch nicht getroffen, weil Sie ja wohl selten zu Hause sind. Ich wohne unter Ihnen.«

»Wollen Sie nicht hereinkommen?«, fragte ich.

Er wollte. Eberhard sprang auf den Boden und rannte in die Küche.

»Ich heiße Yunus Aydin«, stellte er sich vor.

»Ich bin Maria Grappa.«

Wir reichten uns die Hände.

»Kommen Sie mit in die Küche? Ich muss dem Kater was zu essen geben.«

»Er hat schon was gekriegt«, erzählte mein Nachbar. »Ich wusste gar nicht, dass Katzen Schafskäse fressen. Und mit den Oliven, die ich dazugestellt hatte, hat er Fußball gespielt.«

Wir blickten zu Eberhard, der dabei war, seinen Wassernapf leer zu schlabbern.

Ich tat ihm trotzdem ein paar Goldbröckchen in seine Glasschüssel, Eberhard beschnüffelte sie und stürzte sich dann drauf.

»Wollen Sie ein Glas Wein?«, wandte ich mich wieder dem Besuch zu.

Er nickte.

Ich nahm die Flasche aus dem Kühlschrank, griff zwei Gläser und wir gingen ins Wohnzimmer.

»Der Kater stand plötzlich auf meinem Balkon«, erzählte mein Nachbar. »Er muss von oben heruntergesprungen sein. Hatten Sie ein Fenster offen stehen?«

»Allerdings. Da ist er wohl durch. Gut, dass er sich nichts getan hat.«

»Katzen haben eben sieben Leben«, sagte Aydin.

Verstohlen musterte ich meinen Besucher. Er war nicht viel größer als ich, hatte eine sehr männliche Ausstrahlung, wenn er auch nicht im üblichen Sinn hübsch war. Sein Haar war dicht und blauschwarz und stand wirr vom Kopf ab, seine Haut schimmerte bräunlich, die Augen waren groß und dunkel, umrahmt von langen Wimpern, um die ihn jede Frau beneiden würde.

»Sie sind kein Deutscher, oder?«, fragte ich.

»Nein. Ich bin Türke. Ich habe im Norden eine Kanzlei.«

»Rechtsanwalt?«

Aydin nickte.

»Haben Sie einen besonderen Schwerpunkt in Ihrer Arbeit?«

»Nein. Ich mache alles. Vom Mädchenhandel bis zur Scheidung.«

»Leben Sie allein?«, peilte ich die Lage.

»Merkt man das nicht?«, fragte er forsch.

»Vielleicht ja«, lächelte ich. »Yunus – das ist ein schöner Name.«

»Ja, meine Eltern haben sich Mühe gegeben. Yunus – das heißt Delphin. Und Aydin, das ist die Morgenröte. Ich bin also der Delphin in der Morgenröte.«

»Wie romantisch«, meinte ich.

»Wir Türken sind so«, erklärte er. »Wir lieben eine blumige Sprache.«

Eberhard kam ins Wohnzimmer stolziert, sich das Mäulchen leckend.

»Na, du Junglöwe«, sagte Aydin. Der Kater sprang aufs Sofa und ließ sich von dem Mann kraulen.

»In alten türkischen Gedichten werden Kater als Junglöwen bezeichnet«, meinte er, während Eberhard in seiner Hand schnurrte. »Aber nur die unkastrierten.«

»Ja, die alten Bilder sind sehr schön. Ich beschäftige mich gerade intensiv mit Versen«, erklärte ich. »Mit den Versen der Bibel. Sie sind auch so facettenreich, intensiv und manchmal sehr romantisch in ihren Metaphern. Und immer sehr treffend, wie ich finde.«

»Wenn Menschen innerlich ergriffen sind, finden sie oft die richtigen Worte«, meinte der Delphin der Morgenröte. »Das ist der betörende Zauber der Sprache.«

»Ja. Ich kann nicht genug von schönen Worten kriegen.«

»Sie schreiben über die Todsündenmorde, nicht wahr?«

»Woher wissen Sie das?«

»Von der Bäckersfrau an der Ecke. Sie hat mich prompt als Abonnent des *Bierstädter Tageblatts* geworben. Dafür bekommt sie eine Espressomaschine.«

Überraschung an einem lauen Tag

Manchmal lasse ich Worte wie Bonbons über meine Zunge gleiten, um ihrem besonderen Geschmack nachzuspüren. Nein, hatte Mahler gesagt, er habe noch nichts Gutes über mich gehört. Völlig im Gegensatz zu den üblichen Höflichkeitsfloskeln. Dieses Nein arbeitete in meinem Inneren und es hatte einen bitteren Geschmack.

Ich hatte, trotz der netten Begegnung mit meinem neuen Nachbarn, nicht gut geschlafen und war früher als sonst in die Redaktion gefahren. Eberhard war im Morgengrauen auf mein Bett gesprungen, hatte mich durch das Kitzeln seiner Barthaare im Gesicht für kurze Zeit geweckt und sich wieder getrollt, als er merkte, dass ich seinen Zärtlichkeiten nicht das gewünschte Interesse entgegenbrachte.

Ich holte mir einen Kaffee aus der Kantine und machte mich in mein Zimmer auf. Kosmo kreuzte meinen Weg. Sein Dienst begann früher als meiner, er musste morgens früh zur Post fahren, die Postfächer des Verlages leeren, die Briefe und anderen Zusendungen ordnen und verteilen, bevor der Büroalltag losging. Also eine günstige Gelegenheit.

»Hi, Traumprinz, hast du mal einen Augenblick Zeit für mich?«, fragte ich.

Als er in meinem Zimmer saß, fragte ich ohne Umschweife: »Warum sagst du Nikoll nicht die Wahrheit?«

»Wie soll ich das denn machen, Grappa?« Er guckte sehr unglücklich. »Soll ich ihr sagen: Hör mal, Kleines, ich hab mich früher für Geld verkauft? Soll ich ihr sagen, dass ich Hunderte von Frauen gefickt habe? Und soll ich ihr dann sagen, dass es bei ihr etwas ganz anderes ist? Dass ich nur sie will? Dass ich sie liebe? Nein, Grappa, das kann ich nicht. Das nimmt sie mir in hunderttausend Jahren nicht ab.«

»Ach, Kosmo«, sagte ich. »Ich weiß, dass das schwer ist. Aber es geht nicht anders. Sie hat doch schon längst gemerkt, dass mit dir irgendwas nicht stimmt. Jetzt fass dir ein Herz und trau dich.«

»Ach, Grappa, du hast leicht reden. Kannst du's ihr nicht sagen?«

»Das macht es doch noch schlimmer!«

»Ich habe Angst davor, ihr angeekeltes Gesicht zu sehen. Bitte!«

Ich schüttelte energisch den Kopf. »Nein, da musst du selbst durch.«

»Hast ja Recht!«, sagte Kosmo leise.

»Du wirst es schon schaffen«, ermunterte ich ihn. Eine Locke seines braunen Haares fiel ihm über die Augen, ich strich sie ihm aus dem Gesicht und sagte: »Du musst einfach an die Macht der Liebe glauben!«

Was für ein Gesülze, Grappa, dachte ich.

»Danke, Grappa!« Kosmo lächelte wieder ein bisschen.

Als hätte sie jemand bestellt, platzte Nikoll in mein Zimmer. Kosmo begrüßte sie nur kurz, mied ihren Blick und machte sich davon. Nikoll rang sichtlich um Fassung.

»Siehst du«, sagte sie. »Er hat mich noch nicht einmal angesehen!«

»Männer gehen eben anders mit Gefühlen um als Frauen. Und? Was hast du über Mandy Turner rausgekriegt?«, lenkte ich sie ab.

Sie setzte sich hin und berichtete. Sie hatte eine Freundin der ermordeten Mandy Turner in England ausfindig gemacht und mit ihr telefoniert. Doch das, was die Frau erzählen konnte, half uns nicht wirklich weiter. Sie wusste nur, was wir schon von Odenski erfahren hatten: dass Mandy Turner als junge Frau in Bierstadt als Au-pair-Mädchen gearbeitet und sie ihren Aufenthalt in Deutschland früher als geplant abgebrochen hatte. Kein Hinweis auf die Familie, bei der die junge Engländerin damals gelebt hatte. Die Freundin von Mandy Turner hatte Nikoll jedoch versprochen, nach Briefen aus der Zeit zu suchen.

»Wir sollten Guardini erzählen, was wir rausgekriegt haben«, sagte ich. »Er hat andere Möglichkeiten bei der Recherche als wir.«

Nikoll nickte abwesend, sie war nicht ganz bei der Sache und verließ mich dann auch bald.

Die nächsten Stunden vertrödelte ich mit Aufräumen und Büroarbeiten, bis das Telefon klingelte.

»Hier Georg Mahler«, sagte jemand. »Sie erinnern sich? Ich bin der Onkel Ihrer Mitarbeiterin Nikoll.«

Ich tat so, als erinnerte ich mich nur noch dunkel an ihn.

»Ich war wohl gestern etwas unhöflich zu Ihnen. Meine Nichte hat mir Vorwürfe gemacht. Ich möchte mich für mein Verhalten entschuldigen.«

Ich sagte, dass ich seine Entschuldigung so nicht annähme, er müsse sich schon etwas Besseres einfallen lassen, um meinen Zorn zu zähmen.

»Heute Abend um 20 Uhr im *Roma*?«, fragte er lachend.

Lebende Opale

Ich verließ die Redaktion schon am frühen Nachmittag, um mich auf das abendliche Date einzustimmen.

Nach einem Schönheitsbad, das eine weiche duftende Haut verhieß, bestrich ich mein Gesicht mit einer Gurkenmaske, die mich bestimmt zehn Minuten jünger machen würde, zupfte meine Augenbrauen und polierte die Fingernägel. Eberhard saß dabei auf dem Deckel des Wäschepuffes und verfolgte mein Tun mit unverhohlenem Interesse; ich glaubte ein leichtes Grinsen in seinem Gesicht entdeckt zu haben.

»Lach nicht, Junglöwe«, sprach ich ihn an, »ich weiß ja, dass es nicht viel nutzt; aber es gibt mir eben das Gefühl, dass ich mich um mein Aussehen kümmere. Kapierst du das nicht?«

Der Kater sagte nichts, seine grünen Augen wurden noch größer und klarer. Mir fiel ein Gedicht von Baudelaire ein, in dem er seine geliebte Katze beschreibt. Ich konnte es auswendig.

»Magst du Gedichte?«, fragte ich den Kater.

Er äußerte sich nicht gegenteilig.

»Dann hör mal zu! *Je vois avec étonnement le feu de ses prunelles pâles. Clairs fanaux, vivantes opales, qui me contemplent fixement …* Das war Französisch, Kater. Verstehst du doch, oder?«

Er schüttelte den Kopf.

»Dein verstorbenes Herrchen hat dich wohl nicht aufs Katzengymnasium geschickt, was? Dann übersetze ich es dir: *Ich sehe mit Erstaunen das Feuer seiner matten Pupillen, helle leuchtende Fackeln, lebendige Opale, die mich unbeweglich fixieren.*«

Eberhard grinste wieder und begann zu schnurren.

»Komm!«, meinte ich und gab ihm einen Klaps auf das Hinterteil. »Raus hier! Schöner und jünger werden wir nicht mehr – da kannst du noch so gucken mit deinen Opalaugen.«

Ich hüllte mich in einen viel zu großen Herrenbademantel, einzige Hinterlassenschaft eines verflossenen Lovers, und ging ins Wohnzimmer. Dort legte ich mich aufs Sofa und warf meine Barockarien-CD in den Player. Ich badete erneut, diesmal in den einfachen, melodischen Liedern von Liebe, Verzicht, Opfer und Gottesanbetung.

»Ombra mai fu, di vegetabile, cara ed amabile, soave piu …«, sang der Countertenor aus Händels *Xerxes.* Eines meiner Lieblingslieder, ich nannte es die ›Gemüsearie‹.

Eberhard hatte es sich zwischen meinen nackten Füßen bequem gemacht. »Meinst du, ich gefalle diesem Mahler?«, fragte ich den Kater.

Ist mir egal, meinte Eberhard, *Hauptsache, du schleppst ihn nicht in unsere Wohnung. Ich dulde keine anderen Kater neben mir.*

»Sei nicht so egoistisch! Ich hatte lange keinen Lover mehr.«

Wie sieht der Kerl denn aus?

»Na ja«, antwortete ich. »Ganz passabel. Habe ihn ja nur kurz gesehen, und es hat schon ziemlich gedämmert.«

O weh, feixte Eberhard, *in der Nacht sind alle Kerle grau.*

»Du musst es ja wissen!«, blaffte ich.

Meine schönsten Erfolge bei den Damen hatte ich immer nachts, prahlte der Kater. *Guck ihn dir erst mal bei Sonne an, ehe du was Falsches tust! Obwohl ... in deinem Alter sollte man vielleicht nicht mehr so wählerisch sein!*

Es reichte. Ich drehte dem Countertenor den Hals ab und erhob mich.

»Jetzt ist Schluss mit lustig«, sagte ich und scheuchte die schwarze Nervensäge vom Sofa. »Wenn du weiter so unverschämt bist, wirst du kastriert – dann kannst du wenigstens so schön singen wie der Onkel auf der CD.«

Ich ging wieder ins Bad, um mich um mein Aussehen zu kümmern. Viel hatte ich da handwerklich nicht mehr auf Lager: Haare föhnen, Nase pudern, die Augen auf dramatisch schminken, die Lippen dunkelrot – das war's.

Make-up benutzte ich nicht, spätestens beim ersten herzhaften Lachen wären die Falten um die Augen doch zu sehen gewesen – und besser war es, wenn kein Spachtel in die Pasta rieselte.

Hinein ins schwarze kurze Kleid und gleich wieder raus, es klemmte, die Mandelhörnchen der letzten Wochen meldeten sich unschön zurück.

Ich wählte den Hosenanzug und ein tomatenrotes Top mit tiefem Ausschnitt, um von den Röllchen auf den Hüften abzulenken. Eberhard grinste spöttisch, ich ignorierte ihn kühl.

Ich schaute auf die Uhr. Es wurde Zeit zu gehen.

»Tschüs, Kater«, sagte ich. »Ich lege dir die Nummer vom Tierärztlichen Notdienst neben das Telefon – wenn's schlimmer wird. In dringenden Fällen führen die auch nachts Kastrationen durch!«

Der Kater warf mir einen vernichtenden Blick zu: *Pass du lieber auf, dass er dir nicht an die Wäsche geht!*

»Ich werde auf mich achten«, kicherte ich. »Ich bin keine Frau für nur eine Nacht. Wenigstens heute Abend nicht.«

Auf der Treppe begegnete mir Yunus Aydin. Er war auf dem Weg zum Müllcontainer, wie mir die Tüten in seiner Hand zeigten.

»Hi, wie geht es?«, fragte er und lächelte mich an. »Sie sehen aber toll aus!«

»Danke«, gab ich geschmeichelt zurück. »Schade, dass Eberhard Sie nicht hören kann. Er zieht mich schon den ganzen Abend auf.«

»Sie unterhalten sich mit Ihrem Kater?«, fragte Aydin – sichtlich amüsiert.

»Was bleibt mir anderes übrig?«, jammerte ich. »Ich bin ja nur eine arme Single.«

»Antwortet er Ihnen wenigstens?«

»Meistens. Manchmal ist er richtig geschwätzig! Und ganz schön frech.«

Der Rechtsanwalt lachte. »Wenn er das nächste Mal auf meinem Balkon landet, werde ich auch mal versuchen, mit ihm zu reden. Spricht er Türkisch?«

»Nee, noch nicht mal Französisch. Ich muss los.« Ich deutete auf meine Uhr. »Ich habe einen Termin.«

»Dann viel Spaß«, wünschte mir der Delphin in der Morgenröte.

Wollust und Völlerei

Bei manchen Männern ist allein der Anblick empfängnisverhütend, doch Georg Mahler gehörte nicht zu diesem vielköpfigen Heer.

Er begrüßte mich – mit einem Lächeln und einem echten Handkuss. Er versicherte mir, welches Vergnügen es für ihn sei, mich zu sehen. Sein Blick wanderte zu meinem Ausschnitt, als er mir aus dem Jackett half.

»Hoffentlich können Sie das auch noch am Ende des

Abends sagen«, entgegnete ich. Er musste so um die fünfzig sein, ein großer schwerer Mann mit leichtem Bauchansatz, kräftigen Armen und breiten Händen. Das Haar war dunkelbraun, über der Stirn etwas schütter, an den Schläfen angegraut. Seine Gesichtszüge waren markant, der Blick spöttisch und die Brille intellektuell. Als Gesamtkunstwerk durchaus akzeptabel.

Der Kellner brachte die Speisekarten. Mahler schien hier bekannt zu sein, denn er wurde mit »Professore« angeredet. Welche Art Professor er wohl war?

Der Abend war ja dazu da, auch das rauszukriegen.

Wir hatten gewählt. Ich entschied mich für Carpaccio vom Rind, Pasta mit Chili und Lammschulter mit Thymian. Mahler folgte meiner Auswahl – bis auf die Vorspeise; er favorisierte gefüllte Champignons.

Als Getränk bestimmte er einen bejahrten *Vino nobile de Montepulciano.*

»Aperitif?«, fragte er.

Ich hatte Lust auf Campari mit Zitrone und Eis.

Im Hintergrund perlten die Töne eines italienischen Schmalzbarden – zum Glück gedämpft.

»Was verstehen Sie eigentlich vom Sündigen, Frau Grappa?«

Die Frage kam unvermittelt.

»Ich bemühe mich, auf meine Kosten zu kommen«, antwortete ich und hob das Glas mit dem Drink.

»Bevorzugen Sie lässliche Sünden oder eher Todsünden?«, lächelte Mahler. Er prostete mir zu.

»Nimmt die Kirche nicht alles, was sie kriegen kann?«, fragte ich und nippte.

»Und? Welche Sünde begehen Sie am liebsten?«, wollte er wissen.

»Da bin ich flexibel. Heute Abend die Völlerei, gestern war's der Zorn, morgen ist vielleicht die Trägheit an der Reihe. Und wie ist es mit Ihnen? Sind Sie genauso verdorben wie ich?«

»Ich glaube, dass ich gut mit Ihnen mithalten kann, Verehrteste!«, behauptete Mahler.

»Na, dann hätten wir das ja schon mal geklärt. Ich mag es, wenn Männer mit mir mithalten können – und zwar nicht nur auf dem Gebiet der Sünde«, kokettierte ich.

»Und welche Anforderungen stellen Sie noch an Männer?«

»Ich finde es hinreißend, wenn Männer mit Messer und Gabel essen können und den Namen des Weines, den sie bestellen, auch richtig aussprechen können.«

»Sie sind aber eine bescheidene Frau!«

»Ach, wissen Sie«, seufzte ich, »das Leben hat mich bescheiden werden lassen.«

»Und? Hab ich denn wenigstens den Namen des Weins richtig ausgesprochen?«

»Keine Ahnung«, antwortete ich. »Ich kann kein Italienisch.«

»Dann will ich mich mal anstrengen, dass das mit der Handhabung von Messer und Gabel klappt«, kündigte er an.

»Welche ist denn Ihre bevorzugte Sünde?«, fragte ich.

»Ich liebe die Frauen«, sagte Mahler mit einem lasziven Unterton. »Ich glaube, mit der *voluptas corporis* habe ich die meisten Probleme. Und die meisten Freuden.«

Mahler fixierte mich, sehr direkt, sehr indiskret. Ich bemerkte, dass in seinen Pupillen schwarze Pünktchen waren und dass ein leichter Schleier über seinen Augen lag – es waren keine Kater-Tiefsee-Opalaugen.

»Mit der Wollust verhält es sich nämlich so: Je mehr man ihr nachgibt, umso heftiger will man sündigen. Verstehen Sie, was ich sagen will?«

»Ich kann Ihnen intellektuell noch folgen.«

Es sollte zickig klingen. Ich merkte, dass mir irgendetwas nicht gefiel, aber was?

Er geht zu ergebnisorientiert vor, schoss es mir durch den Kopf, so, als habe er keine Zeit zum Flirten. Das konnte ich noch nie leiden.

Das Prickelnde am Beginn einer Bekanntschaft mit erotischen Vorzeichen ist das Spiel mit Worten und Blicken, der schnelle witzige Dialog zwischen zwei Menschen, die noch nicht genau wissen, ob der Weg ins Bett oder in die Leere führt. Und gerade diese Unsicherheit macht das Spiel so erregend.

Der Kellner rückte wieder an, diesmal mit Brotkorb und Knoblauchbutter.

»Einer Liebe, die nur in Wollust ihren Ursprung hat, fehlt aber die Tiefe. Deshalb ist sie meist auch nicht von langer Dauer«, dozierte der Professor. »Aber Asmodi, der Dämon, der uns versuchen will, lässt eben nicht locker.«

»Ich weiß, wovon Sie reden«, gab ich zu und ließ ein knuspriges Stück Brot in meinen Mund gleiten. Die Butter vereinigte Salz und Knoblauch in einem angemessenen Verhältnis. »Mit manchen Männern muss man allerdings nicht länger als nötig zusammen sein. Man feiert das Fest der *voluptas corporis* – und tschüs. Da hat Asmodi schon Recht.«

»So sehen Sie das also.«

»Sie etwa nicht?«

»Doch«, gab er zu. »Mit manchen Männern sollte man wirklich nicht länger als nötig zusammen sein.«

Ich lächelte und kaute mein Brot.

»Sie sind eine attraktive Frau. Nicht mehr jung, aber auch nicht alt. Noch lebenshungrig genug, um aktiv und bewusst zu sündigen. Ich bin der Wollust verfallen und sehe Sie. Was denke ich wohl?«

»Keine Ahnung. Aber Sie werden es mir bestimmt jetzt sagen.« Warum legte er ein solches Tempo vor?

»Ich würde jetzt gern meine Lippen auf Ihre Haut legen, würde meine Zähne gern in der Nähe Ihrer Kehle haben, um von dort aus langsam mit dem Mund zu Ihren Brüsten zu wandern, um mit meiner Zunge die Tiefe des Tals zwischen den beiden Hügeln auszumessen. In Salomos Hohelied werden die Brüste als *Rehzwillinge* bezeichnet. Schön, nicht wahr?«

Das war ein klassischer Frontalangriff! Ich atmete durch.

»Was für eine Art Professor sind Sie eigentlich?«, fragte ich. »Ein Professor der schön klingenden Worte?«

»Oh, habe ich Ihnen das noch nicht gesagt?« Mahler grinste. »Katholische Theologie.«

»Priesterweihe?«

»Da sei Gott vor!« Es kam aus voller Seele. »Dann wäre es ja wohl aus mit der Wollust und ich befände mich gerade im Landeanflug auf eine schwere Sünde.«

Katholische Theologie also. Ein merkwürdiges Gefühl beschlich mich. Glaube, Sünde, Kirche, Psalmen ... selten war ich so oft mit so etwas konfrontiert worden wie in der letzten Zeit. Oder fiel es mir nur jetzt erst auf? Zum Glück schlich sich der Kellner mit dem Carpaccio heran.

»Von Ihrer Nichte wissen Sie ja von den Todsündenmorden«, wechselte ich das Thema. »Was bringt jemanden dazu, sieben Menschen umzubringen und ihnen Psalmen zuzuordnen?«

Ich träufelte Zitrone über die hauchfeinen Scheiben und würzte ordentlich mit Pfeffer.

»Ich bin kein Psychologe«, sagte Mahler. »Ich weiß nur, dass die Psalmen – es sind ihrer hundertfünfzig – die Menschen immer fasziniert haben. Weil sie so schön und so innig sind. Schmeckt es Ihnen?«

»Super!«, antwortete ich. »Entschuldigen Sie, dass ich schon esse. Aber warmes Carpaccio ist die Hölle für mich.«

»Kein Problem. In die Hölle kommen wir alle noch früh genug.«

»Kauen Sie doch schon mal ein Stückchen Brot!« Ich reichte ihm den Korb.

Er lehnte ab.

»Der Mörder muss sich in kirchlichen Dingen gut auskennen; er scheint gebildet und intelligent«, setzte ich meine Gedanken fort. »Das erkennt man auch daran, wie er die Morde inszeniert hat. Das lässt eigentlich nur einen Schluss zu.«

»Da bin ich aber neugierig!«

»Sie sind der Mörder.«

»Ach.« Er schien ein wenig erstaunt. »Und warum?«

»Keine Ahnung. Ich kenne Sie zu wenig, um ein Motiv konstruieren zu können. Sagen Sie mir eins!«

Jetzt griff der Professor doch nach einem Stück Brot.

»Geltungstrieb?«, überlegte er. »Oder wie wäre es mit der Lust am Katz-und-Maus-Spiel? Könnte Ihnen das gefallen, Frau Grappa? Mal auszuprobieren, ob es den perfekten Massenmord gibt?«

»Dann wären Sie hochgradig neurotisch.«

»Und wer sagt Ihnen, dass ich alle meine Sinne beisammen habe?«

Ich überlegte. Dann sagte ich: »Okay. Ich werde Sie ganz oben auf meine Liste setzen.«

»Das ehrt mich aber«, lächelte Mahler maliziös und hob das Glas mit dem rubinroten *Vino nobile de Montepulciano.* »Darauf stoßen wir an!«

Unsere Hände berührten sich, doch taten wir beide so, als sei es Zufall gewesen.

Endlich war Mahlers Vorspeise da. Die Champignons brodelten noch, als der Kellner den Teller vorsichtig platzierte.

Ich verließ meinen Körper und stellte mich neben uns, um uns eingehend zu betrachten.

Zwei Menschen saßen da, eine Frau und ein Mann, nicht mehr jung, aber auch noch nicht steinalt, vom Leben nicht enttäuscht, aber dennoch ohne die Illusion, dass die Begegnung mit einem neuen Menschen wirklich etwas ändern könne am eingefahrenen und lieblosen Alltag.

Nein, wehrte ich mich, so war ich nicht und so wollte ich auch nicht leben. Ich blickte mich um. Die anderen Paare, die hier – meist sich gegenseitig anschweigend – gepflegt und teuer speisten, waren wie wir, ein Tisch gegen den anderen austauschbar, ein Mann gegen den anderen und eine Frau gegen die andere.

Ich schloss die Augen. Hörte in mich hinein, versuchte herauszufinden, was ich eigentlich suchte und warum gerade an diesem Ort.

Die Geräuschkulisse war so diffus wie der Anblick der Menschen im gedämpften Licht des Restaurants. Es war nicht möglich, sich auf einzelne Töne zu konzentrieren, erwischte ich mal einen Laut, verlor ich ihn Augenblicke später wieder, ich lauschte einem Fetzen Musik oder dem Klingen eines Messers auf einem Teller, versuchte den Tönen bis zum Ende zu folgen – vergebens.

»Was ist mit Ihnen?«, fragte Mahler.

Ich schreckte auf. Er muss dich für völlig überspannt halten, dachte ich und sagte: »Nichts. Es geht mir gut.«

Der Kellner räumte die Teller ab, kam zurück und fegte die Brotkrümel mit einem winzigen Besen zusammen. Seine Bewegungen waren hastig und ein bisschen geduckt, als würde er jeden Augenblick einen Tadel erwarten.

Ein Brotbröckchen landete auf meinem Schoß. Der junge Mann zögerte, warf mir einen unsicheren Blick zu und murmelte: »Entschuldigen Sie.«

Unsere Blicke trafen sich. Der Kellner war höchstens zwanzig, ein hübscher Junge mit einem lebenshungrigen Gesichtsausdruck, den er wohl berufsbedingt acht Stunden am Tag unterdrücken musste. Er hatte noch Babyspeck im Gesicht, wohnte bestimmt noch bei seiner Mama und holte abends sein knatterndes Moped raus, um die Mädels zu beeindrucken.

»Was ist?«, blaffte Mahler den Kellner an. »Sind Sie immer noch nicht fertig?«

Mit geducktem Kopf zog sich der junge Mann zurück. Mahler hatte so heftig reagiert, dass wenig später der Geschäftsführer des Restaurants an unserem Tisch stand und fragte, ob der ›Professore‹ Grund zur Beschwerde habe.

Ich sah Mahler an und setzte den Blick auf, den meine Freunde als ›Reaktorblick‹ zu bezeichnen pflegen: ein Atomkraftwerk kurz vor der Explosion.

Der Professor versicherte rasch, dass alles in bester Ordnung sei. Der junge Kellner brachte die Pasta. Schweigend begannen wir zu essen. Das Chili war höllenscharf und verbrannte mir die Gaumenhaut. Ich schnappte nach Luft.

»Ist wohl nicht unser Abend heute?«, fragte Mahler.

»Wissen Sie was?«, sagte ich. »Ich habe keine Lust mehr auf dieses vornehme Getue hier. Diese speisenden Scheintoten, dieses leise Gejammer der Musik, dies falsche mediterrane Ambiente mit den Gips-Amors, diese devoten Schranzen, die überhöhten Preise ... Lassen Sie uns woanders hingehen!«

Völlig verdattert fragte er: »Und wohin?«

»In die nächste Kneipe!«

»Ist das Ihr Ernst?«

»Warum sollte ich scherzen? Ich muss hier weg.«

»Kann es sein, dass Sie etwas exaltiert sind?«

Ich widersprach ihm nicht.

Die nächsten zwei Stunden verbrachten wir in einer spanischen Tapakneipe, schlürften einfachen Rotwein und unterhielten uns wie zwei Menschen, die sich nett finden und sich freuen, dass sie sich getroffen haben. Sogar das Flirten gelang uns besser als zuvor in dem Nobelschuppen. Ich erzählte von meiner Arbeit und sogar ein bisschen etwas über mein Privatleben, Mahler redete von seiner Beziehung zur Kirche bis hin zu dem Wunsch, den Lebensabend ruhig und beschaulich in einem italienischen Prämonstratenser-Kloster zu verbringen – umgeben von einem Hauch von Ewigkeit, einem mittelalterlichen Klostergarten und vielen Büchern.

Irgendwann nahm ich ein Taxi nach Hause.

Eberhard war noch wach.

»Na, du Junglöwe!«, sprach ich ihn an. »Alles paletti? Hast du den Notarzt holen müssen?«

Er antwortete nicht, sondern biss mich zart in die Fesseln.

»O je, Kater«, sagte ich und dachte an Mahlers verbalerotische Attacke auf mein Dekolleté. »Was ist denn bloß los mit euch Männern? Irgendwo wollt ihr immer knabbern.«

Verklärte Nacht

Nikoll Mahler sorgte für die erste positive Nachricht am nächsten Tag. Die Freundin von Mandy Turner hatte sich noch mal gemeldet. Sie hatte ein Foto gefunden, das die ermordete Lehrerin im Kreise der Familie zeigte, bei der sie damals als Au-pair-Mädchen angestellt gewesen war. Mandy Turner hatte es der Freundin zugeschickt.

»Sie will mir das Foto per E-Mail zukommen lassen«, berichtete Nikoll. »Vielleicht hilft es uns ja weiter.«

»Ich finde es klasse, dass du so hartnäckig bist«, lobte ich. »Genau das macht eine gute Journalistin aus. Dranbleiben an der Recherche, nicht lockerlassen.«

Mein Lob freute sie, doch da war noch etwas, was sie loswerden wollte.

»Ich war mit ihm im Konzert«, erzählte sie. »In dieser Wiener Schule.«

»Und – wie hat dir die Musik gefallen?«

»Es ging so. Ein Stück war ganz nett«, erzählte sie. »Von diesem Schönberger.«

»Schönberg.«

»Ja, genau. Es hieß *Verklärte Nacht*.«

»Und? Kam es zu einer solchen? Nach dem Konzert?«

»Nein. Wir waren noch ein Bier trinken. Dann hat Kosmo mich nach Hause gebracht. Das war alles.«

»Bist du noch verliebt in ihn?«

Sie zuckte mit den Schultern. »Weiß nicht. Bin gerade dabei, es mir wieder abzugewöhnen. Hat vermutlich keinen Sinn.«

»Nikoll! Ich muss dir doch wohl keine Ratschläge geben, wie du dich einem Mann gegenüber verhalten musst? Frag ihn doch einfach, was los ist!«

»Meinst du?« Ein Hoffnungsschimmer glomm in ihrem Blick.

»Natürlich meine ich das. Eine klare Ansage ist bei unklaren Verhältnissen immer das Beste«, stellte ich fest.

»Ich war so oft verliebt und immer ist es schief gegangen«, jammerte sie.

»Ich kann dir sagen, woran das liegt«, lächelte ich.

Die letzten Lieben meines Lebens zogen an mir vorüber und ich stellte fest, dass ich auch nicht wesentlich erfolgreicher gewesen war als Nikoll.

»Und? Woran liegt es?«, unterbrach die Blonde meine Gedanken.

»Du verliebst dich nicht in die Person deiner Begierde«, erklärte ich. »Du bist in die Vorstellung vernarrt, die du dir von diesem Mann gemacht hast. Und wenn er deinem Bild nicht entspricht, reagierst du aggressiv. Doch statt dir selbst die Schuld zu geben, projizierst du sie auf denjenigen, in den du verliebt bist. Kannst du mir folgen?«

Sie konnte, doch ich hatte sie zum Weinen gebracht.

»Sei nicht traurig«, versuchte ich sie zu trösten. »Diesen Fehler wirst du immer wieder machen. Ich bin zwanzig Jahre älter als du und hab's immer noch nicht geschnallt. Aber – dieser Zustand hat auch seine Vorteile.«

»Und welche?«, schniefte sie.

»Du hast das Gefühl, dass du lebst, wenn du verliebt bist. Egal, wie es ausgeht. Die Sonne strahlt heller, die Sterne funkeln stärker, der Wind ist frischer, deine Lieblingsspeise schmeckt besser, dein Schritt ist leichter, du kannst Musik plötzlich fühlen, die Bilder, die du ansiehst, erzählen dir Geschichten und du begreifst den Sinn von Gedichten ... Verstehst du?«

»Oh, schön! So habe ich es noch nie gesehen!«, rief Nikoll.

»Bei Kosmo wirst du es erleben«, prophezeite ich. »Nimm ihn so, wie er ist. Und habe Geduld. Und jetzt lass uns in die Konferenz gehen.«

Wortlos gingen wir den Weg zum Sitzungsraum, sie dachte vermutlich an Kosmo und ich dachte an die Erfahrungen, die ich bei und mit Männern gemacht hatte. Es war jedes Mal ein bisschen anders gewesen, aber immer schön, manchmal auch schön schmerzhaft.

»Hast du eigentlich einen Freund? Oder einen Liebhaber?«, fragte Nikoll.

»Zurzeit habe ich nur Eberhard«, gestand ich ein. »Obwohl …«

»Was?«

»Ich habe einen netten Nachbarn«, erzählte ich. »Rechtsanwalt. Aber zu jung für mich. Obwohl …«

»Schon wieder obwohl?«, lächelte die Blonde.

»Eigentlich ist er im richtigen Alter«, stellte ich fest. »Ende dreißig – das passt eigentlich doch.«

»Wie sieht er aus?«

»Das Schönste an ihm sind seine Augen: kohlenschwarz. Und er hat sehr lange dichte Wimpern. Er ist Türke.«

»Bist du verliebt in ihn?«

Ich lachte. »Nein, so weit ist es noch lange nicht. Sein Balkon hat meinen Eberhard vor dem Sprung in den Tod bewahrt. Darauf haben wir ein Glas Wein zusammen getrunken.«

»Und wie findest du meinen Onkel?« Wir waren vor der Tür des Konferenzraums angelangt.

»Du weißt, dass wir gestern essen waren?«

»Er hat's mir erzählt.«

»Er ist ein interessanter Mann«, wich ich aus.

»Ja, das ist er. Darf ich dir auch einen Rat geben?«

»Natürlich.«

»Er ist schwierig … und er hat bisher noch jede Frau ins Unglück gestürzt.«

»So schlimm kam er mir gar nicht vor. Er ist, glaube ich, ein bisschen zu eitel und verliert keine Zeit beim Baggern.«

»Nimm lieber den Rechtsanwalt!«, riet Nikoll mir.

Dorische Säulen

Nach der Konferenz war das Foto aus England da. Nikoll zeigte es mir. »Das ist Mandy Turner – vor zwanzig Jahren.«

Im Vordergrund des Bildes sah ich eine junge Frau, so um die zwanzig, blond, blass und sehr englisch aussehend. Sie stand vor einem großen Haus, neben sich zwei Kinder: ein Junge und ein Mädchen. Der Junge war etwa zehn bis zwölf Jahre alt, das Mädchen jünger, ich schätzte es auf acht.

»Das sind bestimmt die Kinder, die Mandy Turner betreut hat«, murmelte ich.

»Ziemlich großes Haus«, stellte Nikoll fest. »Hast du eine Ahnung, wo es stehen könnte?«

»Keinen blassen Schimmer.«

Ich ließ meine Augen über die Villa wandern. Sie hatte eine breite Front, den Eingang zierten zwei nachempfundene dorische Säulen, die Fenster waren hoch und schmal. Zu der zweiflügeligen Eingangstür führte ein Treppenaufgang, dessen Stufen am Rand abgerundet waren.

»Sieht aus wie die Hütte eines Schlotbarons aus dem letzten Jahrhundert. In solchen Villen haben Bergwerksdirektoren oder Stahlbosse gehaust. Die Familie scheint offenbar gut betucht gewesen zu sein.«

»Wenn wenigstens ein Straßenschild zu erkennen wäre«, seufzte Blondie.

Mir kam eine Idee. »Ich werde das Foto mal einem Mitarbeiter des Stadtarchivs zeigen. Die haben doch einen Katalog der Gebäude erstellt, die für die Geschichte der Region von Bedeutung sind. Wäre doch gelacht, wenn niemand das Haus identifizieren könnte! Bei uns im Pott wird schließlich alles unter Denkmalschutz gestellt, was älter als zehn Jahre ist.«

Aber wir hatten Pech: Die Recherche beim Archiv ergab, dass niemand das Haus kannte.

Langsam wurde ich ungeduldig. Schon wieder eine Sackgasse!

Frustriert räumte ich auf meinem Schreibtisch herum, dabei fielen mir wieder die letzten Artikel des ersten Opfers, Johannes Schadewald, in die Hände. Dass das *Bierstädter Tageblatt* die Schandtaten des Schmuddelreporters jahrelang veröffentlicht hatte, trug nicht gerade zur Ehre unseres Blattes bei.

Aber Peter Jansen war erst Chef geworden, als Schadewald schon ausgezählt worden war, und hatte das Blatt zum Glück in eine andere Richtung gelenkt.

Schadewalds Artikel hatte ich bisher nur flüchtig durchgesehen, jetzt nahm ich mir die Zeit, sie zu lesen.

Ich ordnete die Artikel in zwei Gruppen: die, die zeitlich nicht zum Aufenthalt von Mandy Turner in Bierstadt passten, und die anderen, die etwa in jene Zeit fielen.

Der zweite Haufen war sehr viel kleiner. Ich vertiefte mich in die Lektüre.

Schadewald hatte über einen Massenunfall auf der Autobahn berichtet, bei dem fünfzehn Menschen ums Leben gekommen waren, manche waren in ihren Autos verbrannt, andere grauenhaft zerquetscht worden – Fotograf Schadewald hatte alles gnadenlos abgelichtet und eine reißerische Story dazu geschrieben.

Oder der Brand eines Hauses in Bierstadt: fast eine komplette Familie war dabei ums Leben gekommen. Sein Foto zeigte die Ruine des Gebäudes, sodass das Ausmaß des Feuers jedem Blinden klar wurde.

Ich wollte den Artikel wieder weglegen, als ich stutzte. In meinem Hirn hatte es ›Klick‹ gemacht.

Ich schaute mir das mehrspaltige Foto der abgebrannten Hausruine genauer an. Es war nicht mehr viel zu erkennen, doch eines war unübersehbar: Die Eingangstür des Gebäudes wurde von zwei nachempfundenen dorischen Säulen eingerahmt.

Das Haus war das Gebäude auf Mandy Turners Foto!

TÖDLICHE TRAGÖDIE: FAMILIENVATER ZÜNDET EIGENES HAUS AN – DREI TOTE!

Die Überschrift war in den größtmöglichen Lettern gedruckt und zog sich quer über die sieben Spalten. Ich schaute auf das Datum: 15. September 1981.

Das ist es, dachte ich.

Der Brand hatte sich am 14. September ereignet, und am 14. September 2001, also genau 20 Jahre später, waren die sieben Menschen in der Villa im Bierstädter Süden mit Gas hingerichtet worden! Eine heiße Welle der Erregung erfasste mich.

Als die Feuerwehr in der vergangenen Nacht in die Schweizer Allee gerufen wurde, war es für drei Menschen zu spät: Marianna und Marius Daniel und ihr Sohn Michael waren bereits tot, die achtjährige Tochter Luisa entkam schwer verletzt den Flammen, ein Feuer legte das Haus der Familie in Schutt und Asche.

Nach ersten Ermittlungen der Kriminalpolizei hat Marius Daniel (32) seine Frau Marianna (30) erschossen, das Haus in Brand gesetzt und sich anschließend selbst gerichtet. Sohn Michael (12) starb an Verbrennungen, seine jüngere Schwester Luisa konnte gerettet werden. Das Mädchen liegt auf der Intensivstation der Bierstädter Unfallklinik.

Der Grund für die Familientragödie ist noch nicht bekannt, die Recherche unserer Zeitung bei den Nachbarn der Daniels ergab, dass Marius Daniel das gesamte Vermögen durch Geldspekulationen verloren hatte.

»Seine Bemühungen, einen Teil der Summe gerichtlich einzuklagen, scheiterten vor etwa einem halben Jahr«, so der ermittelnde Kommissar Brinkhoff gegenüber unserer Zeitung.

Marius Daniel und seine Frau Marianna galten als glücklich verheiratet. Deshalb ist der schreckliche Vorfall für die Nachbarn unerklärlich.

»Dass er zugelassen hat, dass seine eigenen Kinder in dem Feuer umkommen könnten, ist unvorstellbar grausam«, erklärte eine

Nachbarin der Daniels gegenüber dem *Tageblatt.* »Warum hat er Luisa und Michael vorher nicht in Sicherheit gebracht?«
Nach Augenzeugenberichten hat der 12-jährige Michael seine Schwester aus dem Bett geholt und sie vom ersten Stock aus in den Garten herabgelassen. Das Mädchen wurde von Feuerwehrleuten in Empfang genommen. Für den Bruder jedoch kam jede Hilfe zu spät. Er konnte zwar noch im brennenden Schlafanzug aus dem Haus laufen, brach aber dann zusammen und erlag noch am Unglücksort seinen schweren Verletzungen.
Das Kindermädchen der Familie hatte an diesem Tag Glück im Unglück. Die Engländerin hatte ihren freien Tag gehabt. Sonst wäre womöglich noch ein viertes Todesopfer zu beklagen.

Welches Glück ich hatte! Anton Brinkhoff, heute Leiter der Bierstädter Mordkommission, war vor zwanzig Jahren als junger Kriminalbeamter am Ort des Geschehens gewesen!

Und es gab eine Überlebende: das kleine Mädchen, das damals von seinem Bruder gerettet worden war!

Bericht aus der Vergangenheit

»Es war eine schreckliche Nacht. Das Haus stand in hellen Flammen, die Feuerwehr konnte nichts mehr ausrichten und wir wussten, dass sich noch Menschen darin befanden.«

Brinkhoffs Büro war noch immer so hässlich, wie ich es in Erinnerung hatte. Schäbige Möbel, durchgesessene Stühle, auf denen Mordverdächtige bei Verhören hin und her gerutscht waren, in der Leichtmetalljalousette vor dem Fenster fehlten einige Rippen.

Der Hauptkommissar hatte extra Kaffee für mich gekocht. »Der Kantinenkaffee ist ungenießbar. Und Sie kriegen mit tödlicher Sicherheit einen Pappbecher.«

Tödliche Sicherheit bei der Mordkommission – ich musste innerlich lächeln. Aber wirklich: Brinkhoffs Brühe war lecker.

»Natürlich war nicht sofort klar, dass der Mann zuerst

seine Frau und dann sich erschossen hat«, erzählte Brinkhoff weiter. »Aber da war dieses englische Kindermädchen. Sie schrie herum, konnte kaum Deutsch und wir verstanden irgendwann, dass sich die beiden Kinder noch im Haus befanden.«

»Wissen Sie, wie das Kindermädchen hieß?«, fragte ich.

»Nein, aber das muss natürlich im Protokoll von damals stehen. Warum?«

»Ihr Name war Mandy Turner.«

Brinkhoff schaute mich ungläubig an. »Das ist doch der Name eines der Opfer aus der Villa!«

»Eben. Mandy Turner war vor zwanzig Jahren Au-pair-Mädchen bei der Familie Daniel, nach dem Brand ist sie nach England zurückgekehrt. Und seitdem war sie nie wieder in Deutschland.«

»Und jetzt kommt sie in Bierstadt ums Leben«, wunderte sich Brinkhoff.

»So ist es, und das auf den Tag genau zwanzig Jahre nach dem verheerenden Feuer!«

Der Hauptkommissar pfiff durch die Zähne. »Das ist wirklich ein Hammer!«

»Ich habe hier einen alten Artikel des *Bierstädter Tageblattes*«, sagte ich und reichte ihm eine Kopie. »Gucken Sie mal, wer den geschrieben hat.«

»Schadewald!«

»Zwei der Toten waren also vor zwanzig Jahren dabei – das kann kein Zufall sein.«

»Das sehe ich auch so«, stimmte mir Brinkhoff zu. »Aber warum erinnert sich der Mörder erst nach zwanzig Jahren an diese Nacht? Und was haben Schadewald und die Turner verbrochen?«

»Denken Sie an die Todsünden!«, forderte ich ihn auf. »Schadewald wurde GULA, die Maßlosigkeit und die Habgier, zugeordnet – er hat die Fotos aus der Nacht an alle Blätter verkauft – bestimmt auch die ganz schlimmen, die das *Tageblatt* nicht veröffentlichen wollte.«

»Ja, ich erinnere mich an den Auftritt dieses Mannes.« Langsam schien sich der Hauptkommissar wieder auf Einzelheiten besinnen zu können. »Es war schrecklich! Als der Junge brennend aus dem Haus lief, hat ihn dieser Schadewald tatsächlich fotografiert. Unfassbar! Dieses Foto ist später in der Boulevardpresse erschienen.«

»Völlerei also – er konnte den Hals nicht voll kriegen. Und jetzt zu Mandy Turner. Ihre Sünde heißt: INVIDIA, Hass, Missgunst, und sie musste deshalb sterben. Vielleicht hat sie der Familie ihr Glück nicht gegönnt.«

»Lassen Sie mich mal überlegen!«

Brinkhoff war aufgestanden, lief im Zimmer hin und her, sichtlich aufgewühlt. »Es gab damals Gerüchte. Sie verstehen, so Nachbarschaftstratsch. Dieser Daniel sollte angeblich etwas mit dem Au-pair-Mädchen gehabt haben. Ob das stimmt, weiß ich allerdings nicht. In die Richtung haben wir damals nicht mehr ermittelt, warum auch?«

»Missgunst – das würde dann passen. Hass auch, denn wenn die Turner in den Familienvater verknallt war, hat sie dessen Frau bestimmt gehasst.«

»Endlich gibt es ein bisschen Licht am Ende des Tunnels«, meinte Brinkhoff. »Sie sind clever, Frau Grappa.«

»Danke. Würden Sie mir auch einen Gefallen tun?«, nutzte ich sofort die Chance.

»Natürlich.«

»Ich will die Akten von damals lesen.«

Brinkhoff sagte zu, sie so schnell wie möglich heraussuchen zu lassen.

In der Redaktion fasste ich die Ereignisse des Tages kurz zusammen und schilderte die Familientragödie, die sich vor zwanzig Jahren in Bierstadt zugetragen hatte.

WO IST LUISA DANIEL? – fragte ich in der Überschrift. Wer weiß, was aus dem Mädchen geworden ist, das dem flammenden Inferno entkam?

Katerlaunen

Nachdenklich fuhr ich von der Redaktion nach Hause. Unterwegs hielt ich bei meiner Lieblingsbäckerei an, denn ich hatte mal wieder nicht eingekauft, weder für mich noch für Eberhard.

Anneliese Scholz hatte sich zum Glück inzwischen mit dem Katzenfutter der Goldkantenmarke eingedeckt – sie traute mir wohl nicht zu, meinen Kater vernünftig zu ernähren.

»Und?«, fragte sie, als ich den Laden betrat.

»Muss. Selbst?«

»Auch. Und er?«

»Mault ein bisschen. Ich bin zu lange weg. Dann macht er Zicken. Springt aus dem Fenster. Zum Beispiel auf den Balkon meines Nachbarn.«

Die Bäckersfrau lachte. »Hat mir der Türke erzählt. Brot oder Brötchen? Und was für den Kater?«

Ich nickte. »Fünf Schachteln müssten erst mal reichen. Eberhard frisst und frisst. Für mich kein Brot heute; Kaffee und Dosenmilch, bitte.«

»Er muss kastriert werden«, stellte Anneliese Scholz fest. »Sonst geht das nich gut mit dem.«

»Wieso?«

»Dauert nich mehr lang, dann fängt er an zu markieren.«

Ich machte ein fragendes Gesicht.

»Er markiert sein Revier«, erklärte sie und packte die Waren in eine Plastiktüte. »Und da er nich rauskann, ist Ihre Wohnung sein Revier.«

»Sie meinen ...?«

»Genau«, sagte sie mit Nachdruck. »Genau das.«

Eberhard maunzte, als ich die Tür aufgeschlossen hatte, und wurde aufgeregt, als er sein Nobelfutter erblickte.

»Truthahn mit Möhren?«, fragte ich. »Oder Rinderhäppchen mit brauner Soße?«

Er schnurrte.

»Ich weiß, dass du mich nur deshalb magst, weil du die Schachteln nicht allein aufkriegst.«

Ich stellte ihm Truthahn hin. Der Kater trug beim Essen einen heiligen Ernst zur Schau, testete manche Bröckchen mehrmals an, um dann doch von einer gewissen Gier übermannt zu werden.

Jetzt begann mein Magen zu knurren. Aber erst einmal brauchte ich Flüssiges. Die Flasche Wein trug heute ein Etikett aus Frankreich – ich hatte Lust auf einen *Muscadet de Sèvre et Maine*, ein kühles, spritziges Tröpfchen, das gut zu Gambas passte.

Ich hatte noch eine Tüte Krustentiere im Tiefkühlfach, Öl, Eier und Knoblauch waren auch noch da – die richtigen Zutaten für eine Aioli.

Ich füllte ein wenig Wasser in eine große Schüssel. Eberhard schaute mir interessiert zu, der Glasnapf war inzwischen sauber ausgeleckt.

»Jetzt zeige ich dir mal, wie eine echte Aioli gemacht wird«, kündigte ich an.

Ich schlug zwei Eier auf, trennte Dotter und Eiweiß, gab das Öl zunächst tröpfchenweise und dann in einem dünnen Strahl zum Eigelb, während ich die Flüssigkeit mit einem Schneebesen kräftig schlug. Der Trick dabei war, irgendwann mit der Zugabe des Öls aufzuhören, nämlich dann, wenn die Aioli die richtige Konsistenz hatte.

Ich drückte zwei frische Knofelzehen durch die Presse und gab sie zusammen mit Salz und einer Prise Zucker in die Mischung. Gerade wollte ich alles unterrühren, als das Telefon schellte.

Ich fluchte, rannte zum Telefon, meine Hände klebten vom Knoblauchsaft.

Es war Nikoll und ich merkte gleich, dass es ihr nicht gut ging.

»Jetzt weiß ich, was mit Kosmo los ist«, schluchzte sie.

»Hat er mit dir gesprochen?«, fragte ich.

»Nein, dazu war er viel zu feige«, erwiderte sie mit harter Stimme. »Das hat jemand anders für ihn erledigt.« Sie lachte bitter.

»Nikoll!«, sagte ich. »Lass dir nicht alles aus der Nase ziehen. Was ist passiert?«

»Die Bollhagen-Mergelteich hat mich heute Abend auf dem Parkplatz angesprochen. Ob ich eigentlich wüsste, mit wem ich mich da herumtriebe. Und dann hat sie's mir erzählt.«

»Was hat sie genau gesagt?«

»Dass Kosmo eine männliche Hure war. Bis du ihn da rausgeholt hast.«

»Na und?«, sagte ich. »Kosmo ist da raus. Endgültig.«

»Ja, nachdem Hunderte von Frauen durch sein Bett gegangen sind und er mit ihnen alle Schweinereien dieser Welt gemacht hat. Und dann haben sie ihm dafür ein paar Geldscheine zugesteckt! Ekelhaft!«

»Mein Gott, Nikoll!«, ereiferte ich mich. »Das ist doch Schnee von gestern. Jeder Mensch hat seine Vergangenheit und jeder Mensch macht Fehler! Du solltest mit ihm darüber reden und dich nicht von dieser Intrigantin fertig machen lassen.«

»Hab ich schon«, gab sie zu. »Ich hab Kosmo angerufen und ihm gesagt, dass er sich zum Teufel scheren soll! Und du hättest mich vor ihm warnen sollen! Du hast ja die Wahrheit gekannt!«

»Warum hätte ich das tun sollen? Kosmo ist ein echter Freund.«

»Ja, klar. War er auch schon in deinem Bett?«

»Nikoll! Jetzt reicht's!«

»Es reicht? Ja, mir auch. Alle wussten es, haben sich wahrscheinlich totgelacht und ich muss mir von diesem alten Kulturbeutel sagen lassen, dass ich in eine männliche Nutte verknallt bin. Herzlichen Dank!« Sie knallte den Hörer auf.

Ich ging in die Küche zurück.

»Ach, Eberhard«, seufzte ich, »sei froh, dass du kein

Mensch, sondern ein Löwe bist. Das macht das Leben und die Liebe einfacher.«

Das Wasser, in das ich die Gambas werfen wollte, kochte inzwischen sprudelnd. Ich gab die Krustentiere hinein und stellte die Hitze herunter, damit sie ziehen konnten. In fünf Minuten würden sie fertig sein.

Hoffentlich war die Aioli nicht geronnen. Ich zog die Schüssel an mich heran und schaute hinein.

Da war nichts. Das Gefäß war leer, lediglich an den oberen Rändern entdeckte ich noch Spuren von Eigelb.

»Eberhard!«, brüllte ich.

Der Kater hatte meinen Wutanfall vorausgeahnt und war nicht mehr zu sehen.

Statt in meine köstliche Aioli tauchte ich die Gambas in Tomatenketchup, das ich mit den restlichen Zehen Knoblauch und ein bisschen Crème fraîche bis zur Genießbarkeit aufgemöbelt hatte.

Als ich eine Stunde später schlafen ging, kroch mein schwarzer Kater unter dem Bett hervor. Er sprang aufs Kopfkissen, kitzelte mich mit seinen Barthaaren und schnurrte – umweht vom penetranten Duft frischen Knoblauchs.

Irrenhaus live

Trotz der Flasche Wein schlief ich schlecht in dieser Nacht. Brinkhoffs Schilderung der Katastrophennacht war nicht folgenlos an mir vorübergegangen. *Als der Junge brennend aus dem Haus lief, hat er ihn tatsächlich fotografiert.*

Es war unfassbar – ich sah schreckliche Bilder vor mir: das Kind als lebende Fackel und dieser Reporter, der – statt zu helfen – nur draufhielt, um das Schreckliche vermarkten und möglichst viel Geld damit verdienen zu können. Klick, klick und immer wieder klick, das brennende Kind im Sucher, dann wie es auf den Boden fällt und stirbt, und immer weiter klick, klick, klick.

Wie ich mich wohl verhalten hätte in jener Nacht vor zwanzig Jahren? Der Gedanke ließ mich auch beim Frühstück nicht los. Damals war ich eine ehrgeizige junge Reporterin gewesen, die sich gegen die journalistische Konkurrenz hatte durchsetzen wollen, um nicht auf die Kulturschiene geschoben zu werden – ein beliebtes Frauenabstellgleis.

»Dein gewesenes Herrchen war ein eiskalter Typ«, sagte ich zu meinem Kater. »Wie hast du es nur bei dem ausgehalten?«

Das Tier legte den Kopf in meine Hand und ließ sich streicheln.

»Heißt das, dass du froh bist, bei mir zu sein?«

Eberhard schielte auf das letzte Stück Käse, das noch auf dem Holzbrett lag.

»Gouda mittelalt. Ist okay«, nickte ich. »Du darfst.«

Der Kater zog den Käse mit der weiß getupften Pfote zu sich heran, schnüffelte, rümpfte das rosa Näschen, zog den Brocken vom Tisch, schleppte ihn in seine Ecke und machte sich darüber her.

Das Verlagshaus kam mir an diesem Tag merkwürdig fremd vor, als ich es betrat. Warum kam ich eigentlich jeden Tag hierher? Was war denn das für ein Beruf, in dem nichts Greifbares produziert wurde, wo Informationen gesammelt wurden, die ich in meinem Kopf veränderte, verfremdete, mit eigenen Vorurteilen und Fantasien anreicherte, um sie dann publikumswirksam wieder auszuspucken?

Was unterschied einen verantwortungsvollen Journalisten eigentlich von einem Kollegen wie Schadewald? War es nur der Grad der Zurückhaltung, der geringere Biss, das kleinere Engagement – dafür mehr Nachdenklichkeit und ständiges Hinterfragen?

Ich passierte die Pförtnerloge, erwiderte besonders freundlich den Morgengruß des Mannes, der dort seit vielen Jahren saß, warf einen Blick in die Postverteilungsstelle, in der Kosmo arbeitete; sie war verwaist.

Armer Traumprinz, dachte ich, jetzt hat dich deine Vergangenheit auch eingeholt, ähnlich wie sie es bei Schadewald getan hatte, nur dass bei Letzterem das Ergebnis so endgültig war.

Um zu meinem Büro zu gelangen, musste ich durch das Großraumbüro. Die meisten Schreibtische waren noch unbesetzt; an der Art der Schreibtischdekoration konnte ich erkennen, wer hier wo saß und für welches Ressort die Kollegen zuständig waren.

Der Sportreporter hatte den Siegerpokal eines Trabrennens für Medienleute direkt neben dem Bierglas mit dem Logo des Deutschen Meisters *Borussia Dortmund* platziert. Der Wirtschaftsredakteur legte die rosafarbene Ausgabe der *Financial Times* betont lässig neben das Telefon, dem vergoldeten Brieföffner sah man an, dass er die Weihnachtsgabe eines Stahlkonzerns für angenehme Berichterstattung war, und das Foto seiner neuesten Schnalle steckte in einem gläsernen Rahmen, das Geschenk einer Internetfirma, die schon längst wieder vom Neuen Markt verschwunden war.

Andere Schreibtische wirkten weniger individuell, eher chaotisch, wenn ich von dem Kalender der Industriegewerkschaft Metall auf dem Tisch des sozial engagierten Volontärs und dem versteinerten Lebkuchenherzen mit der Inschrift *Bleib mir treu* auf dem Platz der Sekretärin einmal absah.

Ach ja, und da war ja noch der Schreibtisch von Dr. Elvira Bollhagen-Mergelteich, der Kulturredakteurin. Bis zu einem eigenen Büro hatte es die Kulturtante nicht gebracht, diesen Mangel versuchte sie krampfhaft zu verdrängen, indem sie ihren Arbeitsplatz hinter hoch gewachsenen Grünpflanzen versteckte: *Ficus benjamini* hieß die Art – eigentlich schöne Pflanzen mit ebenmäßigen glänzenden Blättern und einer unkomplizierten Natur.

Doch der ständige Kontakt mit der Kollegin hatte die Pflanzen irgendetwas entbehren lassen – ich tippte auf Licht und Wärme – viele Zweige trugen keine Blätter mehr, andere waren bedeckt mit den klebrigen Ausscheidungen der Schildläuse, die jedes Jahr von neuem über das Grün herfielen – vermutlich, weil sie keine Lust hatten, selbiges mit dem vertrockneten Kulturbeutel vis-à-vis zu tun.

Aber ich hatte natürlich kein Recht, der Kollegin Vorschriften zu machen, wie sie ihren Arbeitsplatz zu gestalten hatte. Sie hatte es bestimmt nicht immer leicht gehabt. Sie war allein erziehende Mutter eines ziemlich missratenen Jungen, über den sie selten sprach. Inzwischen ähnelte sie immer mehr einer alten Jungfer, die die warmen Momente des Lebens durch den obsessiven Besuch irgendwelcher Konzerte zu erhaschen versuchte und dann auch noch solche abseitigen Komponisten wie Berg, Janácek und Schönberg bevorzugte.

Tolerant beschloss ich, die Bollhagen so zu akzeptieren, wie sie war. Schließlich war ich nicht der Maßstab für das Leben anderer Leute und ihr kruder Musikgeschmack ging mich nichts an. Eine heitere und milde Stimmung wollte sich in mir breit machen.

Doch leider betrat Dr. Elvira Bollhagen-Mergelteich ausgerechnet in diesem Augenblick den Raum, bevor sich die edlen Gefühle in meinem Bauch ausdehnen und von meinem Inneren Besitz ergreifen konnten.

Ich fixierte sie. Bollhagen-Mergelteich war eine hagere Person mit heller, sommersprossiger Haut, die sie mit einer billigen Creme zu behandeln pflegte, die durchaus besser hätte riechen können.

Sie kleidete sich betont damenhaft, zog schlaffe Pastelltöne lebendigen Farben vor und sprach stets mit vornehm gesenkter Stimme. Gern nervte sie die Kollegen mit langwierigen Berichten von ihren eingebildeten körperlichen Gebrechen – auch heute schien sie wieder ›krank‹ zu sein, denn sie trug den rechten Arm in einer Schlinge betont leidend vor sich her.

Jetzt stand sie vor mir.

»Guten Morgen, Frau Kollegin. Ist dies heute nicht wieder ein wunderbarer Spätsommertag? Da denke ich doch sofort an die Naturgedichte von Eichendorff oder Hölderlin …«

Ihre ungewohnt flötende Stimme traf mich ins Mark, das Aussprechen der Namen der romantischen Poeten durch diese Frau war ein Schlag in meine Magengrube.

Wut stieg in mir auf. Sie hatte ›meinem‹ Kosmo nachgestellt und es geschafft, die aufkeimende Beziehung zwischen Nikoll und dem jungen Mann durch ihre üble Nachrede zu zerstören.

Ich drückte meinen Rücken durch und dachte, dass es im Leben Momente gibt, gegen die man sich nicht wehren darf, die einfach demütig angenommen werden müssen.

Laut und deutlich hörte ich mich zu Elvira Bollhagen-Mergelteich sagen: »Sie sind eine geile, alte Schnepfe und ein verdammtes Schandmaul!«

Die Kulturtante erstarrte, das stereotype Lächeln verblasste, hektische rote Flecken erschienen auf dem ungebügelten Hals. »Was sagen Sie da?«, krächzte sie.

»Sie haben mich schon richtig verstanden«, antwortete ich. »Warum haben Sie Nikoll über Kosmos Vorleben informiert? Wie kommen Sie dazu?«

»Das geht Sie überhaupt nichts an!« Elvira Bollhagen-Mergelteich trat den Beweis an, dass sie durchaus in der Lage war, nicht nur zu flöten, sondern auch zu schreien.

»Raus damit!«, forderte ich sie auf. »Warum haben Sie das gemacht?«

Sie wollte etwas sagen, doch sie bekam die Worte nicht bis auf die Zunge.

»Ich kann es Ihnen sagen«, setzte ich meine Tirade fort. »Sie sind eifersüchtig.«

»Ich und eifersüchtig? Sie spinnen wohl, Sie unverschämte Krawalltante! Ich habe Frau Mahler nur schützen wollen ...«

»Schützen? Schützen vor Kosmo? Dass ich nicht lache. Sie selbst sind scharf auf ihn! Ständig diese Anmache, Einladungen in Konzerte und Matineen ... Gucken Sie doch mal in einen Spiegel! Sie haben Nikoll Kosmo deshalb nicht gegönnt, weil Sie ihn selbst in Ihr erkaltetes Bett kriegen wollten!«

»Ich und Herr Schmitz?« Ihr Gesicht war in ein mittleres Rot getaucht. »Das ist eine widerliche Unterstellung – aber von Ihnen kennt man so was ja und Ihr Lebenswandel ist ja hinreichend bekannt, Frau Grappa! Die Kerle geben sich bei Ihnen ja die Klinke in die Hand!«

»Wenigstens habe ich einen Lebenswandel, Sie hätten gerne einen«, analysierte ich ihre Aussage. »Aber warum sollte sich das Leben bei Ihnen wohl fühlen?«

Inzwischen hatte sich das Großraumbüro mit Menschen gefüllt, die dem Schlagabtausch feixend lauschten. Peter Jansen stand auch im Raum, doch er machte keine Anstalten, Partei zu ergreifen oder die Aggressionskurve seiner beiden Mitarbeiterinnen anderweitig zu beeinflussen.

»So was muss ich mir nicht bieten lassen!« Elvira Bollhagen-Mergelteich war den Tränen nahe. »Das ist doch ... ist doch ...« Hilfeheischend sah sie sich um, doch niemand reagierte.

»Halten Sie sich in Zukunft aus dem Privatleben Ihrer Kollegen heraus«, riet ich ihr. »Sonst garantiere ich für nichts.«

»Jetzt werde ich sogar noch bedroht«, kreischte sie und ruderte mit ihrem verbundenen Arm durch die Luft. »Ich bin eine kranke Frau!«

»Lassen Sie die Mitleidsnummer«, sagte ich. »Wir alle können nichts dafür, dass Sie sich beim Onanieren einen Tennisarm zugelegt haben.«

Unterdrücktes Lachen kam aus einer Ecke des Raumes.

Bollhagen-Mergelteich wollte sich an der Schreibtischkante festhalten, rutschte ab und fiel gegen ihren *Ficus benjamini*, der dem Druck nicht standhielt und umkippte. Jetzt lag die Kulturfrau wohl in derselben Stellung auf ihrem *Ficus*, die sie in ihren Träumen Kosmo zugedacht hatte.

»Schluss jetzt!«, brüllte Peter Jansen. »Das hier ist kein Irrenhaus, sondern eine Redaktion! Die Damen in mein Zimmer! Und zwar sofort!«

Kopfwäsche

Jansen fasste sich kurz und schickte die erschütterte Bollhagen-Mergelteich nach einer deutlichen Ansprache nach Hause, nicht ohne ihr den Rat zu geben, sich künftig aus den Privatdingen ihrer Kollegen herauszuhalten.

»Und jetzt zu dir, Grappa«, sagte er, als wir unter uns waren. Sein massiger Körper zitterte vor Wut. »Du solltest eigentlich gelernt haben, dein Temperament zu zügeln. Immer wieder dieses Theater. Geht das nicht mal anders?«

Ich schwieg verstockt. Auf solch heftige Ansprache reagierte ich entweder ebenso laut oder gar nicht. Er konnte mich mal!

Zum Glück klopfte es.

Jansen war mit ein paar Schritten an der Tür und riss sie auf: »Ich hatte doch gesagt, dass ich nicht gestört werden will!«

Seine Sekretärin ging erschrocken ein paar Schritte rückwärts. »Es ist aber wichtig«, brachte sie hervor.

Sie schob einen etwa zehnjährigen Jungen ins Zimmer. »Der junge Mann hier sagt, dass er was abgeben soll. Für Frau Grappa. Und nur persönlich.«

»Hallo«, sagte ich, erleichtert über die Unterbrechung. »Ich bin Frau Grappa.«

Das Kind reichte mir einen Umschlag. Der Todsündenmörder schickte mir das nächste Foto!

»Wer hat dir den Brief denn gegeben?«, wollte ich wissen.

Zögernd berichtete das Kind von einer unbekannten Frau, die ihm einen Fünfer für den Postdienst gegeben hatte.

»Schon wieder diese Frau«, murmelte ich, als der Kleine gegangen war. »Ich muss sie unbedingt finden.«

»Willst du den Umschlag denn nicht öffnen?« Jansen hatte sich abgeregt und seine disziplinarische Maßnahme vergessen; er war genauso gespannt wie ich.

»Wenn der Mörder weiter die Namensliste abarbeitet«, sagte ich, »dann muss dies ein Foto von Dr. Botho Müller sein.«

Ich hielt Jansen das Foto hin. »AVARICIA heißt seine Todsünde. Geiz oder Habsucht.«

Auch den passenden Psalm hatte der Täter nicht vergessen:

Denn Gott ist Richter. Diesen erniedrigt er, und jenen erhöht er. Denn ein Becher ist in der Hand des Herrn schäumender Wein voll Würze. Und er schenkt daraus ein: Ja, seine Hefen müssen schlürfen, müssen trinken alle Gottlosen der Erde. Ich aber, ich will verkünden ewig, ich will spielen dem Gott Jakobs. Alle Hörner der Gottlosen will ich abhauen. Es sollen erhöht sein die Hörner des Gerechten.

Jansen gab ein paar Worte des Textes in eine Suchmaschine ein. Es handelte sich um einen Auszug aus dem 75. Psalm.

»Ein ungerechter Richter«, stellte ich fest. »Botho Müller muss wohl ein Urteil gefällt haben, das dem Mörder nicht gefällt. In Schadewalds Artikel war von einem Prozess die Rede. Dieser Daniel wollte sein Vermögen wiederhaben. Ich tippe darauf, dass Dr. Müller an diesem Prozess beteiligt war. Brinkhoff muss uns endlich die Akte von damals geben!«

Licht im Tunnel

Die Ermittlungsakte lüftete einige der Geheimnisse, doch bei weitem nicht alle. Der Hauptkommissar hatte mich in sein Büro gebeten, nachdem ich ihm von dem neuen Brief des Mörders erzählt hatte, und ich war überrascht, dass auch Oberstaatsanwalt Michele Guardini mit von der Partie war.

Guardini hatte einige Akten vor sich liegen, unter anderem die von dem Prozess, den Marius Daniel gegen die Betrüger angestrengt hatte, die ihn um sein Vermögen gebracht hatten. Diesen Prozess hatte der Familienvater vor gut zwanzig Jahren verloren und der Vorsitzende Richter der Kammer für Handelssachen war Dr. jur. Botho Müller gewesen.

»Wieso Geiz? Das macht ja nicht so viel Sinn«, wandte der Oberstaatsanwalt ein.

»Sie müssen das etwas anders sehen«, erklärte ich. »Die Todsünden umfassen nicht nur ein Wort, sondern bezeichnen eine Geisteshaltung. Habsucht gehört zum Beispiel auch zur AVARICIA. Und lesen Sie mal, was hier steht.«

Ich deutete auf eine Passage im Protokoll des Prozesses. Dort hieß es, dass der Kläger Marius Daniel und sein Anwalt versucht hatten, Dr. Botho Müller als befangen abzulehnen – weil sie ihn verdächtigt hatten, mit einem der Angeklagten befreundet zu sein. Das roch nach Bestechung!

»Was ist eigentlich aus den beiden Angeklagten geworden?«, fragte ich.

»Beide tot«, entgegnete Guardini. »Einer vor drei Jahren an Krebs gestorben, der andere ist vor vierzehn Jahren bei einem Unfall ums Leben gekommen. An den beiden konnte sich der Mörder also nicht mehr rächen.«

»Botho Müller hat ziemlich Karriere gemacht«, berichtete Brinkhoff. »Bei seiner Pensionierung war er Leitender Landgerichtsdirektor.«

»Und was ist aus dem kleinen Mädchen geworden, dieser Luisa?«, fragte ich.

Guardini klappte einen Ordner auf. »Ich habe hier den Akt des Vormundschaftsgerichtes. Sehr aufschlussreich. Zusammengefasst verhält es sich so: Die Großmutter des Mädchens wollte die Kleine zu sich nehmen, doch das Jugendamt hat aufgrund der Prognose eines Gutachters nicht zugestimmt, weil die alte Dame sehr gebrechlich war. Luisa Daniel sollte in eine Pflegefamilie kommen. Und bis dahin hat man sie nach der Genesung erst mal in ein Kinderheim gesteckt.«

»Lassen Sie mich raten, wer der Gutachter in dem Verfahren war!«, sagte ich aufgeregt.

»Genau«, nickte Guardini. »Es war Dr. Hartmut Freudenreich.«

»Das arme kleine Mädchen.« Ich sprang von meinem Stuhl auf, begann durchs Zimmer zu stiefeln. »Statt zur Oma musste sie in ein Kinderheim!«

»Was danach passiert ist, können wir nicht mehr so ganz nachvollziehen«, sagte der Oberstaatsanwalt. »Die Entscheidung des Vormundschaftsgerichtes war das Letzte, was wir über sie gefunden haben.«

»Welches Heim war es? Gibt es darauf einen Hinweis?«

»Nein. Das hat das Jugendamt damals entschieden«, sagte Guardini. »Unterlagen darüber sind nicht mehr auffindbar. Es kommen fünf bis zehn Kinderheime in Frage, die damals von der Kommune mit Kindern bestückt wurden.«

»Bestückt? Welch entzückender Begriff!«, sagte ich. »Hört sich so liebevoll an!«

Der Oberstaatsanwalt wurde verlegen. »War nicht so gemeint. Die Kinderheime jedenfalls sind über ganz Deutschland verteilt. Es wird einige Zeit dauern, bis wir von all denen Auskünfte eingeholt haben.«

»Verdammter Mist! Wir müssen Luisa Daniel finden. Sie könnte die Mörderin sein, denn sie hat ein starkes Motiv!«

»Kann sein.« Guardini blieb erstaunlich cool. »Mich stört nur, dass sie zwanzig Jahre wartet. Sie hätte ihre Rache doch auch früher haben können.«

»Nein, hätte sie nicht«, widersprach ich. »Als Kind oder Jugendliche war sie ja wohl kaum in der Lage, solch einen ausgeklügelten Plan zu schmieden. Jetzt ist sie Ende zwanzig, alt genug, so zu handeln. Zwanzig Jahre danach – genau richtig. Neunzehn Jahre? Fünfzehn Jahre? Nein, keine schönen Zahlen. Ich spüre, dass Luisa Daniel unsere Frau ist.«

Süße Mattigkeit

Meine Plakatwand in der Redaktion war schon zur Hälfte voll geschrieben und voll geklebt. Jetzt konnte ich den Platz unter den Fotos von Richter Botho Müller und dem Psychologen Hartmut Freudenreich mit der jeweiligen Schuld auffüllen. Vier Tote, vier Todsünden, vier Motive für einen Mord.

Ich überlegte. Wenn Luisa Daniel die Reihenfolge einhielt, wäre jetzt die Nonne dran.

Ich griff zum Telefon und wählte Nikoll Mahlers Nummer. Doch die Blonde meldete sich nicht. Jansens Sekretärin berichtete, dass sich die Praktikantin krankgemeldet hatte – Bollhagen-Mergelteichs Attacke wirkte wohl immer noch nach.

Auch Kosmo war nicht zum Dienst erschienen. Na prima, dachte ich, Romeo und Julia in der Provinz, mit Herz, Schmerz und dem vollen Programm. Sieben Tote, zwei Liebeskranke, und da war noch Eberhard in meiner Wohnung, der vor lauter Langeweile vermutlich die Wände hochging. Alles ein bisschen viel für mich.

Ich ließ mir Nikolls Adresse geben und verließ das Haus. Sie wohnte bei ihrem Onkel Georg Mahler.

Das Haus war älteren Datums, von abgeblühten Rosen in einem verwilderten Garten umgeben. Hier hatte sich schon lange kein Gärtner mehr getummelt, das Unkraut spross und Türen und Fenster lechzten nach einer farblichen Auffrischung.

Ich drückte den Klingelknopf, zuerst zart, dann heftiger.

Nach einer Weile hörte ich ein Geräusch hinter der Tür. »Wer ist da?« Es war Nikolls Stimme.

»Ich bin's. Grappa«, sagte ich. »Was ist los mit dir, Nikoll? Warum lässt du mich hängen?«

Sie sagte nichts, dafür öffnete sie die Tür.

Krank sah sie nicht aus, aber irgendwie verändert. Ihr quietschblondes Haar war zerzaust, sie war ungeschminkt und hatte einen rosigen Schimmer auf den Wangen. Mir schwante etwas, so sah ich auch immer aus, wenn ich gerade in den Armen eines Mannes gelegen hatte: unzureichend bekleidet, überaus entspannt, die Haut durchblutet, die Psyche noch auf einer Achterbahnfahrt durch arkadische Landschaften.

»Komm rein«, sagte sie lächelnd. »Und wundere dich nicht.«

»Mich wundert sowieso nix mehr«, murmelte ich.

Und da stand er auch schon: ein Bild von einem Mann. Nur im Slip, die muskulösen, geraden Beine schimmerten im sanften Licht, das durch eine halb geschlossene Jalousie fiel, der Waschbrettbauch zeigte keine Anzeichen des Schwächelns und auf der Brust aus Stahl wuchs noch immer kein Härchen. Auch er hatte einen Blick voll jener süßen Mattigkeit, die nur ein soeben ausgeführter Koitus einem Mann verleihen kann.

»Hi, Baby«, sagte ich gerührt. »Ich wusste doch, dass es was wird mit euch beiden.«

»Oh, Grappa«, sagte Kosmo enthusiastisch. »Du bist die Beste! Ich hab schon gehört, wie du's der Bollhagen gegeben hast! Das werd ich dir nie vergessen!«

Nikoll trat neben ihn und konnte die Hände nicht von ihm lassen.

»Ist was passiert im Büro?«, fragte sie.

»Nein, nein«, beeilte ich mich zu antworten, »nichts Wichtiges. Ich erzähl's euch morgen. Viel Spaß noch.«

Ich drehte mich um.

»Danke, Grappa«, sagte Nikoll. »Du hast übrigens Recht gehabt. Die Vergangenheit ist nicht wichtig, nur das Jetzt und Heute zählt.«

»Ja. Ich freue mich für euch«, sagte ich. »Bis dann.«

Auf dem Weg zu meinem Auto dachte ich an Luisa Daniel, deren Vergangenheit sie bis heute nicht losgelassen hatte.

Mir fiel der Spruch wieder ein: *Serva me, servabo te – rette mich, dann rette ich dich.* Und wer sollte die retten, die nicht mehr zu retten waren?

Jansen hatte mir die üblichen hundert Zeilen freigehalten. Während der Fahrt zum Verlagshaus überlegte ich, wie ich die Sache angehen würde. Sollte ich alle neuen Informationen schon jetzt preisgeben? Andeuten, dass Luisa Daniel die Rächerin sein könnte?

Ich entschloss mich, nur die Fakten zu schildern und auf Spekulationen zu verzichten.

TODSÜNDENMORDE: SPUR DER KLEINEN LUISA FÜHRT IN EIN KINDERHEIM – tippte ich in den PC.

Das kleine Mädchen, das vor zwanzig Jahren die Flammennacht im Hause ihrer Eltern überlebte, müsste heute 28 Jahre alt sein. Luisa Daniel, damals acht Jahre, war von ihrem Bruder in Sicherheit gebracht worden, nachdem der Vater seine Frau erschossen, Feuer gelegt und sich selbst gerichtet hatte. Nach der Familientragödie hatte die Großmutter das Sorgerecht für das Mädchen beantragt, doch das Jugendamt widersprach aufgrund eines psychologischen Gutachtens der Arztes Dr. Hartmut Freudenreich. Dieser wurde kürzlich Opfer des Todsündenmörders – genauso wie Dr. jur. Botho Müller, der als Richter mitverantwortlich dafür war, dass die Betrüger, die Marius Daniel um sein Vermögen gebracht hatten, vor Gericht glimpflich davonkamen.

Luisa Daniel kann mit mir zufrieden sein, dachte ich, als ich den Artikel abgespeichert hatte. Langsam, aber sicher kamen die Todsünden an den Tag, derer sich die Opfer nach Meinung der Mörderin schuldig gemacht hatten.

Ich rief Jansen an und teilte ihm mit, dass der Artikel fertig sei und ich die Redaktion verlassen würde. Mir war nach Luft und Leichtigkeit.

Obwohl es kühl war, öffnete ich das Dach meines Cabrios und rollte Richtung Autobahn. Ich musste raus aus der Stadt.

Ein dunkelblauer Wagen folgte mir, er fiel mir auf, weil er dicht auffuhr und der Fahrer das Abblendlicht betätigte.

Schon wieder so einer, der Frauen am Steuer ärgern will, dachte ich grimmig. Der Verfolger hatte wesentlich mehr PS als ich unter der Motorhaube; ich beschloss aber, es ihm nicht leicht zu machen.

Innerhalb kurzer Zeit hatte ich mein Gefährt auf 160 Stundenkilometer hochgescheucht, rechnete damit, dass der Fahrer hinter mir triumphierend überholen würde, doch er blieb an meine Stoßstange geheftet.

Mein Fuß ging vom Gaspedal, bald fuhr ich nur noch 100. Nichts geschah. Der Dunkelblaue überholte nicht.

Langsam wurde mir mulmig. Du willst es wissen, Baby, dachte ich und steuerte einen Parkplatz an, der mir einigermaßen belebt erschien.

Immer noch blieb die Limousine an mir dran.

Ich stoppte, stieg sofort aus und wartete.

Der Wagen zog langsam an mir vorbei und jetzt konnte ich erkennen, wer am Steuer saß. Ich atmete erleichtert durch.

»Hallo, Frau Grappa«, begrüßte mich Mahler. »Ich habe Sie zufällig an mir vorbeifahren sehen und dachte mir, dass wir zusammen ein Glas Wein trinken könnten. Wie finden Sie diese Idee?«

»Außergewöhnlich. Und deshalb verfolgen Sie mich über zehn Kilometer weit?«

»Ich konnte ja nicht ahnen, dass Sie so einen heißen Reifen fahren«, grinste der Theologieprofessor. »Also, was ist? Haben Sie frei oder sind Sie etwa auf dem Weg zu einem Termin?«

Ich bestätigte, freizuhaben, und Mahler meinte: »Ich würde Sie gern in mein Haus bitten, aber ich habe Nikoll versprechen müssen, dass ich erst spät nach Hause komme.«

»Ich verstehe«, sagte ich. »Sie sind aber ein lieber Onkel! Ich wünschte, ich hätte so einen gehabt.«

»Wo haben Sie sich denn in Ihrer Jugend mit Ihren Liebhabern getroffen?«, hakte er nach.

»Hab ich vergessen«, behauptete ich. »Ist schon verdammt lange her.«

»Und wo treffen Sie sich heutzutage mit Ihren Liebhabern?«

»Jedenfalls nicht auf Parkplätzen«, lächelte ich.

Mahler sah gut aus. Ein wenig verwegen, irgendwie zerzaust, mit sprießendem Bart und glänzenden Augen. Er kam mir entspannter vor als an jenem misslungenen Abend im *Roma*.

Schon immer hatte ich die ironische Art solcher Männer gemocht, die aus jeder Bewegung, jedem Blick und jeder Pore zu strömen schien; mochte ihre Selbstsicherheit. Sie kannten ihr Beuteschema, beherrschten ihre Eroberungstaktik einigermaßen sicher und waren trotzdem stets in der Lage, blitzschnell umzudisponieren, wenn es ihnen dienlich erschien.

Er hat noch jede Frau ins Unglück gestürzt, hatte Nikoll gesagt.

»Da ich ja sozusagen ausgesperrt bin ...?« Er stockte und mimte den Hilflosen. »Was sagen Sie? Trinken wir zusammen ein Glas Wein?«

»In ein paar Kilometern kommt eine Autobahnraststätte«, fiel mir ein.

»Wie romantisch!«, rief er aus. »Kamener Kreuz – *Grand cru classée.*«

Wir lachten.

»Fahren Sie hinter mir her«, forderte ich. »Aber diesmal unauffälliger!«

»Dein Nabel ist wie ein runder Becher«

Klar, Eberhard mochte den anderen Mann in der Wohnung nicht. Zuerst guckte er schräg, dann ging er auf Distanz und verschwand erst mal unter dem Ledersofa. Nach zehn Minuten – ich hatte gerade eine Flasche *Rosso de Montalcino* geöffnet und kehrte ins Wohnzimmer zurück – saß der schwarze Kater neben Mahler auf dem Sofa, sehr aufrecht, angespannt und sichtlich entschlossen, sein Revier gegen jeden Rivalen zu verteidigen: Er hatte die Nickhäute halb über die Opalaugen gelegt.

Ich reichte dem Professor das Glas. Als er es in die Hand nahm, fauchte der Junglöwe und zog Mahler mit einem kräftigen Schlag die Krallen über den Unterarm.

»Au! Ich glaube, Ihre Katze mag mich nicht«, stellte Mahler richtig fest, bemühte sich aber um einen neutralen Gesichtsausdruck.

»Eberhard, Süßer!«, ermahnte ich das Tier. »Wirst du dich wohl benehmen!«

Mein Appell verhallte. Eberhard fixierte den Professor wie die Schlange das Kaninchen und quittierte jede leichte Bewegung mit einem Fauchen. Mahler traute sich nicht einmal, das Glas an seine Lippen zu heben.

»Es reicht!« Ich griff das Tier und hob es hoch. Eberhard strampelte, warf den Kopf nach hinten und stimmte ein grausliches Geheule und Gefauche an.

»Er ist noch nicht kastriert«, versuchte ich Eberhards Gezeter zu erklären. »Deshalb ist er noch ein bisschen wild. Ich habe ihn erst seit kurzem.«

»Ich kenne einen guten Tierarzt«, sagte Mahler, wieder ein bisschen entspannter, und warf dem zappelnden Tier in meinen Händen einen boshaften Blick zu. »Der erledigt das innerhalb von zehn Minuten und Sie haben ein Problem weniger. Ich gebe Ihnen gleich mal die Nummer.«

Ich äußerte mich nicht zu dem Hilfsangebot.

»Du wirst jetzt eingesperrt«, sagte ich zu dem Fellbündel und schleppte es Richtung Bad. Ich öffnete die Tür, schubste den Kater hinein und schloss sie wieder.

Verräterin, hörte ich ihn schimpfen.

»So, das wäre geschafft!«, stellte ich fest. »Und jetzt sind Sie dran. Lassen Sie mal sehen!«

Ich setzte mich neben Mahler und guckte mir die Bescherung an: Vier parallel verlaufende Kratzer prangten auf Mahlers Arm – Eberhard hatte ihm die volle Dosis verpasst.

»Tut es sehr weh?«, fragte ich sanft.

»Ja, sehr!«, behauptete Mahler und kettete seine gepunkteten Pupillen an meine.

»Was kann ich tun?«, murmelte ich. »Soll ich den Notarzt kommen lassen?«

»Nein. Sie können mich aber gerne wieder gesund pflegen«, schlug er vor und strich mit der Hand des unverletzten Armes durch mein Haar.

Ich ließ es geschehen, ohne ihm ein Zeichen zu geben, ob er weitergehen dürfe. Er zog die Hand langsam wieder zurück.

Er hat gelernt, dachte ich, er hat gemerkt, dass mir schnelle Anmache nicht gefällt.

»Es hat aufgehört zu bluten«, sagte Mahler.

»Sie sind ein echter Held«, lobte ich ihn.

»Der Wein ist gut«, bemerkte er und nahm einen Schluck.

»Rosso. Ich mag ihn besonders, wenn er schon ein paar Jährchen auf dem Buckel hat. Reife Weine lassen sich besser genießen.«

»Darf ich Sie küssen?« Mahler sah mir in die Augen. Seine wurden plötzlich dunkel. »Ich könnte mir vorstellen, dass mir der Rosso in Kombination mit Ihren Lippen noch besser mundet.«

Er legte die Hand wieder an meinen Hinterkopf und zog mein Gesicht zu sich. Ich schloss die Augen.

Wie würde er sein? Zart, leidenschaftlich, wild, abwartend, kühl oder unsicher?

Der Kuss kam, traf aber nicht meine Lippen, sondern meine Kehle. Er pfadfinderte genüsslich über meine Haut, erspürte, wo ich besonders sensibel war; dann hatten seine Lippen die erregbarste Stelle an meinem Hals entdeckt. Ich stöhnte auf.

»Dein Hals ist wie ein elfenbeinerner Turm!«, flüsterte er plötzlich.

»Was ist das?«, murmelte ich heiser.

»Das Hohelied Salomons«, gab er Auskunft und begann meinen Hals abzulecken.

Ich merkte, wie ein matter Schauer durch mein Inneres fuhr und sich mein Leib verspannte.

Er registrierte es, lachte: Es klang stolz.

»Deine Nase ist wie der Turm auf Libanon, der gegen Damaskus siehet«, rezitierte er weiter, während er an meiner Nasenspitze knabberte. Seine Finger glitten zum unteren Ende des T-Shirts, schlüpften darunter und wanderten langsam und zögernd nach oben.

»Deine Brüste sind lieblicher denn Wein, und der Geruch deiner Salben übertrifft alle Würze ...«

Er hatte meinen Busen vom BH befreit, routiniert und mit einer Hand, dann das T-Shirt hochgeschoben, seine Lippen glitten über meine Haut.

Ich spürte jedem seiner Küsse nach, um das Gefühl so lange wie möglich festzuhalten, damit ich mich später würde daran erinnern können.

Doch irgendwann überschlug sich alles, eine Berührung folgte der anderen, ein Kuss machte dem nächsten Platz, ein Zungenschlag verscheuchte den vorangegangenen.

Er stieß meine Hände weg, als ich sein Hemd aufknöpfen wollte. Er allein wollte bestimmen, was passierte, mochte keine Störung seiner Dramaturgie.

Auch gut, ich war sowieso eher der Genießerinnen-Typ. Ich entspannte mich und ließ ihn machen.

Plötzlich spürte ich etwas Feuchtes auf meinem Körper, öffnete kurz die Augen und bemerkte, dass er ein wenig Wein in die Kuhle meines Nabels gegossen hatte. Er beugte den Kopf vor und schlürfte den Rosso langsam auf und säuberte die Kuhle mit seiner Zunge.

»Dein Nabel ist wie ein runder Becher, dem nimmer Getränk mangelt ... dein Bauch ist wie ein Weizenhaufen, umsteckt mit Rosen«, hörte ich.

Wird immer wieder gern genommen – diese Art des Trinkens, dachte ich, gehört zum erotischen Starterset, aber garniert mit biblischen Zitaten hatte ich es noch nicht erlebt.

Irgendwann war ich nackt und er auch, er bog meine geschlossenen Beine sanft auseinander und kam zu mir.

»Wie schön und wie lieblich bist du, du Liebe in Wollüsten!«, stieß er hervor, während er sich mit heftigen Stößen in mir bewegte.

Am Ende blieb er noch eine Weile schwer auf mir liegen. Mein Inneres glühte, meine Poren dampften. Ich roch ihn und mich.

Wir tranken den Wein aus, lagen noch Haut an Haut, irgendwann fröstelte ich. Er bemerkte es, gab mir mein T-Shirt und den weiten Rock. Ich bedeckte mich und schaute ihm dann zu, wie er sich anzog. Er tat es mit der schweren Grazie großer Männer.

»Ich muss gehen. Bis bald«, sagte er und strich mit einem Finger über meine Wange. *»Du bist schön, meine Freundin, und es ist kein Flecken an dir.«* Wieder Salomon.

Ich wollte aufstehen, um ihn zur Tür zu begleiten, doch er drückte mich zurück aufs Sofa.

Mahler schob sich die Sonnenbrille ins Haar und verschwand aus meinem Blick. Die Tür schlug zu.

Bad und Bedenken

Ein energisches Kratzen holte mich ins reale Leben zurück. Eberhard hatte genug von der Badezimmerluft und wollte befreit werden. Als ich vor ihm stand, schnüffelte er ungnädig an meinen nackten Beinen, roch den verhassten Rivalen, rümpfte das rosa Näschen.

Na, wie war's?, fragte der Kater.

»Fürs erste Mal nicht übel«, sagte ich. »Jedenfalls ausbaufähig.«

Bist du auf deine Kosten gekommen?

»Das geht dich gar nix an, mein Bester«, sagte ich.

Du solltest den Rechtsanwalt nehmen, riet Eberhard, *dann hätte ich wenigstens auch was davon.*

»So weit kommt das noch, dass ich mein Sexleben mit dir abstimme«, blaffte ich den Kater an, »außerdem ist Aydin viel zu jung für mich.«

Die jungen Kater können und wollen aber immer.

»Du musst es ja wissen. Und jetzt halt die Klappe!«

Eberhard warf beleidigt den Kopf zurück und lief fort.

Ich inspizierte den Raum. Der Kater hatte sich einigermaßen gut benommen, die Handtücher hingen noch auf den Stangen, meine Kosmetika lagen noch an ihrem Platz, nur die Badematte aus Frottee fand ich zusammengedrückt in einer Ecke.

Ich ließ Badewasser ein und wählte ein nach Rosen duftendes Badegel.

Als ich zwischen den hoch getürmten Schaumballen im Wasser lag, sprang der Kater auf den Badewannenrand: Mit den Pfötchen schlug er nach den weißen Flocken und sah ihnen nach, wie sie durch die Luft taumelten.

»Hast du mir verziehen, Junglöwe?«, fragte ich.

Nur dieses eine Mal, antwortete der Kater. *Wenn so was öfter passiert, ist meine Geduld schnell am Ende.*

»Keine Sorge«, beruhigte ich ihn. »Ich werde mich nicht verlieben – das tut nur weh. Chaos und Unvernunft kann ich in meinem Leben echt nicht gebrauchen.«

Das Klingeln des Telefons störte unseren Dialog.

Ich reagierte nicht, denn ich hatte keine Lust, das warme, duftende Wasser zu verlassen. Wer immer mit mir reden wollte, er sollte auf den Anrufbeantworter sprechen.

Nach zehn Minuten – meine Haut begann sich schon langsam aufzulösen – trocknete ich mich ab, cremte mich ein und schlüpfte in ein schwarzes Seidenhemdchen.

Beim Haarföhnen sah ich mein Gesicht und meinen Körper bis in Schulterhöhe. Ich betrachtete mich gern im Spiegel, wenn ich gerade mit einem Mann geschlafen hatte und es erfüllend gewesen war. Und immer fand ich in meinen

Augen etwas, was vorher nicht da gewesen war. Heute war es eine Sanftheit, die ich sonst nicht ausstrahlte, gepaart mit lustvoller Erschöpfung. Wie würde es wohl weitergehen? *Bis bald*, hatte er gesagt, aber das bedeutete eigentlich nicht viel.

Was fand ich an ihm? Vielleicht seine Intelligenz und seine Bildung. Sie hatten mich bei Männern – kombiniert mit Charme – immer stark angezogen.

Die Männer, die ich bei der Ausübung meines Jobs traf, hatten natürlich auch gewisse Fertigkeiten: Einer konnte zehn Biersorten mit verbundenen Augen voneinander unterscheiden, der nächste die aktuelle Bundesligatabelle herunterbeten und der dritte hatte Ahnung von den neuesten Entwicklungen auf dem Sportwagenmarkt.

Im Wohnzimmer ging ich zum Telefon, der Anrufbeantworter blinkte. Es war Hauptkommissar Brinkhoff, der um einen Anruf auf seinem Handy bat. Ich drückte die Nummer.

Er war gleich dran.

»Odenski ist tot«, kam er gleich zur Sache. »Man hat ihn in einem Wald gefunden. Irgendwo am Bodensee. Er hat sich erhängt.«

»Weiß die Redaktion Bescheid?«

»Ja«, antwortete der Kommissar, »unsere Pressestelle hat ein Mitteilung herausgegeben. Herr Jansen hat mich daraufhin angerufen.«

Die Auskunft beruhigte mich. Odenskis Selbstmord würde morgen in unserem Blatt erwähnt werden. Ich konnte mich also schlafen legen.

Der Postmann kommt

Ich war dabei einzuschlummern, als der Kater wie ein Blitz vom Sofa sprang und zur Tür lief. Von dort hörte ich ihn gefährlich grollen. Was war da los?

Ich rappelte mich hoch und sah nach. Auf dem Boden im Flur lag etwas und ich erkannte sofort, was es war: ein Briefumschlag der Art, die der Todsündenmörder für seine Post an mich benutzte.

Ich riss die Tür auf, nichts war zu sehen und zu hören. Eberhard – noch immer völlig aus dem Häuschen – nutzte die Gelegenheit ins Treppenhaus zu entwischen.

»Bleib hier!«, rief ich ihm nach, doch der Kater war schon die Treppen hinuntergeflitzt. Ich folgte ihm und hörte in meinem Rücken das Zuschlagen der Wohnungstür.

»Verdammt!«, brüllte ich.

Ich erwischte den Kater vor der gläsernen Haustür. Sie war zum Glück geschlossen, die Straße davor war wie leer gefegt. Kein Auto fuhr weg, niemand hastete ins Dunkel.

Mit Eberhard auf dem Arm stieg ich die Treppe wieder hoch. Ich hatte richtig gehört, die Tür war verschlossen, und das mitten in der Nacht.

Mich fröstelte, denn außer dem Seidenhemd trug ich nichts am Leib.

Mir bleib keine andere Wahl, als meinen Nachbarn um Hilfe zu bitten. Ich drückte auf die Klingel von Yunus Aydin und wartete. Er lag bestimmt schon im Bett, falls er überhaupt zu Hause war.

Doch ich hatte Glück. Der Rechtsanwalt öffnete die Tür, er hatte wohl noch nicht geschlafen, denn leise Musik drang aus dem Licht zu mir.

»Frau Grappa!«, sagte er erstaunt und leicht amüsiert. »Was ist passiert?«

»Eberhard«, antwortete ich. »Er ist ins Treppenhaus gelaufen und ich bin ihm nach. Dabei hab ich mich ausgesperrt. Kann ich bei Ihnen einen Schlüsseldienst anrufen?«

»Natürlich«, sagte Yunus Aydin. »Kommen Sie.«

Ich ließ Eberhard hinunter, er zog sofort los, um die Wohnung zu inspizieren.

»Tut mir Leid, dass ich Ihnen Umstände mache«, entschuldigte ich mich.

»Ich empfange gern überraschenden Besuch, besonders wenn er so gekleidet ist wie Sie!«, grinste der Anwalt.

»Ich lag schon flach«, erklärte ich. »Haben Sie vielleicht einen Bademantel oder so was Ähnliches für mich?«

Er nickte und verließ den Raum.

Ich sah an mir herab. Genau der richtige Aufzug, um bei einem allein stehenden Mann aufzukreuzen.

»Hier, der wird Ihnen bestimmt gut stehen.« Aydin reichte mir einen schwarzen Kimono-Bademantel.

Ich wickelte mich hinein, er ging mir bis zu den Knöcheln und die Baumwolle wärmte mich. »Passt wie angegossen!«

»Ein Glas Wein?«, fragte der Rechtsanwalt.

»Nein, ich möchte nur einen Schlüsselnotdienst anrufen.«

»Wissen Sie, was der kostet mitten in der Nacht?«

»Ja, aber was soll ich machen? Ich werde es dem Kater vom Futter abziehen.«

Aydin lachte. »Ich mache Ihnen einen Vorschlag«, sagte er. »Sie können bei mir übernachten. Ich habe ein Gästebett und immer eine unbenutzte Zahnbürste im Haus. Und morgen früh können Sie sich in aller Ruhe um alles kümmern.«

»Und Eberhard?«, fragte ich. »Wenn er aufs Klo muss?«

»Ich habe auf dem Balkon einen Blumenkasten mit alter Erde«, sagte Aydin. »Den hat er schon mal benutzt. Damals, als er aus dem Fenster gefallen und auf meinem Balkon gelandet ist. Wieso konnte der Kater eigentlich ins Treppenhaus entwischen?«

»Das war ganz merkwürdig«, erzählte ich. »Ich habe ein Geräusch vor meiner Wohnungstür gehört und wollte nachsehen, was es war.«

»Und? Was war es? Haben Sie jemanden gesehen?«

Täuschte ich mich oder fixierte er mich genau?

»Nichts«, sagte ich. »Da war niemand. Haben Sie vielleicht jemanden im Treppenhaus gesehen? Oder die Tür aufgedrückt?«

»Nein. Ich hatte seit Stunden keinen Kontakt zur Außenwelt«, lächelte Aydin.

»Dann hat dieser dumme Kater wieder die Flöhe husten gehört«, stellte ich fest.

»Ich beziehe mal eben das Gästebett«, wechselte der Rechtsanwalt das Thema. Ich schaute ihm nach, als er den Raum verließ.

Ein netter, freundlicher Mann, dachte ich, nicht unattraktiv und vermutlich clever. Aber irgendwie undurchschaubar.

Als ich wenige Augenblicke später in dem fremden Bett lag, Eberhard zu meinen Füßen, ließ mich ein Gedanke nicht los: Könnte es Yunus Aydin, der Delphin in der Morgenröte, gewesen sein, der den Brief unter meiner Tür durchgeschoben hatte? Er hätte nur ein paar Treppenstufen hochgehen müssen, um gleich danach wieder in seiner Wohnung verschwinden zu können.

Türkische Früchte

In der Nacht schlief ich so tief und fest, als läge ich in meinem eigenen Bett. Eberhard musste sich irgendwann verdrückt haben, denn am Morgen lag er auf dem türkischen Teppich vor dem Bett und schnarchte leicht.

Ich stand auf, horchte nach meinem Gastgeber, zog den schwarzen Kimono über und schlich ins Bad.

Aydin schlief bestimmt noch – es war gerade mal acht Uhr. Ich ging zum Telefon, das auf einem niedrigen Tisch stand, rief mit leiser Stimme die Auskunft an, ließ mir die Nummer eines Schlüsseldienstes ansagen und mich gleich verbinden. Ja, man würde sich bald um meine verschlossene Wohnungstür kümmern, hieß es.

Neben dem Telefon lag Aydins Telefonbüchlein. Ich nahm es und klappte es auf.

Es standen viele türkische Namen darin, die mir natürlich nichts sagten, ein paar nützliche Nummern wie Telefonauskunft und der ADAC, einige berufliche wie Amtsgericht, Landgericht und Staatsanwaltschaft und …

Ich war beim Buchstaben G angelangt und da sah ich meinen Namen: *Grappa, Maria.* Aydin hatte sich meine Redaktionsnummer, meine Handynummer, meine Festnetznummer, meine E-Mail-Adresse und mein Geburtsdatum notiert.

Verblüfft klappte ich das Buch zu. Genau im richtigen Moment, denn Aydins Stimme sagte hinter mir: »Guten Morgen! Darf ich Sie noch zum Frühstück einladen?«

Ich drehte mich um. Da stand er, wach und munter, in einen langen blauen Kaftan gehüllt.

»Ich habe gerade den Schlüsseldienst angerufen«, beeilte ich mich zu erklären. »In einer halben Stunde wollen die da sein.«

Wie lange hatte er schon hinter mir gestanden? Ich wusste es nicht, aber ich glaubte nicht, dass er mir beim Schnüffeln hatte zusehen können.

»Kommen Sie in die Küche«, schlug Aydin vor. »Ich habe ein echt türkisches Frühstück zusammengestellt.«

»Machen Sie sich doch nicht so viel Arbeit«, stammelte ich, noch immer überrascht, meinen Namen und meine Daten so ausführlich in seinem Buch gelesen zu haben.

»Es ist mir eine Ehre«, meinte Aydin und machte eine einladende Handbewegung zur Küche hin. »Ich habe selten Frühstücksgäste.«

Auf dem Tisch standen nur Dinge, die ich gerne aß – nur nicht unbedingt zu dieser Tageszeit: Oliven, Schafskäse, gefüllte Weinblätter, Feigen, Aprikosen und Äpfel. Dazu Fladenbrot mit Sesam und Honig und natürlich schwarzer Kaffee.

Auch Eberhard interessierte sich sehr für die Köstlichkeiten auf dem Tisch – er sprang vom Boden hoch und landete zwischen den schwarzen Oliven und dem Brot.

»Runter da!«, fauchte ich. »Wirst du dich wohl benehmen?«

»Lassen Sie ihn doch«, meinte Aydin. *»Junglöwe, du erhebst dich in der Morgenröte, um im Schein der jungen Sonne lustzuwandeln ...«*

Fragend schaute ich den Rechtsanwalt an.

»Das hat ein türkischer Dichter geschrieben«, erklärte Aydin. »Sein Name ist mir allerdings entfallen.«

Ich bin von Menschen umgeben, die sich im Zitieren üben, schoss es mir durch den Kopf.

Wir setzten uns. Eberhard hockte inzwischen wieder auf dem Boden, blickte abwechselnd zu Aydin und mir.

»Darf ich ihm eine Olive geben?«, fragte der Delphin in der Morgenröte.

»Ich glaube nicht, dass er die mag«, gab ich zu bedenken.

»Doch, mag er. Bei seinem ersten Besuch hat er sie mit Appetit verdrückt.«

Und tatsächlich! Als Aydin eine der schwarzen Kugeln auf den Boden warf, machte sich mein Kater mit Lust darüber her.

Ich seufzte. »Na ja, hätte mich auch gewundert. Er trinkt ja sogar Wein – aber nur den besten natürlich.«

»Das spricht für seinen guten Geschmack«, sagte Aydin, »auch, dass er Sie als Herrin hat.«

Überrascht sah ich auf. Der Anwalt schaute mich offen an. Seine schwarzen Augen sprühten vor Charme.

»Sie sind sehr nett«, stellte ich fest. »Vielleicht darf ich mich mal revanchieren für Ihre Hilfsbereitschaft. Ich koche gern italienisch. Wie wäre es damit? Ein Abendessen oben bei mir. Mögen Sie die mediterrane Küche?«

»Ja, nur auf Schweinefleisch möchte ich verzichten.«

Es klingelte, das musste der Schlüsseldienst sein.

»Ich gebe Ihnen meine Handynummer«, sagte ich zum Abschied. »Wegen der Terminabsprache. Haben Sie einen Zettel und einen Kuli?«

»Ja, gern.« Er ging zum Telefontisch und kam mit Papier und Stift zurück, ich schrieb die Zahlen auf. »Und noch mal vielen Dank für alles.«

Ich nahm Eberhard auf den Arm und verabschiedete mich.

Der Mann vom Schlüsseldienst wartete bereits vor meiner Wohnungstür. Innerhalb von dreißig Sekunden hatte er sie geöffnet und steckte sich den Hunderter ohne Gewissensbisse ein. Jetzt gehörte meine Wohnung wieder mir.

Warum hatte Aydin nicht gesagt, dass er meine Handynummer längst kannte? Klar, dafür konnte es eine harmlose Erklärung geben. Aber auch nicht. Hatte er den Briefumschlag vielleicht doch unter der Tür durchgeschoben?

Endlich konnte ich das Kuvert öffnen, das noch immer im Flur auf dem Boden lag.

Der Todsündenmörder hatte diesmal tatsächlich das Foto der Nonne hineingesteckt, versehen mit dem Wort: *ACCIDIA*, was soviel wie Trägheit bedeutete.

Schwester Barbara Odel hatte nicht das von einer gewissen Milde beseelte Antlitz, das man gemeinhin von den Bräuten Jesu Christi erwartet, sie hatte tiefe Falten im Gesicht, vor allem um die Mundwinkel, sie wirkte noch im Tod missmutig und unzufrieden, als habe sie der Dienst für die Kirche die letzte Lebensfreude gekostet.

Der Täter hatte auch ihr einen Text aus den Psalmen zugeordnet:

Er verwandelte ihre Ströme in Blut und ihre Bäche, sodass sie nicht mehr trinken konnten. Er sandte Hundsfliegen unter sie, die sie fraßen, und Frösche, die ihnen Verderben brachten. Ihren Ertrag gab er der Schabe, und was sie erarbeitet hatten, der Heuschrecke. Ihren Weinstock zerschlug er mit Hagel, ihre Maulbeerbäume mit Schloßen. Und er gab ihr Vieh dem Hagel preis und ihre Herden den Blitzen. Er ließ gegen sie los seines Zornes Glut, Grimm, Verwünschung und Bedrängnis, eine Schar von Unheilsboten. Er bahnte seinem Zorn einen Weg, er entzog ihre Seele nicht dem Tod und gab ihr Leben der Pest preis.

Ich startete meinen PC und gab einige Wörter des Textes in die Suchmaschine. Das Ergebnis war in wenigen Sekunden da: Der Mörder hatte sich für die Jesubraut den 78. Psalm ausgesucht.

Reise zu einem Luftkurort

In der Redaktion steuerte ich Peter Jansens Büro an, präsentierte ihm das Foto der toten Nonne und fragte, wie viele Zeilen ihm die Sache wert sei.

»Jetzt bringt der Mörder dir die Post schon zu Hause vorbei?«, wunderte er sich und gab mir die üblichen hundert. »Du sollst übrigens den Staatsanwalt anrufen.«

Michele Guardini hatte eine wirklich gute Information für mich, nachdem ich ihm von der neuen Briefsendung des Mörders berichtet hatte.

»Wir haben herausgefunden, dass diese Ordensschwester in einem katholischen Kinderheim gearbeitet hat. Ob es das Heim war, in dem das kleine Mädchen untergebracht war, weiß ich allerdings noch nicht.«

»Super!«, freute ich mich. »Geben Sie mir die Adresse?«

Er nannte sie mir tatsächlich, das Heim lag etwa hundert Kilometer von Bierstadt entfernt im Sauerland.

Jansen gab sein Okay für eine Dienstreise, ich rief Big Mäc an und wir starteten.

»Hätten wir uns nicht vorher anmelden sollen?«, fragte der Fotograf, als ich auf die Autobahn auffuhr.

»Nö«, meinte ich. »Manchmal ist es besser, Leute zu überraschen. Wir gehen da einfach rein und fragen.«

»Wie du meinst, Grappa«, fügte sich Big Mäc in sein Schicksal.

»Die werden ja bestimmt Listen haben mit den Namen der Kinder, die da gelebt haben«, mutmaßte ich.

Die Fahrbahn war frei und ich konnte meine neunzig Pferdestärken voll ausfahren. Big Mäc hielt eine Straßenkarte auf dem Schoß, das grüne Bierstädter Hinterland war zwar einfach zu erreichen, doch abseits der großen Straßen recht verwinkelt und unübersichtlich.

»Achtung, gleich müssen wir ab«, kündigte der Fotograf

an. »Und wenn wir runter sind, Grappa, dann mach dein Dach auf. Damit ich eine rauchen kann.«

»Wenn du qualmen willst, dann geh zu Fuß«, giftete ich.

Es war das übliche Glimmstängel-Spiel zwischen uns.

»Dann kannst du dir deine Fotos ja alleine schießen«, sagte der Knipser, »wird bestimmt eine tolle Sache, das.«

Ich lenkte den Wagen auf eine Landstraße, hielt an, löste die Klammern des Cabriodaches, der Motor surrte und es öffnete sich. Dann fuhr ich weiter.

»Dass du dich einfach nicht beherrschen kannst«, maulte ich aus Prinzip.

Es hatte keinen Sinn, ihm das Qualmen kurz vor einem so wichtigen Termin zu verbieten. Big Mäc brauchte eine ruhige Hand und eine schnelle Auffassungsgabe, und beides hatte er nur, wenn er die richtige Dosis Teer im Blut hatte.

»Aber nur die eine!«, sagte ich.

»Du bist mal wieder ganz reizend«, grinste er. »Haste mal wieder keinen Lover – so zickig, wie du bist? Soll ich mich mal für dich umhören?«

»Danke für deine Sorge. Aber die Kerle, die du kennst, interessieren mich eh nicht. Nur Raucher, Säufer und Typen mit einem IQ von 24 Zentimetern – nein, danke!«

Ich wedelte den Krebs erregenden Qualm weg.

»Gleich müsste das Kaff kommen.« Big Mäc deutete auf die Karte. »Wiblingrode. St. Vincenz Heim. Liegt irgendwo noch abseits von dem Kuhdorf. In der totalen Knüste. Tote Hose, das.«

»Wir fahren in das Nest und fragen«, entschied ich. »Es hat wenig Sinn, ziellos herumzukurven.«

Wiblingrode – die grüne Lunge des Hochsauerlandes – prangte auf einem Schild des Verkehrsvereins am Ortseingang. *Luftkurort.*

»Das ist ein Luftkurort!«, stellte ich fest und warf einen missbilligenden Blick auf Big Mäcs Zigarette.

Wütend warf der Fotograf die Reste seiner Selbstgedrehten auf die Straße.

»Nervensäge!«, urteilte er.

Ich nahm es als lieb gemeintes Kompliment.

Ich steuerte den Wagen Richtung Kirchturm, dort, wo sich in solchen Dörfern gewöhnlich das so genannte Zentrum befand, und stoppte meinen Wagen.

Als eine Frau mit Kinderwagen an uns vorbeilief, stieg ich aus und fragte sie nach dem St. Vincenz Heim.

»Das gibt's nicht mehr«, kam es prompt. »Das ist vor zehn Jahren umgebaut worden. Da ist jetzt der Verkehrsverein drin und die Stadtbücherei.«

Damit hatte ich nicht gerechnet. Meine Laune sank.

Ich gab die Information an Big Mäc weiter. »Mist! Was sollen wir machen?«, fragte ich.

Big Mäc guckte nur; er war es gewohnt, dass ich die Entscheidungen traf.

»Wir fahren trotzdem hin«, entschied ich dann. »Ich brauche irgendwelche Bilder zu der Story. Knips das Haus von außen, ein paar Details und der übliche Schnickschnack, den du so draufhast.«

»Ich knipse nicht, ich fotografiere!«, blaffte mich Big Mäc an. »Ich sag ja auch nicht, dass du deine Artikel zusammenschmierst.«

»Bleib cool, Süßer! Du weißt doch, dass ich's nicht so meine«, versuchte ich ihn zu besänftigen. »Da vorne ist ein Hinweisschild zum Verkehrsverein. Also los!«

Ich wendete das Auto. Wolkenkuckucksheime mit gestriegelten Vorgärten und gewienerten Autos davor zogen an uns vorbei, und ich meinte, die geistige Enge zu spüren, die hinter diesen Häusern wohnen mochte.

»Hier ist ja echt der Hund begraben«, sagte ich. »Stell dir mal vor, wir müssten in so einem Dorf leben. Grauenvoll!«

»Wieso?«, widersprach Big Mäc. »Ist doch alles da: Fußgängerzone, Drogerie, Rathauskeller, Supermarkt und jede Menge Kneipen. Schönes ruhiges Dorf mit wenig Stress. Tolle Sache, das.«

»Da ist es!« Ich wies auf ein hellgelb getünchtes großes Gebäude, das von einer gepflegten Anlage umgeben war.

Wir parkten und näherten uns dem Haus. Nichts deutete auf den ersten Blick darauf hin, dass hier einmal Kinder untergebracht worden waren.

»Guck mal!«, meldete sich Big Mäc.

Neben dem Eingang war ein kleines Messingschild angebracht, das schon älter sein musste: *St. Vincenz Kinderheim,* darunter ein zweites, neueres Schild mit den Jahresangaben: *1975–1990.*

»Endlich ein Foto, das wir verwenden können«, freute ich mich.

Plötzlich stutzte ich und starrte das Schild an, ich hatte das Gefühl, als sei eine wichtige Frage aufgetaucht – aber welche?

Irgendetwas fuhr mir durch den Kopf, eine Art Déjà-vu, ich war plötzlich sicher, diesen Schriftzug schon einmal gesehen zu haben: *St. Vincenz Kinderheim.*

Nein, ich erinnerte mich nicht wirklich daran. Das gelbe Gebäude war mir völlig unbekannt, auch die Umgebung sagte mir überhaupt nichts. Und doch …

»Was ist, Grappa?«, fragte Big Mäc. »Hast du 'ne Erscheinung? Du guckst so kariert!«

»Alles im grünen Bereich, Baby. Nimm das Gebäude in der Totalen, Halbtotalen und mach noch ein paar Close-ups. Das Schild natürlich auch … Na ja, das weißt du ja selbst.«

»Vielen Dank für dein Vertrauen, Grappa«, zickte Big Mäc. »Ist immer wieder klasse, wie du mir meinen Job erklärst. Supersache, das.«

Ich ignorierte ihn und trat – noch immer etwas geistesabwesend – durch die Tür. Die Bürostunden des Verkehrsvereins liefen auf Hochtouren – der Raum war gähnend leer.

»Grappa, *Bierstädter Tageblatt*«, stellte ich mich der älteren Frau hinter dem Tresen vor. »Ich recherchiere für unsere Wochenendausgabe eine Story über ein Mädchen, das einige Jahre im Vincenz Heim unterbracht war.«

»Das gibt's nicht mehr«, teilte mir die Frau mit. »Hier sind wir jetzt drin.«

»Ich sehe es«, lächelte ich. »Gibt's irgendwo jemanden, der mir was über die Kinder, die in dem Heim lebten, erzählen kann?«

»Pfarrer Großmann«, sagte die Frau. »Ja, der hat das Heim betreut. Waren ja Nonnen drin. Ursulinen.«

»Und wo finde ich diesen Pfarrer?«, wollte ich wissen.

»Der ist pensioniert und lebt im Altenheim St. Hedwig. Dem von der Caritas. Sie müssen von hier aus Richtung Holte fahren. Dann sehen Sie schon die Schilder.«

Beschwingt trat ich vor die Tür. Wieder ein Schritt voran!

Big Mäc hatte sein Pflichtprogramm erledigt; ich erzählte ihm von meinen weiteren Plänen.

»Hoffentlich hat der Alte sie noch alle«, meinte er roh.

»Lassen wir's auf einen Versuch ankommen«, erwiderte ich heiter.

Als wir im Auto saßen, murmelte ich: »Kennst du das Gefühl, eine Situation wieder zu erkennen, obwohl du weißt, dass du sie nicht erlebt haben kannst?«

Big Mäc antwortete trocken: »Kenn ich. Klarer Fall von Déjà-vu!«

»Das Haus da eben«, erklärte ich. »Ich dachte, ich würde es kennen. Das alte Schild, die Form der Mauern und die Anordnung der Fenster. Aber ich kann mich nicht erinnern, jemals in diesem Kaff gewesen zu sein.«

»Da vorne müssen wir abbiegen«, sagte Big Mäc. Er hatte mir überhaupt nicht zugehört, war dabei, sich eine neue Zigarette zu drehen.

Verschollene Erinnerung

An Altenheimen stört mich immer zuerst der Geruch, der mir aus den Fluren und Sälen entgegenschlägt, gleich gefolgt vom Anblick der antiseptischen Sauberkeit gebohnerter

Plastikböden und der Zurschaustellung von Verfall, Armut und Einsamkeit.

Niemals hier landen, dachte ich, und nahm mir vor, jemanden zu engagieren, der mich überfahren würde, bevor es dazu kommen sollte.

»Guten Tag. Wir wollen zu Pfarrer Großmann«, sagte ich zu der Frau, die hinter der Anrichte saß und fernsah. »Wo finden wir ihn?«

Sie guckte mürrisch hoch, aber ohne Interesse an uns, die wir sie zu stören schienen.

»Er müsste im Garten sein«, antwortete sie und bewegte den Kopf nach rechts. Dort befand sich eine halb geöffnete Flügeltür, die ins Freie führte.

Big Mäc stiefelte hinter mir her, die Kamera hatte er vor den Augen der Frau verborgen gehalten.

Die Grünanlagen der Altenheime hatten eine ähnliche Ausstrahlung wie die Gebäude, die sie umgaben. Alles war ordentlich und pflegeleicht, die Beete waren wie mit dem Zirkel errichtet, der Rasen sattgrün und ohne die Spur von Unkraut, die Büsche durch Sägeschnitt domestiziert, lediglich die Edelrosen erlaubten sich Widerspruch durch von zu viel Regen angegriffene, rostige Blütenblätter und zu früh erschienene Hagebutten. Mücken sirrten und summende Bienen durchkämmten das Blumenzuchthaus auf der Suche nach Nahrung, sogar bei den Insekten hatte ich das Gefühl, dass sie sich in Reih und Glied anstellen mussten bei der allgemeinen Essensausgabe.

Alte Menschen begegneten uns, manche saßen im Rollstuhl, einige hatten durch Leben oder Krankheit gezeichnete Gesichter, die mutlos wirkten.

Ein enger Ring zog sich um mein Herz. Was war mit mir los? Warum schlugen meine Gedanken so ungewohnte, trübe Purzelbäume?

»Da drüben, das muss er sein«, störte Big Mäc meine Sinnkrise.

Ich blickte in die Richtung, in die er zeigte. Eine hagere

Gestalt in einem schwarzen langen Gehrock stand an einem Teich. Das Gesicht des Mannes war aus der Entfernung nicht zu erkennen und doch sah ich es vor mir: durch Askese ausgezehrte Züge und Augen mit einem hellen, klaren Blick.

Es überraschte mich nicht, dass ich Recht hatte.

Der alte Mann überragte mich um einiges, sein weißes Haar war noch dicht und jemand hatte es exakt, aber ein wenig entgegen der Mode geschnitten, die Haut seines Gesichtes schien gegerbt und war tief gebräunt – als habe er den zu Ende gehenden Sommer auf einer Bank in diesem Garten verbracht.

»Ich bin Maria Grappa«, sagte ich. »Pfarrer Großmann?«

Er nickte, ich stellte Big Mäc vor und kam dann schnell zur Sache, erklärte ihm, dass es um das Kinderheim St. Vincenz ginge und um ein Kind, das dort gelebt habe.

»Lassen Sie uns zu der Bank dort drüben gehen«, schlug er vor. »Ich liebe es, dort zu sitzen – inmitten von Rosen.«

Der alte Mann ging voran. Er ging schnell und kraftvoll, der hagere Leib schien noch in gutem Zustand zu sein, wenn auch die Schultern ein wenig nach vorn geneigt waren.

Plötzlich blieb er stehen und wandte sich um. »Mögen Sie Rosen?«, fragte er und blickte mich mit seinen merkwürdig hellen Augen an.

»Ich bin eine Blume zu Saron und eine Rose im Tal«, murmelte ich versonnen. *»Wie eine Rose unter den Dornen, so ist meine Freundin unter den Töchtern.«*

Der Gottesmann lächelte wissend, er hatte Salomons Hohelied erkannt und ging weiter.

»Was redest du denn da für 'n Quatsch?«, fragte Big Mäc leise. »Durchgeknallt, oder was?«

»Halt dich da raus«, zischte ich ihn an.

Wir waren an der Gartenbank angekommen, ein aufgenageltes Metallschild verriet, dass sie eine Spende der örtlichen Volksbank war.

»Ja, Rosen auch in Salomons Hohelied«, bemerkte der

Pfarrer. »Ich sammle alles, was mit ihnen zu tun hat. Gedichte, Bilder, Fotos ...«

»Schön«, sagte ich.

»Diese Leidenschaft teile ich allerdings mit vielen anderen Menschen«, redete er weiter. »Rilke, zum Beispiel. Er war ein großer Rosenliebhaber, starb sogar, nachdem er sich an einem Dorn verletzt hatte. Auf seinem Grabstein steht der Satz: *Rose, oh reiner Widerspruch, Lust, Niemandes Schlaf zu sein unter soviel Lidern.*«

»Schwer zu verstehen«, stellte ich fest. »Oder verstehe nur ich es nicht?«

»Gar nicht schwer zu verstehen«, widersprach Großmann. »Die Rose symbolisierte für Rilke die Spannung zwischen Kraft und Zartheit ... wegen der zarten Lider, den Blütenblättern, und dem Widerspruch dazu, also den Dornen. Die Rose ist Sehnsucht nach Harmonie und Schönheit, nach Zartheit und Schmerz, nach reiner Liebe und dem Triebhaften ...«

»Und was bedeutet der Schlaf der Rose?«, fragte ich.

»Er bedeutet Entspannung und Erlösung, die Aufhebung des Widerspruchs«, antwortete er.

»Ich guck mich mal ein bisschen um«, kündigte Big Mäc an. Er hatte dem Rosendialog verständnislos gelauscht. »Sag Bescheid, wenn du mich brauchst, ja?«

Ich nickte und der Fotograf trollte sich.

»Sie sind bestimmt nicht gekommen, um sich mit mir über Rosen zu unterhalten«, sagte der alte Mann, nachdem sich Big Mäc einige Meter entfernt hatte. »Was wollen Sie über das Vincenz Heim wissen?«

»Das ist eine komplizierte Geschichte«, begann ich. »Sie haben doch sicher von den Todsündenmorden in Bierstadt gehört?«

»Ja, die sieben Toten beim Abendmahl«, überraschte er mich.

»Abendmahl?« Ich stutzte. »Warum wählen Sie gerade diesen religiösen Begriff?«

»Macht der Gewohnheit«, entgegnete er. »Ich hätte auch Abendessen sagen können. Die sieben Toten, die mit Gas ermordet wurden. Die Sache stand sogar in unserem Lokalblatt. Sieben Menschen, die Schuld auf sich geladen haben und denen der Mörder Texte aus Psalmen zuordnet. Interessante Geschichte. Aber was hat das alles mit dem Vincenz Heim zu tun?«

Ich erklärte ihm, dass ich nach einem kleinen Mädchen forschen würde, das wohl vor zwanzig Jahren in jenem Kinderheim untergebracht worden war, weil die Behörden die Großmutter nicht für die Erziehung geeignet gehalten hatten.

»Eine der Toten beim Abendmahl war Schwester Barbara Odel. Sie war Erzieherin im Vincenz Heim. Der Mörder hat ihr die Todsünde ACCIDIA, also Trägheit, zugeordnet. Sagt Ihnen der Name Odel etwas? Können Sie sich an sie erinnern?«

»Schwester Barbara ...« Er grübelte. »Ja, natürlich. Sie mit ACCIDIA in Verbindung zu bringen erscheint mir sehr passend. Sie war träge. Träge und schwerfällig, aber eine gute Dienerin Gottes. Wie hieß das kleine Mädchen, von dem Sie sprechen?«

»Luisa Daniel. Sie hat als Einzige den Brand in einer Villa vor zwanzig Jahren überlebt. Sie war damals acht Jahre alt.«

»An ein solches Kind kann ich mich nicht erinnern«, sagte Großmann. »Aber ich war ja auch nur der geistliche Beistand der Nonnen. Sind Sie sicher, dass die Kleine im Vincenz Heim war?«

»Ja. So viel haben meine Recherchen ergeben«, behauptete ich. »Allerdings weiß ich nicht, wie lange und auch nicht, was aus ihr geworden ist.«

»Halten Sie diese Luisa etwa für die Todsündenmörderin?«

»Sie kann es sein, die nach zwanzig Jahren Rache genommen hat. Sie hat ein Motiv. Der Reporter, der ihren Bruder im Todeskampf fotografiert hat, der Psychologe, dessen

Gutachten daran schuld war, dass die Großmutter das Sorgerecht nicht bekam, das Au-pair-Mädchen, das die Kinder vernachlässigt hat, und in ihren Vater verliebt war, der Richter, der die Leute, die ihren Vater ruiniert hatten, freigesprochen hat und die Erzieherin in dem Heim, die ... vielleicht zu träge war? Die das Kind schlecht behandelt hat? Sagen Sie mir, was die Nonne gemacht haben könnte!«

»Beruhigen Sie sich, meine Tochter!«, mahnte der Geistliche.

Er hatte Recht, ich hatte laut, ja fast zornig gesprochen.

»Tochter?« Ich lachte bitter. »Töchter, Söhne, Väter, Mütter und dieser über allem schwebende Gott – verdammt noch mal! Ich habe genug von dieser christlichen Zuckerwatte, von diesem verlogenen Getue, von diesen innigen Sprüchen! Sagen Sie mir, was in diesem Kinderheim los war ... Sagen Sie es, weil Sie Gott lieben, die Lüge ablehnen und weil Sie ein Mensch sind!«

Großmann antwortete nichts, sah mich nur an. Die gebräunte Haut wirkte plötzlich gelblich und krank. Er focht einen inneren Kampf aus, bei dem der Sieger noch nicht feststand. Mir wurde klar, dass er etwas wusste.

»Bitte!«, sagte ich beschwörend.

»Unter den Toten ist auch ein gewisser Richard Borchert«, begann er nach langen Sekunden mit gebrochener Stimme.

»Woher wissen Sie das?«, fragte ich wie elektrisiert. »Warum sprechen Sie ausgerechnet von ihm? Ich habe seinen Namen nie veröffentlicht!«

»Ich weiß es eben«, wich der alte Mann aus. »Borchert war Hausmeister im Vincenz Heim. Er und Schwester Barbara kannten sich, sie waren zur selben Zeit da. Bis Borchert gehen musste.«

»Was ist damals vorgefallen?«

»Es ist nie öffentlich geworden«, erklärte der alte Mann. »Und ich habe auch nie wieder darüber gesprochen. Aber gedacht, ja ... gedacht habe ich oft daran.«

Ich schwieg, zügelte meine Ungeduld; ich hatte ihn jedenfalls, gleich würde er mir alles erzählen.

»Auch ich habe Schuld auf mich geladen, große Schuld. Ich habe alles gewusst und es verschwiegen. Die Diözese befürchtete einen Skandal. Die Presse hatte schon Hinweise erhalten … Doch wir konnten gerade noch verhindern, dass irgendetwas publik gemacht wurde.«

»Wir? Wer ist wir, zum Teufel? Was ist damals geschehen?«

»Das wissen Sie doch, Frau Grappa«, erwiderte der Geistliche mit klarer Stimme.

»Was?« Ich war verwirrt. »Was soll ich wissen?«

»Sie waren doch damals bei uns im Heim«, stellte er fest. »Vor etwa zwanzig Jahren. Ich habe Sie sofort wieder erkannt.«

»Moment!« Mein Atem ging schwer. »Ich soll schon mal in diesem Vincenz Heim gewesen sein?«

»Denken Sie nach«, forderte er mich auf. »Sie hatten sich unter einem Vorwand eingeschlichen. Und dann haben Sie versucht, die Kinder auszufragen. Herr Borchert hat Sie aus dem Heim geworfen – auf meine Anweisung. Erinnern Sie sich nicht?«

Langsam kam sie wieder, die Erinnerung. Sie füllte zögernd die Verästelungen in meinem Kopf, pustete den Müll von vielen Jahren Boulevardjournalismus hinaus und führte mich zu den nicht immer rühmlichen Anfängen meines Berufes.

Deshalb war mir das Schild am Heimgebäude so vertraut vorgekommen, deshalb hatte ich gewusst, wie Großmann aussah, bevor ich ihn gesehen hatte, deshalb lag über mir ein undurchsichtiger Schleier von unguten Gefühlen, seitdem ich in dieses Dorf gekommen war!

»Sie haben Recht«, sagte ich mit einem Krächzen in der Stimme.

»Na, sehen Sie«, meinte der alte Pfarrer, »jetzt ist die lange verschlossene Schublade in Ihrem Kopf aufgegangen.«

»Ich erinnere mich tatsächlich«, sagte ich leise. »Es ging um Übergriffe auf die Kinder. Es gab Gerüchte. Über Züchtigungen und sexuelle Belästigungen. Aber alle Recherchen sind im Sande verlaufen. Ich habe also nie etwas darüber geschrieben. Wie aber konnte ich das alles vergessen?«

Versprechen – gebrochen

Maria Grappa – damals: Mitte zwanzig, nachdenklich, störrisch, fordernd und ziemlich skrupellos.

Die feministischen Gruppen hatte ich mit Grausen hinter mir gelassen: zu eng, rigide, intolerant.

Die katholische Kirche und ihre Dogmen lehnte ich ab: zu eng, rigide, intolerant.

Und der Kommunismus war auch nicht meine Sache: zu eng, rigide, intolerant.

Aber der Journalismus wurde meine Passion: durch Informationen aufklären, durch Fakten Gefühle auslösen, durch Schreiben die Ungerechtigkeiten der Welt abmildern, die Mächtigen kontrollieren, den Geschundenen helfen und selbst noch ein bisschen Spaß dabei haben, weil es auch in mir Machtgefühle gab, die ich ausleben wollte.

Ich musste wohl etwa ein Jahr nach dem Feuer in der Bierstädter Villa im Vincenz Heim recherchiert haben – für die Reportageseite. Wer den Hinweis auf Unregelmäßigkeiten im Heim gegeben hatte, wusste ich nicht mehr. Der Ressortleiter hatte mich jedenfalls mit der Geschichte beauftragt.

Ich tarnte mich als Verwandte eines Kindes, dessen Namen mir jemand genannt hatte, und kam so unbeachtet ins Heim. Eine kleine Kamera lag griffbereit in meiner Handtasche.

Da waren einige Kinder herumgelaufen; ich hatte sie angesprochen, doch sie konnten oder wollten mir nichts sagen. Bis auf ein kleines Mädchen von etwa neun oder zehn Jahren. Das Kind hatte allein auf einer kleinen Mauer vor einem Teich gesessen und vor sich hin gesungen.

Jetzt hatte ich das Bild wieder vor mir: Ich fragte das Kind nach dem Lied, die Kleine sang es für mich, sie trällerte die Melodie wie eine Maschine, immer und immer wieder, atmete an den gleichen Stellen, brach mitten in der Melodie ab, um dann wieder von neuem zu beginnen – wie eine Schallplatte, deren Rillen beschädigt waren.

Ich hatte sie gebeten aufzuhören, damit ich ihr Fragen stellen konnte. Ihre Augen waren blau wie ein Kornblumenstrauß gewesen, umrahmt von langen Wimpern, die Lippen rosig und ein bisschen aufgeworfen, das Haar goldblond und unfachmännisch grob geschnitten. Sie hatte meine Fragen nicht verstanden, aber die Haltung des merkwürdigen kleinen Wesens strahlte Furcht aus.

Dann bemerkte ich, dass sie eines der mageren Ärmchen, das aus dem dunkelblauen schäbigen Kleid ragte, merkwürdig hielt. Ich fragte danach und sie schob den Ärmel nach oben. Ein großes Hämatom zog sich vom Ellenbogen bis zur Schulter.

»Wer hat dir das angetan?«, hatte ich erschrocken gefragt.

Das sei der Hausmeister gewesen, erklärte die Kleine, weil sie ungehorsam gewesen sei.

»Macht er das oft?«, hatte ich wissen wollen.

Sie verschloss sich daraufhin wieder völlig und begann erneut dieses Lied zu singen.

Ich hatte sie nach ihrem Namen gefragt, sie hatte ihn mir gesagt, doch ich hatte ihn natürlich längst vergessen.

Dann war eine Nonne in der Ferne aufgetaucht. Das kleine Mädchen hatte mich gefragt, ob ich sie noch einmal besuchen käme, und ich hatte es versprochen.

Als die Ordensschwester vor mir stand, zeigte ich auf den geschundenen Arm der Kleinen, verbunden mit der Frage, ob dies der Erziehungsstil sei, der in katholischen Häusern gepflegt würde.

Die Schwester murmelte etwas von einem Unfall beim

Spielen, erregt hatte ich ihr die Aussage des Kindes vor den weißen Latz geknallt.

»Gott wird dich für deine Lügen strafen!«, schleuderte sie dem Kind ins Gesicht, woraufhin die Kleine wegrannte.

Dann war Pfarrer Großmann auf uns aufmerksam geworden und hatte mir das Haus verboten. Ich versuchte mit ihm zu reden, doch er ließ sich auf nichts ein. Schließlich war noch der Hausmeister dazugekommen, ein bulliger, grober Kerl mit riesigen Schaufelhänden, Richard Borchert. Jetzt war es wieder da, das Gefühl, das mich beim Anblick dieser Hände überfallen hatte – die Vorstellung, wie sie ein zartes Ärmchen malträtiert hatten oder vielleicht noch mehr taten, hatte mich durchknallen lassen.

»Sie haben sich damals sehr ungewöhnlich aufgeführt«, unterbrach Pfarrer Großmann meine Gedanken. »Sie sind auf Borchert zugegangen, wollten ihn angreifen ... Mich wundert, dass Sie sich nicht mehr daran erinnern.«

»Ja«, murmelte ich. »Vergessen hatte ich es wohl beziehungsweise eher verdrängt.«

»Wie kommt das?«, fragte er.

»Ich weiß es nicht«, antwortete ich. »Vielleicht, weil ich damals nicht sehr professionell vorgegangen bin. Ein Journalist recherchiert und geht keinem an die Gurgel. Aber vielleicht liegt es auch daran, dass ich selbst einige Jahre in einem Nonneninternat verbracht habe. Und dass ich diese Zeit vergessen will.«

»War es so schrecklich?«

Ich überlegte: »Ja. Ich war ein wildes Kind und neigte zum Jähzorn. Wollte mich nie unterordnen, habe immer und allem widersprochen und die Strafen, die ich erhielt, nur mit viel Wut im Bauch auf mich genommen.«

»Und dann begannen Sie, Gott und die Kirche zu hassen, nicht wahr?«

»Nein. Gott hasse ich nicht, denn er existiert ja nicht. Ich verschwende so starke Gefühle nicht an ein Phantom. Aber die Kirche und ihre Vertreter, ja, die habe ich wohl gehasst.«

»Und was denken Sie heute? Wie wäre Ihr Leben verlaufen, wenn es diese hassenswerte Institution nicht gegeben hätte?«

»Sie hat die exaltierten Spitzen in meinem Charakter abgeschliffen«, räumte ich ein, »und das ist gut so. Sie entschärft den Menschen und macht ihn fähig, als soziales Wesen mit anderen in Frieden zusammenleben zu können. Aber vielen wird auch das Rückgrat gebrochen, sie werden zu lustfeindlichen, unterwürfigen Kreaturen gemacht.«

»Gott will nicht, dass die Menschen vor ihm kriechen«, meinte Großmann. »Aber die Kirche sorgt manchmal dafür, dass sie es tun – da gebe ich Ihnen schon Recht.«

»Könnte das kleine Mädchen mit den Verletzungen Luisa Daniel gewesen sein?«, nahm ich den Faden wieder auf.

»Ich kann mich an den Namen wirklich nicht mehr erinnern«, sagte der alte Mann.

»Ich habe dem Kind das Versprechen gegeben, es zu besuchen, und habe es nie getan«, wiederholte ich.

»Wir hätten Sie sowieso nicht mehr zu ihr gelassen.«

»Egal. Kinder glauben an das, was Erwachsene ihnen versprechen«, sagte ich. »Wenn sie das nicht mehr tun, sind sie keine Kinder mehr. Wie haben Sie das Problem damals gelöst?«

»Schwester Barbara hat ihn erwischt, als er ein Kind anfasste.«

»Wie weit ist er gegangen?«

»Ich habe ihm während der Beichte entsprechende Fragen gestellt. Er hat wohl seine Finger nicht von den Mädchen lassen können, aber zum Schlimmsten ist es nicht gekommen. Schrecklich war, dass er die Kinder geschlagen hat, wenn er betrunken war.«

»Was haben Sie unternommen?«

»Ich habe den Bischof informiert, ohne das Beichtgeheimnis zu verletzen. Seine Eminenz überließ mir die Sache. Borchert wurde in eine andere Einrichtung versetzt – in ein kirchliches Altenheim, so wie dieses hier. Dann habe ich jeder der Schwestern die Beichte abgenommen und sie ermahnt, dafür Sorge zu tragen, dass so etwas nicht noch mal passiert. Und dann legte ich ihnen eine besonders schwere Buße auf.«

»Welche?«

»Sie mussten künftig ohne Hausmeister auskommen und die harten körperlichen Arbeiten selbst verrichten«, lächelte er.

»Wie kann ich herausbekommen, ob das Mädchen, mit dem ich gesprochen habe, Luisa Daniel war?«, grübelte ich laut.

»Ich habe ein paar Fotos aus jener Zeit«, erklärte der alte Mann. »Wollen Sie sie sehen? Vielleicht ist das Mädchen, von dem Sie erzählten, ja zufällig dabei.«

Es war zwar nur eine geringe Chance, aber ich wollte sie nutzen.

»Kommen Sie«, sagte er. »Die Kiste mit den Fotos ist auf meinem Zimmer.«

Auf dem Weg dorthin kamen wir an Big Mäc vorbei, der sich auf einer Bank sonnte und den Luftkurort kräftig zuqualmte.

»Können wir?«, fragte er. »Fertig?«

»Nein. Ich fange gerade erst an«, entgegnete ich.

Ein altes Foto

»Das ist es, das Mädchen, mit dem ich gesprochen habe!« Höchst erregt deutete ich mit dem Finger auf ein Mädchengesicht.

»Sind Sie sicher?«, fragte der Geistliche.

»Ganz sicher!«

Das Kind auf dem Bild war von anderen Leidensgefährten umgeben, die brav mit angelegten Armen vor der Linse posierten. Rechts und links der Kindergruppe hatten sich zwei Nonnen in voller Montur aufgebaut. Sie sahen aus wie zu groß geratene schwarzweiße Riesenvögel mit ihren langen weißen Schürzen, ihren verdeckten Haaren und der weggedrückten Brust.

»Dieses Kind also?«, fragte er noch einmal.

»Ja«, bestätigte ich. »Ich bin ganz sicher. Warum?«

»Ich erinnere mich an das Mädchen«, erklärte er leise. »Wenige Monate, nachdem dieses Foto aufgenommen worden ist, hat man die Kleine im Teich gefunden.«

Ein Schauer lief mir den Rücken hinunter. »Was sagen Sie da?«

Großmann antwortete nicht. Er hatte sich erhoben und lief im Zimmer umher. Ich sah ihm zu wie in Trance, unfähig etwas zu sagen oder sonst wie zu reagieren. *Im Teich gefunden ...*

»Sagen Sie endlich, was genau passiert ist!«, krächzte ich.

»Das Kind wurde tot aus dem Wasser gezogen. Es konnte nie geklärt werden, ob es ein Unfall, Selbstmord oder Mord war.«

»Hat die Polizei damals ermittelt?«

»Natürlich. Der Fall wurde dann irgendwann zu den Akten gelegt.«

»Wie hieß das Mädchen?«

»Das weiß ich nicht mehr!«, behauptete Großmann.

»Wenn die Polizei im Spiel war, gibt es ein Protokoll«, stellte ich fest. »Und das existiert noch irgendwo.«

Ich zog mein Handy aus der Handtasche und wählte die Nummer von Oberstaatsanwalt Guardini. Mit kurzen Worten fasste ich die Neuigkeiten zusammen, er versprach, sich um das Protokoll von damals zu kümmern.

»Halten Sie mich auf dem Laufenden?«, wollte der Geistliche wissen.

»Natürlich«, nickte ich. »Ich werde Sie anrufen.«

Ich gab ihm die Hand, er wollte sie nicht loslassen.

»Sie werden damit fertig«, sagte er leise.

»Womit?« Ich zog die Hand heftig zurück.

»Mit Ihrem gebrochenen Versprechen«, erklärte er und

schaute mir direkt in die Augen. Es ging mir voll ins Herz; das konnte ich nicht gut ertragen. Die gelebte Scheinheiligkeit meiner Jugend stieg in mir auf – sich ducken zum Wohle des Herrn und brav sein für das liebe Jesulein, immer wissend, dass der Heilige Geist alles sieht und die Kirche alles ahndet.

»Natürlich«, sagte ich betont kühl. »Ich werde keine Probleme damit haben.«

»Wenn Sie Beistand brauchen, kommen Sie zu mir«, bot er an.

»Ich will aufklären – sonst nichts«, antwortete ich heiser.

»Wie Sie meinen«, sagte Großmann. *»Eifer ist fest wie die Hölle, ihre Glut ist feurig und eine Flamme des Herrn …«*

»Salomon?«

Er nickte.

In mir kam Ärger hoch. »Wissen Sie was? Ich kann dieses Gesülze langsam nicht mehr hören … obwohl ich diese Sprache sehr mag. Aber jeder missbraucht sie auf seine Weise. Der Mörder bemäntelt den Tod von sieben Menschen damit und Sie, Hochwürden, versuchen, Ihre Feigheit von damals zu entschuldigen. Statt die Vorkommnisse im Heim grundlegend aufzuklären und die Zustände zu verbessern, haben Sie alles vertuscht. Ihr Gott mag die Wahrheit – *Du sollst nicht lügen* – so heißt es ja wohl!«

»Sie brauchen nicht zu betonen, dass auch ich Schuld auf mich geladen habe«, wandte der alte Mann ein. »Ich wollte Ihnen nur meine Hilfe und geistlichen Beistand anbieten.«

»Wenn ich so was brauche, trinke ich eine Flasche Wein und gebe mir ordentlich die Kante«, meinte ich grob. »Und dann höre ich Musik und lese ein Buch.«

»Ich habe Gott oft gebeten, mir einen Hinweis zu geben, wie ich meine Schwäche büßen kann«, sagte Pfarrer Großmann leise. »Doch er spricht nicht mehr mit mir – vielleicht erst wieder in der Stunde meines Todes.«

Ich nahm die Hand des alten Mannes, spürte, dass sie leicht zitterte.

»Es wird Zeit zu gehen«, sagte ich. »Mein Kollege wartet auf mich.«

»Gott schütze Sie!« Großmanns Augen waren jetzt von einem neuen Blau, als habe unser Gespräch die Müdigkeit des Alters aus dem Blick weggefegt.

Könnte er hinter allem stecken?, schoss es mir blitzartig durchs Hirn, er sitzt im Altenheim, zieht die Fäden, weil er eine alte Schuld tilgen will?

Nein, das war zu weit hergeholt.

»Vielen Dank, dass Sie so offen waren«, sagte ich und ging.

Im Auto berichtete ich Big Mäc von den neuesten Entwicklungen, ließ aber meinen Part in der Geschichte außen vor.

»Was ist los, Grappa?«, fragte der Fotograf. »Du bist so komisch. Und du hast hektische Flecken am Hals.«

»Hitzewelle. Wechseljahre. Du weißt doch, wie das bei uns Frauen so ist.«

»Nö. Ich bin keine Frau. Also, da war doch noch was, oder?«

»Die Atmosphäre in Altenheimen macht mich immer depressiv«, antwortete ich und das war noch nicht mal gelogen.

Als wir auf die Autobahn auffuhren, fragte Big Mäc: »Wenn das tote Kind wirklich Luisa Daniel ist, dann kann sie ja wohl kaum die Todsündenmörderin sein, oder?«

»Damit hast du hundert Punkte und darfst eine rauchen«, stimmte ich zu.

Der Fotograf ließ keine Sekunde unnütz verstreichen. »Und was dann?«, qualmte er.

»Dann stehen wir wieder am Anfang«, stellte ich fest.

»Dumme Sache, das.«

Keine platte Harmonie

Aufgewühlt von dem Gespräch mit dem Pfarrer scheuchte ich mein Auto mit voll ausgaloppierten Pferdestärken über die Autobahn.

Etwa zehn Kilometer vor Bierstadt klingelte mein Handy. Es war Peter Jansen. Er teilte mir mit, dass ein weiterer Brief des Mörders für mich angekommen sei. Er enthielt das Foto von Richard Borchert, dem ehemaligen Hausmeister. Er wurde mit IRA, der Wut und der Zerstörungslust, in Verbindung gebracht.

»Jetzt fehlt nur noch ein Brief«, sagte ich zu Jansen. »Monika Keller. Dann haben wir die sieben Todsünden komplett.«

»Welche fehlt denn noch?«

»LUXURIA. Das heißt Wollust und Gier.«

»Was habt ihr denn herausgefunden?«

Ich wollte im Moment nicht lang und breit erzählen, vertröstete ihn auf später.

Zurück in Bierstadt trafen sich Jansen, Big Mäc, Nikoll und ich im Konferenzraum.

Ich beschloss, diesmal nichts zu verschweigen, und berichtete von meiner zufälligen Verstrickung in den Fall ... und von dem Versprechen, das ich dem Mädchen damals gegeben und gebrochen hatte.

»Du bist ja ganz fertig, Grappa«, meinte Jansen überrascht. »Vielleicht war das Kind ja gar nicht deine Luisa.«

»Trotzdem. Die Kleine hat mir bestimmt geglaubt. Und ich? Ich hatte sie bestimmt schon vergessen, als ich damals durch die Tür dieses Kinderheims nach draußen ging.«

»Und der Typ hier auf dem Foto hat die Kinder misshandelt?« Nikolls Stimme hatte einen harten Klang. »Gut, dass er dafür bezahlt hat.«

»Wir alle müssen bezahlen für das, was wir tun«, sagte ich. »Einige mehr, andere weniger.«

Ich nahm das Bild und betrachtete Borcherts Gesicht. Abgesehen davon, dass er tot war, sah er aus wie ein harmloser netter Mann im Rentenalter.

Ich griff zu dem Blatt mit dem Psalm, das der Mörder wieder beigelegt hatte.

Verbirg mich vor der Verschwörung der Übeltäter, vor dem Aufruhr derer, die Böses tun! Die ihre Zunge gleich einem Schwert geschärft, bitteres Wort als ihren Pfeil angelegt haben, um im Versteck auf den Unschuldigen zu schießen, plötzlich schießen sie auf ihn und scheuen sich nicht. Sie stärken sich in böser Sache; sie reden davon, Fallstricke zu verbergen; sie sagen: Wer wird sie sehen? Sie denken Schlechtigkeiten aus: Wir sind fertig. Der Plan ist ausgedacht. Und das Innere eines jeden und sein Herz ist unergründlich. Aber Gott schießt auf sie einen Pfeil, plötzlich sind ihre Wunden da. Und sie brachten ihn zum Straucheln, doch ihre Zunge kommt über sie. Alle, die auf sie sehen, schütteln sich.

»Langsam gehen mir diese Psalmen auf die Nerven«, sagte ich. »Als ob die Welt nur aus Klagen und aus Rache besteht.«

»Tut sie doch«, entgegnete Jansen. »Davon leben wir ja schließlich. Wenn alles superharmonisch laufen würde, wären wir arbeitslos.«

»Aber vielleicht glücklich«, sagte ich.

»Wie langweilig!«, grinste Jansen. »Gerade du, Grappa, wärst eine der Ersten, die für Krawall sorgen würde, weil sie platte Harmonie nicht erträgt.«

Ich wollte antworten, doch mein Handy meldete sich. Es war Mahler. Er hatte in meinen Gedanken nicht mehr stattgefunden.

»Hallo«, sagte ich. »Wie geht es dir?«

Etwas Besseres fiel mir nicht ein; ich hörte, wie die drei Kollegen die Ohren ausfuhren.

Er wollte mich wieder sehen und hatte auch schon einige Vorschläge. Er wollte für mich kochen, zeigen, dass ihm weibliche Kulturtechniken durchaus vertraut seien.

»Bist du denn allein?«, fragte ich. Immerhin wohnte Nikoll bei ihm.

Er verstand die Anspielung und erklärte, dass seine Nichte wohl das Wochenende unterwegs sei – mit ihrem neuen Freund.

Wir verabredeten uns für den Abend.

»Grappa!« Jansen platzte fast vor Neugier. »Gibt es einen neuen Mann in deinem freudlosen Leben? Wer ist es? Kennen wir ihn? Wart ihr schon im Bett? Komm, Grappa-Baby, erzähl's uns ... besonders die schmutzigen kleinen Einzelheiten!«

»Du kannst mich mal!«, blaffte ich. »Ich schreib dir jetzt meine hundert Zeilen und mach mich dann vom Acker. Und am Wochenende will ich von Mördern und Toten nichts mehr hören.«

Damit verzog ich mich in meine Einzelzelle.

DIE SPÄTE RACHE DER LUISA DANIEL?: DIE SPUR FÜHRT IN EIN KINDERHEIM IM SAUERLAND, tippte ich.

Sie war erst acht Jahre alt, als sie nur knapp den tödlichen Flammen entrann: Luisa Daniel, die einzige Überlebende einer Familientragödie vom 15. September 1981. Damals hatte Marius Daniel zuerst seine Frau Marianna und dann sich selbst erschossen, der 12-jährige Sohn der Familie kam in den Flammen um, das kleine Mädchen konnte gerettet werden.

Sieben Menschen, die eine Verbindung zu den Ereignissen von damals haben, wurden Opfer des so genannten Todsündenmörders.

Unserer Zeitung gelang es nun, eine neue Spur zu finden, die in ein Kinderheim im Sauerland führt. Hier arbeitete eines der Opfer, die Nonne Schwester Barbara Odel, lange Jahre als Erzieherin –

zu einer Zeit, als Luisa Daniel in dem Kinderheim lebte. Auch Richard Borchert, ein weiteres Opfer des Todsündenmörders, war hier beschäftigt. Der Hausmeister stand damals in Verdacht, die Kinder geschlagen und sexuell belästigt zu haben.
Gehörte die kleine Luisa auch zu seinen Opfern? Die Vorfälle waren vertuscht worden, um einen Skandal zu verhindern.
Wie lange Luisa Daniel in dem Heim lebte und was aus ihr geworden ist, konnte noch nicht ermittelt werden.

Halterlose Erotik

Wie konnte ich Eberhard klar machen, dass ich das Wochenende ohne ihn verbringen wollte? Und wie konnte ich meinen Nachbarn Yunus Aydin dazu kriegen, dem Kater Asyl zu gewähren, während ich mich mit Mahler wollüstig in Kissen oder sonst wo wälzte?

»Hallo, mein Löwe«, begrüßte ich meinen Kater, als er sich an meine Beine schmiegte. »Du musst jetzt ganz tapfer sein.«

Ich nahm Eberhard auf den Arm und steckte meine Nase in sein Fell.

»Ich glaube, dass dir ein Wochenende unter Männern mal gut täte«, begann ich mit meiner Überzeugungsarbeit. »Ich muss dienstlich verreisen.«

Eberhard legte den Katerkopf an meinen Hals und schnurrte. *Warum lügst du so schamlos?*

Ich ignorierte seine Frage. »Meinst du, du schaffst das? Am Sonntagabend bin ich wieder da.«

Dienstreise? Du hältst mich wohl für blöd? Du willst Sex, stellte der Kater fest, *schmutzigen, wilden Sex. Und dann noch mit diesem blöden Typen.*

»Was weißt du schon über Sex?«

Mehr, als du dir vorstellen kannst, entgegnete er.

Ich setzte den Kater auf den Boden. »Wie auch immer, du Löwe. Ich bin der Mensch und deshalb der Boss.«

Dann rief ich Yunus Aydin an.

»Bringen Sie ihn ruhig vorbei«, antwortete mein Nachbar, als ich ihm meine Bitte vorgetragen hatte. »Ich bin das ganze Wochenende zu Hause. Ich muss ein paar Akten bearbeiten.«

Ich atmete durch. Alles ging reibungsloser, als ich angenommen hatte.

Der Kater zappelte zwar, als ich ihn hochnahm und die Treppen hinuntertrug, und guckte mich empört an, sagte aber nichts.

Yunus Aydin öffnete die Tür. Eberhard sprang von meinem Arm, stürmte in die Wohnung des Rechtsanwaltes und würdigte mich keines Blickes mehr.

Aydin bat mich herein, was ich mit dem Hinweis ablehnte, noch einige Dinge packen zu müssen.

»Sie haben ja meine Handynummer – falls der Kater Stress macht. Und hier das Futter. Das Katzenklo stelle ich Ihnen gleich vor die Wohnungstür, okay? Und noch mal vielen Dank. Ich hoffe, ich kann mich revanchieren.«

Yunus Aydin lächelte, als ich ihm die Hand gab, und sagte: »Darauf werde ich noch zurückkommen.«

Wieder oben in meiner Wohnung überprüfte ich mein Outfit. Ich sah gestresst und wenig entspannt aus.

Ich duschte, brachte meine Haare in Form, umrandete meine Augen und tuschte die Wimpern, dann noch ein bisschen Puder auf die Nase, fertig.

Die Kleidung wählte ich sorgfältiger aus: das schwarze Seidenhemdchen fürs Bett, meine Lieblingsdessous, ein Tuch, das ich mir um den Körper wickeln konnte, falls es mal spontan zugig werden sollte.

Ich warf mich in einen kurzen Rock und klemmte mich in ein eng anliegendes T-Shirt, bei dem ich einen Knopf mehr öffnete als sonst.

Im Spiegel überprüfte ich mein Aussehen. Ich sah nach allem aus, nur nicht nach Erotik.

Ich ging zur Kommode und zog meine halterlosen Luxusnylons aus der Verpackung – die absolute Geheimwaffe beim Angriff auf Männerfantasien, wie mir die Verkäuferin im Laden versichert hatte.

Unmöglich! Nicht unter einem kurzen Rock. Das sah aus wie Schlampenkram und war eher abtörnend.

Ich rollte die Strümpfe wieder von den Beinen und warf sie frustriert aufs Bett. Verdammt, dachte ich, warum nur mache ich so ein Theater.

Weil du eine Frau bist, hörte ich Eberhard sagen.

»Jetzt sprichst du schon durch Wände, du Teufelsbraten!«, schimpfte ich.

Ich stieg aus dem Rock in eine schwarze Seidenhose.

Er wird mir die Kleider sowieso vom Leib reißen, dachte ich, wozu also der ganze Aufwand?

»... seine Rechte herzet mich«

Als Georg Mahler die Tür zu seinem Haus öffnete, strömten mir wunderschöne Musik und ein unverkennbarer Knoblauchgeruch entgegen.

»Schön, dass du kommen konntest«, sagte er. »Ich freue mich, dich zu sehen.«

»Es ist mir ein Vergnügen«, entgegnete ich.

Er nahm meinen Kopf in seine vom Knoblauch klebenden Hände und gab mir einen züchtigen Kuss auf den Mund.

»Würdest du mir in die Küche folgen?«, fragte er und ging voran.

Ich tat es und hatte dabei die Gelegenheit, einen Blick auf das Ambiente zu werfen. Die Räume waren groß, fast alle Türen waren geöffnet, überall brannte gedämpftes Licht.

An den Wänden hingen Bilder, Reproduktionen wahrscheinlich, denn ich meinte, einige Motive von Hieronymus Bosch zu erkennen, dem Maler, der Albträume und Ängste, aber auch Wollust und Naivität auf die Leinwände gebracht hatte. Die passende Kunst für einen Theologieprofessor.

Wir waren in der Küche angelangt.

»Schön«, entfuhr es mir.

Während ich in Wohnräumen keine barocke Einrichtung mag, gefiel sie mir in Küchen. In der Mitte dominierte ein Küchenblock mit Ofen und geräumiger Arbeitsfläche, auf den Ablagen standen Keramikschüsseln mit Obst und Gemüse.

»Möchtest du ein Glas Wein?«, lächelte Mahler. »Die erste Flasche öffne ich immer schon beim Kochen.«

»Das Schönste am Kochen ist der Wein, während du es tust«, stimmte ich zu.

Er reichte mir einen Kristallkelch. Ich schaute ihn fragend an.

»Ein Italiener – natürlich. Ein etwas älterer Barolo.«

Wir prosteten uns zu.

»Ich hatte zunächst an einen kleinen Salat gedacht ... Bist du einverstanden?«

»Ich bin hier Gast«, stellte ich fest. »Ich esse das, was auf den Tisch kommt.«

»Möchtest du ins Wohnzimmer gehen oder mir beim Zubereiten zuschauen?«

»Ich gucke Männern noch lieber beim Kochen als beim Essen zu«, gestand ich. »Über die Art, wie sie mit den Zutaten umgehen, kann ich mir einen guten Eindruck von ihrer Fingerfertigkeit verschaffen. Wenn du also nichts dagegen hast?«

»Aber nein«, lachte er. »Aber achte bitte auch genau auf das virtuose Spiel meiner Hände und Finger.«

»Versprochen«, sagte ich und spürte ein verheißungsvolles Ziehen in meinem Leib.

»Wo hast du eigentlich deinen schwarzen Kater gelassen?«, fragte er, während er Olivenöl in eine Glasschüssel gab.

»Eberhard verbringt das Wochenende bei einem netten jungen Mann«, erklärte ich. »Er war zwar etwas sauer, musste sich aber in sein Schicksal fügen.«

»Der Arme!« Es klang scheinheilig. »Abgeschoben hast du ihn!«

»Du scheinst ja richtig Mitleid mit meinem Löwen zu haben«, grinste ich. »Warum hast du nicht früher was gesagt? Dann hätte ich ihn natürlich mitgebracht. Es wäre bestimmt der Beginn einer tiefen Männerfreundschaft geworden.«

Mahler rührte Essig ins Öl. Er tat es mit koordinierten, kräftigen Bewegungen seiner großen, leicht gebräunten Hände.

Hastig trank ich einen Schluck Wein, bemühte mich, woanders hinzuschauen, doch wie magisch angezogen kehrte mein Blick immer wieder zu den Händen zurück.

Er rührte, schlug die Vinaigrette und verband die beiden Komponenten zu einer perfekten Konsistenz.

Diese Hände werden dich heute Nacht berühren, dachte ich, und schöne Dinge mit dir machen. Die zarten Härchen auf meinen Armen richteten sich im Kollektiv auf.

Mahler steckte seinen Zeigefinger in die Soße und leckte ihn ab.

»Gut«, sagte er. »Noch ein wenig Senf und es ist vollbracht. Willst du mal?«

Er hatte den Finger erneut in die Schüssel gesteckt und hielt ihn vor meinen Mund.

Ich öffnete sehr langsam meine Lippen, formte sie zu einem Rund, sah ihn an, dachte, dass er mir mit dem Finger entgegenkäme. Ein schwerer Tropfen fiel vom Finger auf den Boden.

»Beeil dich«, sagte er leise.

»Ich soll …?«

»Ja, du sollst.«

Mit weichen Lippen sog ich den Finger in meinen Mund und ließ die Zunge darüber gleiten. Das Olivenöl und der Balsamico-Essig waren nur noch als Hauch zu erspüren, der Touch von Knoblauch unverkennbar.

Mahler bewegte den Finger nicht. Ob er mich ansah, wusste ich nicht, denn ich hatte die Augen geschlossen.

Das kann ja heiter werden, dachte ich, Oralverkehr schon beim Kochen. Aber in geräumigen Küchen hatte ich einige meiner besten Sexerlebnisse gehabt – wenn Arbeitsplatten und Tische von guter handwerklicher Qualität waren.

»Du hast Recht«, sagte ich, »noch etwas Senf könnte nicht schaden.«

Hoffentlich fragt er jetzt nicht, ob ich's besonders scharf mag, ging es mir durch den Kopf.

Nein, solche Plattitüden ersparte er uns. Mahler lächelte nur ein kleines Lächeln, das vielleicht ein wenig eitel war.

»Gib mir noch ein Glas Wein, bitte, damit ich den Überblick behalte!«, forderte ich.

»Pas de problème, Madame!«

Er schenkte mir ein und streifte dabei meinen Oberarm. Es war ein niedervoltiger elektrischer Schlag, ich zuckte zusammen.

»Aber, aber!« Mahler stellte das Glas hinter mich und legte seine Arme um meine Taille. Mein Mund lag in der Höhe seines Adamsapfels. Wieso hieß das hüpfende Ding eigentlich so?

Ich fragte ihn, als Theologe musste er es ja schließlich wissen.

»Eva gab Adam den Apfel ...«, murmelte er in mein Ohr. »Und an genau der Stelle in Adams Speiseröhre blieb er hängen, weil er eine verbotene Frucht war. Adam hustete und hustete, aber der Apfel blieb dort – für immer und ewig. Eine Strafe Gottes.«

»Schöne Geschichte«, sagte ich. »Darf ich mal dran kosten?« Ich legte meine Lippen an seine Kehle und ließ die Zunge über den Tennisball gleiten.

Die Haut war rau, denn der Bart wollte sprießen. Mahlers Griffe um meine Taille verstärkten sich, er begann schwer zu atmen und sein Körper drückte meinen gegen den Elektroherd.

Hinter mir siedete das Wasser im Pastatopf. Ich spürte Wasserdampf im Nacken und wollte mich befreien.

»Was ist?«, meinte er irritiert und ließ von mir ab.

»Wenn du so weitermachst, sitze ich gleich mit dem Hintern auf der Ceranplatte.«

Er lachte. »Schön! Ich habe mit einem heißen Wochenende gerechnet. Aber Verbrennungen müssen nicht unbedingt sein. Essen wir jetzt den Salat und machen vor der Pasta eine längere Pause?«

»Prima Idee«, stimmte ich seinem Vorschlag zu. »Wo ist das Bad?«

Er beschrieb es mir.

Ich zog die Badezimmertür hinter mir zu und schloss ab. Die Erforschung von fremden Badezimmern gehörte zu meinem Grundprogramm. Bei Mahler jedoch war die Spurensuche schnell erledigt. Rasierwasser, Kamm, Bürste, Shampoo, ein besseres Duschgel, Handtücher gestapelt in einem Regal, eine Creme für den Body und eine für die Hände.

Von Nikolls Sachen war nichts zu sehen, vielleicht gab es noch ein Bad in der oberen Etage.

Ich drehte den Wasserhahn auf und ließ das Wasser kräftig laufen, denn ich hatte einen kleinen Schrank entdeckt, dessen Tür geschlossen war. Mahler sollte mich nicht beim Herumkramen hören.

Ich zog die Tür auf. Aha, Medikamente. Sehr gut, daran konnte man die Zipperlein des Besitzers erkennen. Aspirin, eine Packung Vitaminpillen und ein Sonnenschutzgel. Kein Antibiotikum, das auf eine chronische Krankheit schließen ließ, kein Fußpilzmittel, kein Haftpulver für die Dritten, noch nicht mal Viagra …

Ich brachte die Schachteln im Schrank wieder in die ursprüngliche Position. Dann wusch ich mir endlich die Hände.

Als ich das Bad verlassen wollte, fiel mein Blick auf einen silbernen Rahmen. In ihm prangte kein Bild, sondern ein Zitat: *Rose, oh reiner Widerspruch, Lust, Niemandes Schlaf zu sein unter soviel Lidern.*

Es war der Grabspruch des Dichters Rainer Maria Rilke.

Leicht verwirrt trat ich in den Flur und ging in die Küche zurück.

»Hast du alles gefunden, was du brauchst?«, fragte er.

»Nein. Ich habe den Damenbademantel und die zweite Zahnbürste vermisst. Hast du alles weggeräumt, bevor du mich eingeladen hast?«

Georg Mahler lachte schallend.

»Und wo ist die Frau geblieben?«

»Ich habe sie getötet, zerstückelt und ihre Überreste liegen in der Tiefkühltruhe im Keller.«

»Solange sie nicht auf den Tisch kommt ...«, meinte ich cool. »Du hast im Bad einen schönen Spruch von Rilke hängen«, begann ich mit meiner Fragestunde. »Magst du Rosen gern?«

»O ja.« Er nahm die Salatschüssel und ging ins Wohnzimmer. »Sie sind mir die liebsten unter den Blumen. Was sind deine Lieblingsblumen?«

»Madonnenlilien.«

»Interessant. Langstielig, unschuldig weiß und unnahbar. Was gefällt dir an ihnen?«

»Dass sie langstielig, unschuldig weiß und unnahbar sind«, antwortete ich. »Aber sie sind auch elegant, unaufdringlich und überirdisch schön.«

»Diese Lilie wird der Jungfrau Maria zugeordnet«, belehrte mich Mahler. »Sie passt zu ihr, aber nicht zu dir. Du bist keine züchtige, zarte Madonna, sondern eher eine geile, glutvolle Maria Magdalena.«

»Na ja«, sagte ich, ein wenig ernüchtert, »dann wäre dein Bild von mir ja jetzt vollständig. Danke für deine Einschätzung. Reichst du mir mal das Ciabatta, bitte?«

»Verschnupft?«, fragte er, als er mir die Brotschale gab.

Ich sagte nichts und nahm das Brot.

»Maria Magdalena ist doch von ihren Sünden errettet worden«, erinnerte er mich. »Und sie hat in ihrem Leben bestimmt mehr Männer glücklich gemacht als die heilige Jungfrau.«

Ich schmierte Knoblauchbutter auf das Brot.

»Möchtest du auch gern von deinen Sünden errettet werden?«, wollte Mahler wissen.

Gemächlich kaute ich das Brot und spießte die Salatblätter auf.

»Sag's mir doch, Maria. Was hast du Schlimmes getan in deinem Leben?«

Ich blickte auf – prüfend, was das alles sollte, wissen wollend, ob es ein Spiel war oder Ernst, Fopperei oder Wahnsinn.

»Hast du keine Angst, dass du irgendwann bezahlen musst, für das, was du Böses getan hast?«

»Jeder muss bezahlen«, sagte ich. »Du, ich, wir alle. Die Frage ist nur, wann und wie viel.«

»Ja, das stimmt. Manche bezahlen früher, andere erst Jahre später.«

»Du meinst die Morde, nicht wahr?«, hakte ich nach.

Mahler nickte. Das Gesicht des kleinen Mädchens kam mir wieder vor Augen, auf der Mauer das immer gleiche Lied singend, umgeben von Rosenbüschen. *Rose, oh reiner Widerspruch …* Ich legte die Hände vor die Augen.

»Dir ist etwas eingefallen. Sag mir, was es ist!«

Seine Stimme drang wie durch einen Nebel zu mir. Ich sah den Körper des Kindes, wie er aus dem Teich gezogen wurde, die mageren Gliedmaßen steif wie die einer Puppe, das Haar wirr um den Kopf liegend, die Augen geschlossen im bleichen Antlitz. *Niemandes Schlaf zu sein unter soviel Lidern …*

»Du musst es mir sagen«, wiederholte er.

»Was willst du von mir, verdammt noch mal?«, schrie ich ihn an. Tränen liefen über mein Gesicht.

»Entschuldige«, stammelte er. »Ich dachte … Ich wollte nicht … Was ist mit dir?«

»Lass uns bitte essen, und dann gehe ich nach Hause«, sagte ich, um Coolness ringend.

»Wie du meinst«, kam es reserviert aus seiner Richtung. »Darf ich dir noch Wein einschenken?«

Bevor ich nicken konnte, klingelte mein Handy.

»Sorry«, sagte ich und stand auf. »Vielleicht ist was mit Eberhard …«

Das Handy lag zuunterst in meiner Tasche, die sich im Flur befand, hektisch suchte ich danach, meine Nerven flatterten.

Es war Oberstaatsanwalt Michele Guardini.

»Das tote Kind im Teich war tatsächlich Luisa Daniel«, sagte er. »Die Umstände ihres Todes sind übrigens nie ganz geklärt worden.«

Ich war nicht in der Lage, etwas zu erwidern.

»Frau Grappa? Sind Sie noch da?«

Ich krächzte ihm ein »Danke« entgegen und sagte, dass ich nicht länger sprechen könne. Dann schaltete ich das Handy aus.

»Was ist mit dir?«, fragte Mahler, als ich ins Zimmer zurückgegangen war. »Du bist bleich wie eine … Madonnenlilie!«

»Meine Sünden haben mich ereilt«, murmelte ich. »Und Vergebung ist nicht vorgesehen.«

Mahler stand auf, kam auf mich zu, packte und schüttelte mich.

»Hör auf zu weinen. Du erzählst mir jetzt alles!«, forderte er. »Also los!«

Es ging nicht anders: Ich erzählte ihm die Geschichte von Luisa Daniel und meinem gebrochenen Versprechen.

Er sagte nicht viel, wertete nicht, sondern hörte nur zu. Ich fühlte mich trotzdem irgendwie getröstet.

Geständnisse machen mich immer hungrig. Mit viel Verspätung fielen wir über die Pasta her, dann folgte Lammragout mit Zitronensauce und ein kräftiger Espresso.

»Lass uns schlafen gehen«, sagte er.

Im Schlafzimmer entkleidete er mich, dann sich, wir legten uns nebeneinander und er löschte das Licht.

»Seine Linke liegt unter meinem Haupte, und seine Rechte herzet mich«, flüsterte ich im Dunkel einen Vers aus dem Hohelied.

Er zog nach: *»Ich beschwöre euch, ihr Töchter Jerusalems, bei den Rehen oder bei den Hinden auf dem Felde, dass ihr meine Freundin nicht aufwecket noch reget, bis dass es ihr selbst gefällt.«*

»Okay«, sagte ich. »Keinen Wecker, bitte!«

Sex im Alter?

Mit der liebevollen Berührung zweier Körper entsteht eine Intimität, die Distanz in Zärtlichkeit verwandelt. Worte lassen sich verdrehen; Lächeln, Gesten und Blicke sind flüchtig und lassen sich nicht einfangen. Die Berührung ist verbindlich, sie ist nicht mehr zu leugnen. Worte können viel, aber nicht alles sagen, wenn ich mehr wissen will, muss ich jemanden spüren, um ein Gefühl für ihn zu bekommen.

Welches Gefühl hatte ich für Mahler entwickelt? Merkwürdig, dass ich es nicht mit einem Begriff benennen konnte. Oder lag es daran, dass ich mich nicht auf ihn konzentrieren konnte, weil mir die Morde nicht aus dem Sinn gingen?

Ich lauschte Mahlers gleichmäßigem Atmen. Lange hatte kein Mann mehr so unschuldig neben mir gelegen, fast wie ein Bruder. Als er mich mit seinen Händen berührt und entkleidet hatte, waren die Finger nicht mehr wollüstig, sondern nur voller Solidarität und Mitgefühl gewesen, und seine Augen hatten fragend und ein wenig zärtlich auf mir geruht.

Mahler schlief tief. Er lag mit dem Rücken zu mir, hatte sich embryonal eingerollt, so wie ich es auch zu tun pflege, nur heute hatte ich den Zipfel der Decke unter die Nase gezogen und die Nacht über festgehalten.

Durst quälte mich. Dem Lamm hatte ich trotz Mahlers Warnung noch eine Ladung Salz auf den Balg gegeben, das rächte sich jetzt mit brennendem Schlund.

Vorsichtig erhob ich mich, um in die Küche zu gehen und

dort im Kühlschrank nach Wasser zu suchen. Ich machte kein Licht, wollte Mahler nicht wecken.

Mit nackten Füßen tapste ich über das Parkett, die Wohnung lag still und warm, kein Licht brannte, nur der Mond schien durchs Küchenfenster.

Die barocke Einrichtung erschien mir plötzlich bedrohlich, die Töpfe und Flaschen warfen Schatten, die Messer lagen blitzend auf dem Küchenblock und auf dem Küchenhandtuch waren Rotweinflecken pechschwarz eingedunkelt.

Ich öffnete die Kühlschranktür und nahm eine Flasche Wasser heraus, schaute nach einem Glas.

»Kannst du nicht schlafen?«

Ich schreckte zusammen. Mahler war aus dem Dunkel des Flures aufgetaucht und stand vor mir. Er war nackt, genau wie ich.

»Ich habe Durst«, antwortete ich. »Und muss ständig an die Morde denken.«

»Ich hole dir eine Decke.« Ich sah ihm nach, wie er wieder in der Dunkelheit verschwand.

Wenig später reichte er mir ein leichtes Plaid, ich band es um meinen Leib und verknotete es über dem Busen.

»Setz dich ins Wohnzimmer«, schlug er vor, »ich bringe Gläser mit.«

Ich nahm die Wasserflasche und tat, was er sagte, kuschelte mich aufs Sofa, ohne Licht zu machen. Der Mond schien hell genug.

Mahler trat zu mir, mit zwei Gläsern in der Hand und Boxershorts um die Lenden. »Etwas Musik?«, fragte er.

»Gern. Etwas Schönes, Melancholisches, bitte!«

Er stellte den Player an und warf eine CD ein.

Die Melodie traf mich voll ins Herz, ohne einen Umweg übers Gehirn zu machen.

»Was, zum Teufel, ist das?«, flüsterte ich.

»Schön, nicht?«, fragte er und legte den Arm um mich. »Ralph Vaughan Williams, ein Engländer. *The Lark Ascending*, eine Romanze für Violine und Orchester.«

Ich sagte nichts, weil ich die *Aufsteigende Lerche* hören wollte. Da waren ein Sonnenuntergang über einem weiten Feld und ein kleiner, unscheinbarer Vogel, dessen Gesang von der Solovioline erfühlt wurde. Ein leichter Wind kam hinzu, doch er beeindruckte den Vogel kaum, der seine Bahnen mit immer neuen Variationen des Aufsteigens verzierte.

Ich hatte gar nicht bemerkt, dass Mahler seine Hand auf meinen Busen gelegt hatte und ihn streichelte. Er musste wohl schon einige Augenblicke dabei sein, denn die Warzen standen spitz und warteten gespannt auf weitere Genüsse.

Ich reckte mich ihm entgegen, Mahler verstand die Aufforderung und begann, meinen Oberkörper mit Küssen zu bedecken. Er ließ sich vom Sofa auf den Fußboden gleiten, hob meine Beine auf die Lederfläche und zog das Tuch von mir ab.

Das Übermaß an Zärtlichkeit, mit dem er mich überschwemmte, überraschte mich. Es war ganz anders als beim ersten Mal, war inniger und weniger leidenschaftlich, er nahm sich viel Zeit. Ich fühlte meine Poren durch seine Lippen erblühen, die Härchen erschaudern und mein Inneres erglühen.

Es dauerte noch eine Weile, bis er sich auf mich legte und wir uns tief und langsam liebten. So muss Sex im Alter sein, schoss es mir durch den Kopf, alles in *Slow Motion*. Prompt musste ich kichern.

»Was ist?«, fragte Mahler irritiert und aus dem Rhythmus geratend.

»Entschuldigung«, stammelte ich. »Habe nur an was Komisches gedacht.«

»Wohl nicht ganz bei der Sache, was? Was mache ich falsch?« Er war verunsichert.

Was mache ich falsch? Das war eine gefährliche Frage – zumindest wenn Männer sie beim Sex stellten. Eine ehrliche Antwort hat schon viele Beziehungen in die Eiszeit katapultiert.

»Du bist grandios«, beschwichtigte ich ihn.

Doch er hatte von mir abgelassen und saß frustriert auf dem Sofa.

Ich drückte ihn sanft in die Horizontale, flüsterte ein paar nicht ganz jugendfreie Worte in sein Ohr, die ich im Nonneninternat außerhalb des Religionsunterrichts gelernt hatte.

Er reagierte, war wieder bereit. Ich setzte mich auf ihn und nahm mir wild das, was ich wollte.

Katerkatastrophen

»Das ist ja die reinste Völlerei!«, entfuhr es mir, nachdem ich Mahler zum Frühstückstisch gefolgt war. Er hatte ordentlich aufgefahren, der Tisch war mit Köstlichkeiten bedeckt, an denen sich eine Fußballmannschaft hätte satt essen können.

Rührei, Lachs, verschiedene Käsesorten, italienischer Schinken, französische Leberpasteten, Marmelade, Croissants, Fruchtsäfte und natürlich Champagner.

»Wo hast du die vielen Sachen plötzlich her?«, fragte ich. »Gestern Nacht war der Kühlschrank fast leer.«

»Ich habe es liefern lassen«, lächelte er. »Während du noch geschlafen hast.«

Jetzt erinnerte ich mich dunkel, etwas gehört zu haben, ein Klingeln an der Haustür und Stimmen.

»Ich werde an diesem Wochenende drei Todsünden begehen«, kündigte ich an. »Na ja, die eine haben wir schon begangen: LUXURIA, die Wollust. Gleich kommt die GULA hinzu und anschließend die Trägheit, ACCIDIA.«

Ich nahm den ersten Schluck des duftenden Kaffees und überlegte, mit was ich anfangen sollte. Süßes war morgens nicht so mein Fall, nur bei Mandelhörnchen wurde ich schwach. Ich kostete von einer Leberpastete, die eine Glasur mit grünen Pfefferkörnern krönte.

»Oh, Mann«, stöhnte ich, als ich meine Zunge in die sämige Würze versenkte, »das schmeckt ja genial. Wie heißt die Sorte?«

»Moment!« Offensichtlich erfreut über mein kulinarisches Lob sprang Mahler auf und griff nach einem Zettel, der auf dem Küchentisch lag.

»Ganz einfach«, sagte er und las: *»Paté à la poivre verte.«*

Zufällig fiel mein Blick auf den Kopf des Lieferscheins und ich stockte. Mahler hatte denselben Partyservice beauftragt, mit dem Odenski zusammengearbeitet und der die Henkersmahlzeit geliefert hatte.

Das hat bestimmt nichts zu bedeuten, dachte ich, doch ich war verwirrt. Sollte ich ihn darauf ansprechen? Ja, ich musste es tun. »Du hast mit dem Todsündenmörder etwas gemein«, lächelte ich.

»Schon wieder?«

»Ihr bestellt euer Essen beim selben Lieferanten.«

»Mag sein. Er ist der Beste. Wenn sich ein Massenmörder nicht lumpen lässt, warum sollte ich es dann tun?«

Das klang plausibel.

»Wie weit bist du eigentlich mit der Geschichte?«, hakte er ein. »Nachdem das Mädchen von damals als Täterin ausscheidet, musst du dir jetzt einen neuen Mörder suchen, oder?«

»Ja«, gab ich zu. »Und ich habe noch keine Ahnung, wer das sein könnte. Es muss jemand sein, der die Bibel kennt, der intelligente Inszenierungen stemmen kann, der gute Nerven hat ...« Ich sah ihn an und hörte mich sagen: »Komisch – ich bleibe schon wieder bei dir hängen.«

Mahler hob das Glas. »Darauf trinken wir! Welches Motiv habe ich?«

»Genau das ist das Problem.«

Wir stießen an.

»Pass nur auf, dass der Mörder kein Interesse an dir entwickelt ...«

»Warum sollte er das tun?« Ich war perplex.

»Wenn du das Kind besucht hättest, so wie du es ihm versprochen hast, hättest du das Kind vielleicht vor dem Tod bewahren können.«

»Merkwürdige Hypothese!«, staunte ich. »Hätte, wenn, könnte, müsste … Niemand kann sagen, ob ich den Tod von Luisa hätte verhindern können!«

»Reg dich doch nicht auf«, beschwichtigte Mahler, »ich versuche doch nur, mich in die kranken Gedanken des Mörders hineinzuversetzen. Dein Glas ist leer – reichst du es mir herüber?«

Er goss nach. Ich wollte gerade den Champagnerkelch erneut die Lippen setzen, als ich ein Geräusch hörte. »Was ist das?«, fragte ich.

Mahler lauschte. Dann sagte er: »Es kommt von draußen, da ist jemand an der Tür.«

Er sprang auf. »Du bleibst hier!«, wies er mich an.

Ich lief trotzdem hinter ihm her, beobachtete, wie Mahler die Haustür vorsichtig öffnete. Etwas Schwarzes saß im Eingang.

»Das kann doch nicht wahr sein!«, rief ich. »Wie kommst du denn hierher?«

»Das ist wirklich eine hochinteressante Frage«, murmelte Mahler und ließ Eberhard hinein.

Der Kater warf Mahler nicht den Hauch eines Blickes zu, sondern kam schnurstracks auf mich zu – ein Bein nachziehend.

»Er ist schwer verletzt!« Ich ging in die Knie. »Mein armer Löwe! Und wie er riecht! Pfui Teufel!«

Eberhard saß aufrecht vor mir und schaute mich mit seinen Opalaugen an. Eins von ihnen war halb geschlossen und geschwollen. Verkrustetes Blut klebte am schwarzen Fell, das zudem feucht und verschmutzt war.

»Wer hat dir das angetan? Mit wem hast du dich gefetzt?«, fragte ich und streichelte zärtlich seinen Kopf.

»Es gibt genug andere Kater hier in der Nähe«, erklärte Mahler. »Die haben ihm wohl ordentlich eins übergebraten. Können wir jetzt weiter frühstücken?«

Mein Liebhaber war sichtlich ungehalten.

Sag ihm, er soll die Klappe halten, forderte Eberhard.

Ich traute mich nicht, Eberhard zu antworten – Geisterdialoge mit schwarzen Katern und vor Zeugen würden mich irgendwann in die Klapse bringen.

»Ja, lass uns frühstücken«, stimmte ich zu.

Du bleibst hier, murrte der Kater, *lerne endlich, Prioritäten zu setzen! Und wer ist wohl wichtiger? Dieser Kerl oder ich?*

»Nein. Ich muss erst Eberhard versorgen.«

»Was heißt das denn?«, schnaubte Mahler, der schon ein paar Schritte Richtung Küche gegangen war.

»Hast du Jod im Haus oder eine antiseptische Salbe?«, fragte ich. »Das Auge sieht nicht gut aus. Ich glaube, er hat auch starke Schmerzen. Komm mal her, mein Schatz!«

Ich bückte mich und nahm das Tier auf den Arm. Das Fell roch nach altem Fisch.

Na also! Es geht doch, schnurrte das stinkende Knäuel.

Ich ging ins Bad, dort setzte ich den Kater auf der Waschmaschine ab.

»Kannst du ihn mal festhalten?«, fragte ich Mahler. Sein Gesichtsausdruck war eine Mischung aus mühsamer Beherrschung und Ekel.

»Ich fasse dieses Vieh nicht an«, sagte er mit harter Stimme. »Er stinkt wie die Pest, mir wird gleich schlecht. Ich hasse Katzen.«

»Dies ist ein Notfall«, blaffte ich ihn an. »Also stell dich nicht so an, verdammt noch mal!«

Mahler hatte Mühe, die Fassung zu bewahren.

»Wo ist die Jodtinktur?«

Stumm reichte er mir ein kleines Fläschchen.

»Danke! Du hältst ihn an den Vorderpfoten fest und ich tupfe etwas Salbe auf das kaputte Auge. Ist ja nur erste Hilfe. Zum Tierarzt fahre ich später. Also, was ist?«

Der Professor packte den Kater bei den Vorderfüßen, Eberhard stieß einen markerschütternden Katerschrei aus und schlug zu.

Mit einem Satz sprang Mahler zurück und hielt sich den Arm.

Sag dem Kerl, dass er mich nicht anrühren soll, sonst fließt noch mehr Blut, drohte der Kater.

»Verdammtes Drecksvieh!«, brüllte der Verletzte, außer sich vor Wut.

»Okay, ich ziehe die Sache allein durch«, kündigte ich an. »Am besten verlässt du das Badezimmer. Du regst den Kater nur auf.«

»Das kann doch nicht wahr sein«, höhnte Mahler. »Ich rege dieses Monster auf?! Er hat mich schon wieder blutig geschlagen – guck dir das an!«

Anklagend hielt er mir den Unterarm hin, den zwei neue parallel verlaufende Kratzer zierten, aus denen das Blut tropfte.

»Erst versorge ich den Kater, dann dich«, sagte ich unbeeindruckt. »Das Jod reicht für euch beide.«

»Herzlichen Dank!« Mahler lief aus dem Bad.

Ich versorgte den Kater, wusch mir die Hände und rief: »Der Nächste, bitte!«

Als Mahler wieder in der Badezimmertür stand, sprang der Kater von der Waschmaschine auf den Boden und verließ den Raum.

»Hast du dir wenigstens die Hände gewaschen?«, nörgelte Mahler.

Ich tupfte das Jod auf die Wunden.

»Vorsicht!«, jammerte Mahler. »Das brennt ja wie Feuer. Nicht so fest!«

Ich verdrehte die Augen nach oben. »Sei nicht so verdammt wehleidig!« Heldenhaft überstand er meine Behandlung

»So. Jetzt braucht die Krankenschwester ein Glas Champagner«, sagte ich zufrieden über meine pflegende Tätigkeit.

Auch Mahler schien wieder friedlich zu sein. Wir betraten die Küche.

Eberhard saß auf dem Frühstückstisch und war gerade dabei, sich über den Rest der Leberpastete herzumachen.

»Es reicht! Ich schlag das Vieh tot!« Mahler stürzte zu der Küchenwand und nahm eine schwere Suppenkelle von einem Haken.

Eberhard sprang kreischend vom Tisch, als er Mahler mit erhobenem Mordwerkzeug auf sich zukommen sah. Dabei stieß er die Orangensaftkaraffe um, der Saft ergoss sich über sämtliche Köstlichkeiten.

Mahler wollte hinter dem Kater her, doch entschlossen stellte ich mich ihm in den Weg.

»Lass ihn in Ruhe!«, brüllte ich. »Der Kater hat wahrscheinlich großen Hunger nach dem weiten Weg!«

Mahler ließ die Suppenkelle sinken. »Du hast sie ja nicht alle! Mach doch ein Katzenasyl auf! Aber komm mir nicht mehr unter die Augen, solange dieses verdammte Vieh bei dir lebt!«

Brüderschaften

»Ich konnte nichts dafür«, entschuldigte sich der Rechtsanwalt am nächsten Tag. »Sie waren gerade eine Stunde weg, da passierte es.«

Yunus Aydin berichtete, wie Eberhard vom Balkon in die Tiefe gesprungen war und nicht mehr gesehen wurde. Da ich mein Handy ja nach Guardinis Anruf ausgeschaltet hatte, hatte er mich über die Katerflucht nicht informieren können.

»Er scheint wohl sehr an Ihnen zu hängen«, meinte Yunus.

»Das soll auch so sein, nicht wahr, mein Junglöwe?«, sagte ich mit Blick auf den Kater.

Sei froh, dass ich dich da rausgeholt habe, antwortete das Tier, *dieser alte Mann ist nix für dich. Guck dir mal Yunus an, er ist jung und knackig.*

Ich lachte. »Ihr duzt euch schon?«, fragte ich.

Na, klar.

»Was haben Sie gesagt?«

»Eberhard hat mir gerade erzählt, dass Sie beide Brüderschaft getrunken haben«, grinste ich.

»Sie sprechen wieder mit ihm?«

»Ja.«

»Ich hab's auch versucht«, gestand Aydin. »Aber ich habe keine Antwort bekommen.«

»Das ist eine Frage des Trainings«, erklärte ich.

»Ich mag den Kater jedenfalls – und er mich«, stellte der Delphin in der Morgenröte fest. »Das finde ich sehr schön.« Er kraulte das Fell seines neuen Kumpels.

»Er braucht ein Bad«, rümpfte ich die Nase.

Ich packte Eberhard und verschwand. Als ich meine Wohnungstür aufschloss, sah ich den Brief auf dem Boden liegen. Ich hob ihn auf, betrachtete ihn, hatte auf einmal Angst, ihn zu öffnen.

Ein ungewohnter Duft streifte plötzlich die Härchen meines Geruchsorgans, blieb eine Weile, ich versuchte mich seiner zu erinnern, doch bekam ihn nicht richtig zu fassen.

Der Mörder hatte mir wohl das Foto des noch fehlenden letzten Opfers geschickt: Monika Keller. Mit fliegenden Fingern riss ich das Papier auf.

Doch ich irrte mich. Ich sah in mein eigenes Gesicht. Und quer darüber las ich: CRUDELITAS.

Mit weichen Knien schaffte ich es zum Sofa und ließ mich darauf fallen.

Was ist los?, fragte Eberhard.

»Ich habe einen Gruß bekommen – vom Todsündenmörder. Hier – das bin ich – erkennst du ja wohl.«

Au weia.

»Es ist im Garten des Altenheims aufgenommen worden«, erklärte ich. »Ohne dass ich etwas bemerkt habe.«

Was heißt CRUDELITAS?, wollte der Kater wissen.

»Moment, ich schau nach.«

Wenig später wusste ich es: CRUDELITAS war Hartherzigkeit.

Ich griff nach dem Zettel mit dem Psalm-Text:

Die Treulosen habe ich gesehen, und es ekelte mich an, weil sie dein Wort nicht bewahrten. Sieh, dass ich deine Vorschriften lieb habe. Nach deiner Gnade, Herr, belebe mich! Die Summe deines Wortes ist Wahrheit, und jedes Urteil deiner Gerechtigkeit währt ewig. Oberste haben mich verfolgt ohne Ursache. Aber vor deinem Wort hat mein Herz gebebt. Ich freue mich über dein Wort wie einer, der große Beute macht. Lüge hasse und verabscheue ich.

Ich überlegte, wer von meiner persönlichen Verstrickung in das Schicksal von Luisa Daniel wusste.

Da gab es Pfarrer Großmann, die Kollegen in der Redaktion und Georg Mahler.

Glaubst du, dass du in Gefahr bist? Immerhin sind die Leute auf den anderen Fotos tot.

»Wenn ich das wüsste, Junglöwe«, seufzte ich.

Mir kam der Duft wieder in den Sinn. Ich steckte meine Nase in das Papier, schnupperte am Umschlag – da war nichts mehr. Was hatte ich gerochen? Parfum, Küchendüfte, Natur?

Ich ging ins Wohnzimmer. Es war besser, Peter Jansen über den Brief des Todsündenmörders zu unterrichten.

Ich wählte die Nummer meines Chefs, er war zu Hause. Ich berichtete ihm kurz, was geschehen war.

»Wir haben auch einen Brief bekommen«, erzählte er. »Mit dem Foto des letzten Opfers, dieser Monika Keller. Du warst schon weg, als er eintrudelte. Ich habe ihn hier. Willst du den Spruch hören?«

Natürlich wollte ich.

»Denn deine Pfeile sind in mich eingedrungen, und deine Hand hat sich auf mich herabgesenkt. Keine heile Stelle ist an meinem Fleisch wegen deiner Verwünschung, nichts Heiles an meinen Gebeinen wegen meiner Verfehlung. Denn meine

Sünden wachsen mir über den Kopf, wie eine schwere Last sind sie zu schwer für mich. Es stinken, es eitern meine Wunden wegen meiner Torheit. Ich bin gekrümmt, sehr gebeugt; den ganzen Tag gehe ich trauernd einher. Denn voll Brand sind meine Lenden, und keine heile Stelle ist an meinem Fleisch«, zitierte Peter Jansen. »Der Mörder hat ihr die LUXURIA, die Wollust, zugeordnet, genau so, wie wir es vorausgesehen hatten.«

»Damit sind die sieben Todsünden komplett«, resümierte ich. »Und es gibt eine achte – extra für mich ausgedacht. Und wir haben nicht den geringsten Hinweis auf den Täter, nachdem feststeht, dass Luisa Daniel tot ist. Es ist zum Verzweifeln ...«

»Dafür habe ich erfahren, wer Monika Keller ist«, überraschte mich Jansen. »Sie war vor zwanzig Jahren eine Freundin von Marianna Daniel.«

»Woher weißt du das?«

»Von Oberstaatsanwalt Guardini«, klärte mich Jansen auf. »Es existiert eine Aussage von Monika Keller im Protokoll von damals. Sie war wohl kurz vor dem Brand im Haus, um ihre Freundin zu besuchen. Eine Stunde später war die Daniel dann tot – erschossen von ihrem Ehemann.«

»Schrecklich«, murmelte ich. »Aber was hat Monika Keller Böses getan? Wollust?«

»Vielleicht hatte sie eine Affäre mit dem Mann ihrer Freundin«, mutmaßte Jansen.

»Kann sein«, sagte ich, »obwohl die Erklärung zu einfach ist. War diese Keller verheiratet?«

»Keine Ahnung. Davon hat Guardini nichts gesagt. Ich habe aber die letzte Adresse, unter der sie gemeldet war. Fahr doch einfach mal morgen früh dort vorbei und rede mit den Nachbarn.«

Ich notierte mir die Anschrift.

»Grappa?«

»Ja?«

»Ich glaube nicht, dass du in Gefahr bist. Der Mörder

braucht dich. Er will, dass die Verfehlungen von damals öffentlich gemacht werden ... und die Rolle hat er dir zugedacht. Er hat Intelligenz und Mühe in dieses Spiel gesteckt und will sich dafür in der Zeitung feiern lassen.«

»Das ist doch krank!«

»Sicher. Was dachtest du denn? Dass jemand, der sieben Menschen tötet, gesund im Kopf ist?«

Männer mit Macken

Es war Montag und Eberhard war heute Morgen reizend zu mir. Er duftete nach Wiesenkräutern und trug sein kaputtes Auge wie eine Auszeichnung vor sich her. Er saß neben dem Teller und schaute mir verträumt zu, wie ich mein Brötchen knusperte.

»Das Auge wird heilen«, sprach ich zu ihm. »Dann bist du wieder wie neu.«

Männer ohne Macken sind keine echten Männer, meinte er.

»Stimmt«, sagte ich. »Das Leben sollte schon Spuren in Gesichtern hinterlassen.«

Das Klingeln des Telefons störte die innige Zweisamkeit. Es war Georg Mahler. Mit dem hatte ich nicht mehr gerechnet.

»Was willst du?«, fragte ich unwirsch.

»Mich entschuldigen.«

»Okay.«

»Mehr hast du dazu nicht zu sagen?« Er war perplex.

»Ich verzeihe dir doch. Sonst noch was?«

»Ich hatte nicht damit gerechnet, dass du so kühl reagierst.«

»Womit hattest du gerechnet?«

»Dass du etwas entgegenkommender wärst.« Sein Ton war die reinste Anklage.

»Ich? Warum? Soll ich vor dir auf den Knien rutschen, weil du mich aus deiner Wohnung geworfen hast?«

»Maria, ich bitte dich!« Mahler klang angestrengt. »Ich

kann Katzen nun mal nicht ausstehen und dieser Eberhard ist ein besonders impertinentes Exemplar. Du kannst unsere gerade angefangene Beziehung doch nicht aufgeben – nur wegen dieses stinkenden Etwas!«

»Du hast unseren Kontakt beendet«, erinnerte ich ihn. »Oder habe ich da was falsch verstanden?«

»Ich war erregt.«

»Sonst noch was?«, zickte ich.

»Ich habe dich überschätzt«, meinte Mahler mit einer Stimme, die ganz von oben herab kam – eine Attitüde, die ich hasste. »Ich dachte, du seiest eine erwachsene Frau, die sich einigermaßen im Griff hat.«

»So kann man sich täuschen«, blaffte ich. »Und jetzt, Mahler, hätte ich gern meine Ruhe.«

»Dann war es das also?«

»Das hast du messerscharf erkannt, Professor.«

Ich legte den Hörer auf und überlegte. Irgendetwas hatte nicht gepasst zwischen uns, dachte ich, aber was? War ich auf dem Weg, eine komische Alte zu werden, die lieber mit einem nörgelnden Kater Gespräche führte, statt mit einem intelligenten Mann zu schmusen?

Besuch aus der Hölle

Monika Keller schien mit materiellen Gaben nicht besonders gesegnet gewesen zu sein. Ihre letzte Bleibe lag nicht gerade in einer der besten Bierstädter Gegenden, in einem Hochhaus mit winzigen Wohnungen, direkt an einer belebten Hauptverkehrsstraße.

Monika Keller war um die fünfzig gewesen, als der Todsündenmörder sie erwischte. Ich hatte wenig Hoffnung, dass irgendjemand im Haus etwas über die Vergangenheit der Toten wusste, aber ich täuschte mich.

Big Mäc, mit dem ich mich vor dem Haus verabredet hatte, und ich klingelten die Schellen durch und wurden schnell fündig. Monika Keller hatte Kontakt zu ihrer Nachbarin gepflegt, einer Frau in ihrem Alter.

Ich zeigte meinen Presseausweis und die Frau ließ uns in ihre Wohnung.

»Ich hab's in der Zeitung gelesen, die Sache mit dem Mord«, plapperte sie drauflos. »Dass Monika einem Verrückten in die Hände gefallen ist!«

»Was wissen Sie über Frau Keller?«

»Das haben mich die Polizisten auch gefragt.«

»Und? Was haben Sie denen gesagt?«

»Dass sie Witwe war, seit vielen Jahren allein lebte.«

»Und von was hat sie gelebt? Hatte sie Arbeit?«

»Sie jobbte nur, mal hier und mal da, und sie ging putzen.«

»Hatte sie keine Kinder? Bekam sie Besuch?«

»Nee, da kam nie jemand. Doch ... einmal.« Die Frau stutzte.

»Was war da ... einmal?«, hakte ich nach.

»Ein paar Tage vor ihrem Tod hatte sie Besuch. Von einem Mann.«

»Weiß die Polizei das auch?«

»Nein, die haben nicht danach gefragt. Ist mir auch gerade erst wieder eingefallen.«

»Kannten Sie den Mann?«

»Nie zuvor gesehen.«

»Können Sie ihn beschreiben?«

Die Nachbarin antwortete nicht. Ich ahnte, was gleich passieren würde.

»Ist auf den Mörder eigentlich eine Belohnung ausgesetzt?« Sie hatte die Chance gewittert, ein Geschäft zu machen.

»Keine Ahnung«, sagte ich und guckte zu Big Mäc. »Weißt du was darüber?«

Der Fotograf kannte das Spiel und reagierte prompt. »Ja, klar, fünftausend Mark für die Ergreifung des Täters.«

»Und wenn der Mann der Mörder ist, dann krieg ich das Geld?«

»Wenn, dann ja. Aber darüber haben wir nicht zu entscheiden. Wenn sich Ihre Hinweise als nützlich erweisen, werden wir dafür sorgen, dass Sie nicht leer ausgehen, nicht wahr, Kollege?«

Big Mäc nickte ernst.

Es funktionierte. »Der Mann war ziemlich groß und so um Mitte fünfzig. Habe ihn nur von hinten gesehen. Dunkle Klamotten hatte der an.«

»Und? Mehr haben Sie nicht erkannt? Haarfarbe, Stimme? Haben Sie ein Auto bemerkt?«

Die Frau schüttelte den Kopf. »Am nächsten Tag hab ich die Monika gefragt, wer der Typ war.«

»Ja?«

»War ganz komisch. Sie sagte, dass es ein Besuch aus der Hölle war. Und sie lachte so komisch dabei. Richtig irre!«

Big Mäc und ich warfen uns einen Blick zu.

»Haben Sie nicht gefragt, was dieser Satz bedeutet?«

»Klar, aber sie antwortete nicht.«

»Gab es noch was Ungewöhnliches? Ist der Mann noch mal da gewesen?«

»Nein. Aber er muss ihr Geld gegeben haben.«

»Wie kommen Sie darauf?«

»Am anderen Tag hat sie ihre Schulden beim Kiosk bezahlt, war beim Friseur und kam mit Tüten nach Hause.«

Mehr war aus der Frau nicht herauszukriegen. Big Mäc fragte, ob er ein Foto von ihr machen dürfe, sie sei schließlich eine wichtige Zeugin und – wegen der zu erwartenden Belohnung natürlich. Er durfte.

Als wir in der Tür zum Hausflur standen, fiel mein Blick auf die Wohnungstür von Monika Keller.

»Wer kümmert sich eigentlich um den Nachlass?«

»Die Hausverwaltung wird die Wohnung räumen lassen. Die haben schon jemanden bestellt.«

Es war nur eine kleine Chance, aber ich wollte sie nutzen.

»Haben Sie einen Schlüssel zu der Wohnung?«

Die Nachbarin zögerte mit der Antwort.

»Bring die gute Frau doch nicht in Verlegenheit, Grappa«, sagte Big Mäc. »Vielleicht hatte Frau Keller kein Vertrauen zu ihr. Sie kann doch nicht jedem den Schlüssel geben. Obwohl ...« Er setzte ein verschmitztes Lächeln auf. »Wegen der Belohnung wär's natürlich wichtig.«

»Die Polizei war doch auch schon in der Wohnung drin.«

»Aber die haben von dem Mann nichts gewusst und von dem Geld. Wir wissen, wonach wir suchen müssen«, behauptete ich. »Sie können ja gern dabei bleiben ... damit Sie sich davon überzeugen können, dass wir seriöse Leute sind.«

»Nee, lassen Sie mal«, wehrte die Nachbarin ab. »Ich geh nicht in die Wohnung von 'ner Toten. Warten Sie, ich hol den Schlüssel eben.«

Sie drehte ab, Big Mäc und ich grinsten uns an.

»So, da isser.« Sie reichte uns den Schlüssel.

»Wir legen ihn unter Ihre Matte, wenn wir fertig sind«, versprach Big Mäc.

Wir öffneten die Tür zu Monika Kellers Wohnung. Verbrauchte Luft schlug uns entgegen.

»Was suchen wir hier eigentlich?«, flüsterte der Fotograf.

»Keine Ahnung«, gab ich zu, »aber du kannst ruhig laut sprechen. Geister werden uns hier wohl kaum begegnen. Also los!«

Da die Rollläden herabgelassen waren, knipsten wir das Licht an. Die Einrichtung wirkte schäbig.

»Ich mach mal das Fenster auf«, sagte ich naserümpfend. »Guck du mal in den Schubladen nach«, bat ich Big Mäc, »ob da was rumliegt, Briefe, Fotoalben, Rechnungen, Kontoauszüge – so was in der Art. Ich fang mit dem Bücherregal hier an.«

Wir machten uns an die Arbeit. Es war kein erhebendes Gefühl, in den Hinterlassenschaften einer Toten herumzukramen.

»Hier – ein Fotoalbum!«, unterbrach Big Mäc meine selbstkritischen Gedanken. »Es lag da hinten. Mitten auf dem Boden – komische Sache, das!«

Er legte das rotlederne Buch auf den Tisch, genau unter die Lampe.

»Grappa! Da hat jemand Fotos rausgenommen!«

Big Mäc hatte Recht. Einige der transparenten Fotoecken waren leer.

»Die fehlenden Bilder stammen aus der Zeit vor gut zwanzig Jahren«, jubelte ich auf. »Guck mal, die Daten im Album! Das hat bestimmt was zu bedeuten! Der Mann, der die Keller besucht hat, muss sie mitgenommen haben!«

»Oder sie hat sie ihm gegeben«, mutmaßte Big Mäc. »Vielleicht auch geben müssen. Immerhin hat sie von einem Besuch aus der Hölle gesprochen.«

»Sieh mal!« Ich deutete auf ein Foto. »Marianna Daniel und Monika Keller. Die Namen stehen drunter.«

Das Bild zeigte zwei Frauen auf einer Bank, beide Mitte zwanzig oder ein bisschen jünger. Monika Keller schien größer und schwerer gewesen zu sein als die blonde Marianna Daniel. Die Keller hatte ein offenes Lachen, während ihre Freundin eher nachdenklich in die Welt blickte. Unter dem Bild war handschriftlich die Jahreszahl 1979 vermerkt – also etwa zwei Jahre vor der Tragödie.

Das Foto daneben fehlte, die Unterschrift jedoch war klar und deutlich zu lesen: *Urlaub August 1980 – Norderney.*

Eilig blätterte ich das Album durch. Es fehlten etwa zehn Fotos, alle aus der Zeit vor dem September 1981.

»Wir nehmen das Album mit«, entschied ich. »Ich muss mir das in Ruhe angucken. Komm, lass uns noch ein bisschen weiterschnüffeln.«

Doch die weitere Suche brachte nichts Interessantes mehr hervor. Wir legten den Schlüssel unter die Fußmatte der Nachbarin und machten uns davon.

Lauscher an der Tür

»Es fehlen Fotos, auf denen die Männer drauf sind«, meinte Jansen. Wir saßen in der Redaktion gemeinsam über dem Fotoalbum und versuchten uns vorzustellen, was auf den entfernten Bildern zu sehen gewesen sein könnte. »Weder Marius Daniel noch der Mann dieser Keller tauchen irgendwo auf. Aber sie muss einen Mann gehabt haben – den Bildunterschriften nach.«

»Und wo ist der geblieben?«, fragte Nikoll.

»Die Nachbarin sagte, dass sie Witwe sei, nicht wahr, Grappa?« Big Mäc guckte mich fragend an.

»Ja, so habe ich es auch in Erinnerung.« Mir fiel plötzlich was ein. »Die Polizei hat die Opfer doch überprüft. Brinkhoff wird wissen, wann der Keller dahingeschieden ist.«

»Ich kümmere mich drum«, bot Nikoll an und verschwand.

»Ich habe dir hundert Zeilen reserviert«, teilte Jansen mit. »Ist das okay?«

»Ja, sicher«, nickte ich.

Nach der Besprechung rief ich Guardini an. Jansen hatte ihm schon berichtet, dass ich auch auf der Liste des Todsündenmörders stand. Und nun wollte Oberstaatsanwalt Michele Guardini natürlich wissen, womit ich mir die Sünde der CRUDELITAS eingehandelt hatte. Ich erklärte ihm, dass es wohl an dem Versprechen liegen musste, das ich der kleinen Luisa Daniel vor Jahren gegeben und gebrochen hatte.

Überraschenderweise nahm er die Sache ernster als ich. »Wollen Sie Polizeischutz?«, fragte er.

Ich lachte. »So weit kommt das noch! Mir passiert schon nichts. Der Todsündenmörder will, dass ich über seine Taten berichte.«

»Wie Sie meinen. Falls er Sie erwischt, stifte ich einen

Kranz für Ihr Grab.« Der Yuppie hatte ja sogar eine ironische Ader.

Ich schloss die Bürotür und versuchte mich zu konzentrieren.

Nach einigen Augenblicken legte ich los:

WER BESUCHTE MONIKA KELLER KURZ VOR IHREM TOD?

Diese Frage stellen sich Polizei und Staatsanwaltschaft seit gestern. Die 55-jährige Witwe, das siebte Opfer des ›Todsündenmörders‹, führte ein unauffälliges und zurückgezogenes Leben. Was hat die Frau getan, um für die Sünde LUXURIA, Wollust, bestraft zu werden?

Unsere Zeitung hat die Spuren der Monika Keller von vor zwanzig Jahren nachgezeichnet. Die lebenslustige Frau war eine gute Freundin von Marianna Daniel, die im September 1981 von ihrem Ehemann erschossen wurde. (Foto rechts)

Ich entschied mich für das Foto, das die beiden Frauen auf der Bank zeigte. Als Bildnachweis gab ich an: *Privat*. Sollten sich doch alle den Kopf darüber zerbrechen, wie ich an das Foto gekommen war. Ich schrieb weiter:

Kurz vor ihrem Tod erhielt die Witwe Besuch von einem älteren Mann. Einer Nachbarin erzählte die 55-Jährige, dass sie »Besuch aus der Hölle« erhalten habe. Das *Tageblatt* hat in Erfahrung gebracht, dass aus einem Fotoalbum des Opfers Bilder entfernt wurden. Führen diese verschwundenen Fotos auf die Spur des Todsündenmörders?

Ich speicherte den Artikel ab und schickte ihn zu Peter Jansen, wenig später erhielt ich von ihm das Okay.

Es war schon Nachmittag, als ich mit allem fertig war, und ich hatte Durst.

Der Weg zur Kantine führte mich an Nikolls Büro vorbei. Sie saß normalerweise im Großraumbüro, zog sich jedoch für Recherchen in den Volontärsraum zurück. Das war sicherer. Man wusste nie, wer in dem großen Büro die Ohren spitzte.

Die Tür war angelehnt, ich hörte die Blondine sprechen. Ihr Ton war aufgeregt, aber nicht laut, eher von einer unterdrückten Schärfe.

»Du musst damit aufhören«, hörte ich sie sagen. »Lass es endlich gut sein!«

Die Türklinke schon in der Hand, wartete ich. Nikoll telefonierte wohl, denn der Adressat ihrer Aufforderung gab keinen Mucks von sich.

»Wenn du es ihr nicht sagst, dann werde ich es tun«, sagte Nikoll und lauschte einer Entgegnung.

»Das ist mir egal. Ich will da raus, ich muss da raus. Und du wirst mich nicht daran hindern!«

Wieder Pause.

»Ja, heute Abend.«

Sie legte den Hörer auf.

Ich schlich ein paar Schritte den Flur zurück, kehrte um, um nach lautem Türenklopfen das Büro zu betreten.

»Lass uns eine Pause machen«, sagte ich und lächelte Nikoll ins Gesicht. »Ich komme um vor Durst. Hast du Lust auf eine Cola?«

Nikoll starrte mich an, sichtlich befangen. Da wusste ich, dass ich diejenige gewesen sein musste, über die sie mit der Person am Telefon geredet hatte.

Wenn du es ihr nicht sagst, dann werde ich es tun …

»Was ist los mit dir?«, fragte ich die Blonde. »Du schaust mich an, als ob du eine Erscheinung hättest. Kommst du nun mit?«

»Ja … natürlich.« Sie erhob sich.

»Ach! Verdammt!« Ich packte mir an den Kopf. »Ich muss ja noch was mit Big Mäc bereden. Ich ruf ihn mal eben an. Darf ich?«

Ich drückte mich an ihr vorbei und zwang sie so, mich an ihren Schreibtisch zu lassen.

Bevor ich die Nummer des Fotografen drückte, betätigte ich die Taste ›Wahlwiederholung‹. Eine Telefonnummer erschien, ich versuchte sie mir einzuprägen und legte schnell wieder auf.

»Er ist nicht da«, erklärte ich. »Ist nicht schlimm. Hat Zeit bis später.« Ich schaute Nikoll prüfend an, nein, sie hatte nichts bemerkt.

Auf dem Weg zur Kantine repetierte ich ständig die Nummer. Mein Zahlengedächtnis war genauso ausgeprägt wie mein Orientierungssinn: so gut wie gar nicht.

»Ich muss mal«, behauptete ich und drückte die Tür zum Damenklo auf. »Geh doch schon mal vor!«

In der Kabine nahm ich mein Handy aus der Tasche und tippte die Nummer in mein elektronisches Telefonbuch ein. So war sie wenigstens gesichert.

Nikoll stand bereits an der Kasse, ich platzierte mich mit meiner Cola neben sie.

»Hast du was rausgekriegt über den Mann der Keller?«, fragte ich.

»Nein, aber ich habe Herrn Brinkhoff angerufen. Er wird sich melden.«

»Sehr gut«, sagte ich. »Wie steht's mit dir und Kosmo? Alles noch in Ordnung?«

»Wenn ich ihn nicht hätte ...«, murmelte sie.

»Was ist los? Hast du irgendwelche Probleme?«

»Nein, mit Kosmo läuft alles bestens. Er ist lieb und so ... ehrlich.«

»Ehrlich?« Dass sie diesen Begriff in Zusammenhang mit Kosmo brachte, nachdem er ihr seine Lebensgeschichte erst nicht erzählen wollte, überraschte mich.

»Ja. Ich habe ihn sehr gern.« Sie sagte es, machte aber ein trauriges Gesicht dabei.

»Du weißt, dass du mit mir über alles reden kannst?«

»Ja, klar«, sagte Nikoll.

»Wie wäre es heute Abend? Nur wir beide. Ein Frauenabend?«

»Heute Abend habe ich leider schon was vor«, antwortete Nikoll.

»Verstehe!« Ich lächelte wissend. »Dann will ich euer junges Glück nicht stören.«

»Nein, Kosmo geht mit Freunden zum Fußball.«

Wir setzten uns, ich goss meine Cola ins Glas.

Wenn du es ihr nicht sagst, dann werde ich es tun …

Einfach verschwunden

Wir saßen mehr oder weniger schweigend an einem Tisch und nippten an unseren Getränken, jede von uns schien es so schnell wie möglich hinter sich bringen zu wollen.

Als ich wieder allein in meinem Büro war, wählte ich die Telefonnummer. Zunächst meldete sich niemand, doch dann sprang ein Anrufbeantworter an. »Hier ist der Anschluss von Prof. Dr. Georg Mahler, ich bin zurzeit nicht erreichbar. Hinterlassen Sie mir bitte eine Nachricht.«

Ich legte den Hörer auf, unfähig zu denken. Mahlers Nummer hatte ich bis eben nicht gekannt, ich hatte ihn ja nie angerufen.

In diesem Moment klopfte es und Big Mäc trat ins Zimmer.

»Hi, Grappa«, meinte er forsch. »Die Nachbarin der Keller hat mich gerade angerufen und sich noch mal vergewissert, dass wir dafür sorgen, dass sie die Kohle kriegt. Gierige Schlampe, die.«

Seine Stimme kam nur durch Watte bei mir an.

»Grappa! Wie siehst du denn aus? Bist du krank?«

»Setz dich, Bruder, ich muss dir was erzählen.«

»O Mann«, seufzte der Fotograf. »Immer, wenn du zu mir ›Bruder‹ sagst, hast du ein Problem.«

»Allerdings.« Ich berichtete von dem belauschten Telefongespräch.

»Und? Wem gehört die Nummer?«

»Mahler. Dem Onkel von Nikoll.«

»Und? Was hast du mit dem Mann zu tun?«

»Ich hatte eine Affäre mit ihm.«

»Ach je. Wusste doch gleich, dass du wieder einen Lover hast – so wie du in der letzten Zeit aussiehst. Supersache, das.«

»Eben nicht!«, widersprach ich. »Verstehst du denn nicht? Nikoll und Mahler verarschen mich!«

»Mach mal halblang, Grappa! Und denk mal nach: Es muss nicht unbedingt Mahler sein, mit dem sie geredet hat. Du kriegst nur die Nummern als Wahlwiederholung auf das Display, die du selbst angerufen hast. Was ist, wenn Nikoll angeklingelt worden ist? Außerdem: Ist dein Name gefallen? Nein? Na also. Du siehst Gespenster, Grappa.«

»Mag sein! Was soll ich nun machen?«

»Rede mit Nikoll. Frag sie einfach!«

Ich schüttelte den Kopf. »Nein. Nimm mal an, Mahler ist der Mörder und Nikoll steckt mit ihm unter einer Decke ... Ich liefere mich doch nicht selbst ans Messer!«

Das Telefonklingeln unterbrach unseren Dialog, Big Mäc packte die Gelegenheit und verschwand kopfschüttelnd.

Es war Hauptkommissar Anton Brinkhoff, der eigentlich Nikoll sprechen wollte.

»Es geht um den Ehemann der Monika Keller«, erklärte er.

»Ach ja«, erinnerte ich mich. »Wir wollten wissen, wann er gestorben ist.«

»Ob er gestorben ist, wissen wir nicht.«

»Wieso?«

»Er ist für tot erklärt worden«, fuhr Brinkhoff fort. »Er ist eines Tages verschwunden und tauchte nie wieder auf. Frau Keller hat ihn zehn Jahre später für tot erklären lassen.«

»Das ist ein Ding!«, rief ich aus. »Wann genau ist Keller abhanden gekommen?«

»Sie hat ihn im Oktober 1981 als vermisst gemeldet.«

»Also kurz nach der Feuernacht in der Villa Daniel?«, fragte ich.

»Ja. Etwa zwei Wochen später.«

»Könnte sein Verschwinden mit dem Fall zu tun haben?«

»Das müssen wir jetzt klären!«

Ich berichtete Brinkhoff von unserem Besuch bei Monika Kellers Nachbarin.

»Besuch aus der Hölle?«, sagte er nachdenklich. »Hat sie das so gesagt? Vielleicht ist der Ehemann ja wieder bei ihr aufgetaucht.«

»Haben Sie ein Foto von ihm?«

»Es ist eins in der Vermisstenakte.«

»Darf ich das Foto sehen?«

»Natürlich«, sagte der Hauptkommissar. »Ich schicke es Ihnen per E-Mail. Vielleicht ist er Ihnen ja bei Ihren Recherchen mal über den Weg gelaufen. Es geht gleich raus ...«

Vor Ungeduld brennend saß ich vor dem PC. Es muss Mahler sein, ging es mir durch den Kopf, er ist der Totgeglaubte.

Mein PC gab einen hellen Klang von sich – die E-Mail aus dem Polizeipräsidium kündigte sich an.

Schweißgebadet starrte ich auf den Monitor, während sich das Foto des verschwundenen Hans Keller langsam aufbaute.

Hausbesuch

Fotos haben immer eine besondere Wirkung auf mich. Die Kamera hält ja nur den Bruchteil einer Sekunde im Gesicht eines Menschen fest, man erfährt nichts darüber, was er vorher gesagt und danach getan hat. Und dann blicken plötzlich Augen aus einem Bild, lächeln Münder, schimmern Haare. Das Leben auf manchen Fotografien ist wie eine Fata Morgana, zum Greifen nah und dennoch ein Trugbild.

Nein, den Mann, der Hans Keller hieß, kannte ich nicht; er hatte nicht die geringste Ähnlichkeit mit Georg Mahler. Frustriert schaltete ich den PC aus.

»Ich gehe jetzt!« Nikoll hatte den Kopf in mein Zimmer gesteckt. »Schönen Abend wünsche ich dir!«

Abwesend nickte ich. Wo wollte sie wohl hin? Fuhr sie direkt zu dem Treffen mit dem geheimnisvollen Anrufer?

Spontan entschloss ich mich, ihr zu folgen. Das war nicht einfach, sie kannte ja mein Auto und war im Hirn nicht so blond wie auf dem Kopf.

Nikoll Mahler fuhr einen roten Kleinwagen, dem ich mit größerem Abstand folgte.

Du musst damit aufhören, lass es endlich gut sein … Die Worte hatte sich in mein Gehirn eingebrannt.

Die Blonde parkte vor Mahlers Haus und stieg aus. Sie hatte es anscheinend eilig.

Ich stellte mein Auto ein wenig abseits ab, setzte mich in ein gegenüberliegendes Café, sodass ich die Eingangstür von Mahlers Haus im Blick behalten konnte.

Die Uhr zeigte kurz vor halb acht. Eine Viertelstunde später war noch immer nichts passiert.

Ich wartete.

»Wir schließen gleich!«, teilte mir die Bedienung mit. Es war kurz vor acht.

Ich bezahlte. Erst als ich in der Tür des Cafés stand, sah ich sie endlich. Nikoll ging mit wehendem Mantel auf ihren Wagen zu.

Ich wartete, bis sie losfuhr, rannte zu meinem Cabrio und folgte ihr.

Die jetzt schon früher einsetzende Dunkelheit schützte mich vor Entdeckung. Ich blickte auf meine Tankuhr – der Zeiger stand schon heftig auf Reserve. Verdammt, dachte ich, mehr als zwanzig Kilometer schaff ich damit nicht mehr.

Nikolls Auto wurde langsamer, sie setzte den Blinker und bog in eine Einfahrt ab.

Ich parkte meinen Wagen am Straßenrand und schlich zu der Einfahrt. Nikoll musste bereits ins Haus gegangen sein, denn ihr Auto war verlassen.

Das Haus war schon älter, nicht mehr im besten Zustand, und es lag neben einer Kirche, deren Steine von den Abgasen der Autos schwarz geworden waren.

Solche Gebäude gab es in Bierstadt zu Tausenden, alle in den späten fünfziger Jahren errichtet – mit kleinen Fenstern und grauer bis beiger Fassade, die steingewordene Unauffälligkeit.

Ich ging zum Eingang, um die Namensschilder zu studieren. Da standen zwölf Namen, die mir nichts sagten.

Ich beobachtete die erhellten Fenster, glaubte, in der zweiten Etage die Silhouette der Blonden zu erkennen. Aber da war noch jemand – ein kleiner Mann, der heftig auf sie einzureden schien.

Ich zog mein Handy aus der Tasche, wartete, bis die Frau, die ich für Nikoll hielt, wieder in meinem Blick war, und wählte ihre Nummer.

Der Schatten verharrte, drehte dann ab, vermutlich, um das Mobiltelefon zu suchen.

Ich lauschte, der Ruf ging durch und ihre Stimme sagte: »Ja, bitte?«

»Hier ist Grappa. Ich wollte dir nur erzählen, dass Brinkhoff ein Foto von Hans Keller geschickt hat. Bringt uns aber nicht weiter, er sieht niemandem ähnlich, der uns bisher über den Weg gelaufen ist.«

»Schade«, sagte Nikoll. Ich blickte zum Fenster hoch und sah den Schatten ins Handy sprechen. »Dann müssen wir wohl weitersuchen.«

»Ja, ich wollte dich nur informieren. Hast du einen schönen Abend?«

»Ja, ja«, sagte sie hastig. In diesem Augenblick begannen die Glocken der Kirche zu läuten: Ich hörte sie im Handy und sie zertrümmerten zeitgleich meine Trommelfelle.

Schnell schaltete ich das Handy aus. Ich hatte den Beweis, dass die Frau am Fenster Nikoll war, und sie wusste, dass ich in der Nähe war, denn sie konnte das Glockengeläut in meinem Handy nicht überhört haben.

Nikoll sagte etwas zu der anderen Person. Der Männerschatten trat ans Fenster, öffnete die Gardine und schaute in den Hof. Dann ließ er das Rollo herab.

Der Blick aus dem Fenster hatte nur ein paar Sekunden gedauert. Aber ich hatte den Mann sofort erkannt: Es war Odysseus Odenski, der Manager der Künstleragentur, der sich angeblich in einem Wald am Bodensee erhängt hatte!

Nachbarschaftshilfe

Verwirrt und fassungslos fuhr ich nach Hause. Ich musste dringend nachdenken. Als ich den Schüssel in die Wohnungstür steckte, wartete mein Kater schon auf mich. Eberhard hatte sich ziemlich gut benommen, er war nur in den Schuhschrank geklettert und hatte die Modelle vom letzten Jahr aussortiert, sie lagen verstreut im Flur.

»Den Hinweis verstehe ich, Junglöwe«, murmelte ich und nahm ihn auf den Arm. »Werde meine Kollektion renovieren.«

Kauf dir mal was Eleganteres, schlug der Kater vor, *du hast zu viele von diesen breiten Tretern.*

»Ich kann auf High Heels nicht laufen«, erklärte ich, »nach drei Schritten schlage ich lang hin – und das war's dann.«

Alles nur eine Frage des guten Willens. Er schnurrte und legte seinen Kopf an meinen Hals.

»Ich glaube, du brauchst eine Freundin. Nicht so eine wie mich, sondern eine mit vier Beinen und einem weichen Fell.«

Und wie soll ich eine kennen lernen, wenn ich den ganzen Tag hier in der Wohnung eingesperrt bin?, fragte er.

»Soll ich eine Anzeige im Whiskas-Magazin für dich aufgeben? Schwarz, weiß oder rot? Getigert oder gestreift? Reinrassig oder alles durcheinander?«

Eberhard blinzelte schräg. *Blond,* sagte er, *Hauptsache blond.*

»Blond und blöd, was?«, lachte ich. »Typisch Mann!«

Okay, vertagen wir die Sache. Ich habe Hunger.

Wir gingen in die Küche, Eberhard erwartungsfroh vorneweg. Mit Entsetzen bemerkte ich, dass die Stelle im Regal, an der ich das Katzenfutter stapelte, schon wieder leer war.

Auch aus dem Kühlschrank schrie mich der Mangel an: nur Wein, vier Eier und eine Tube Tomatenmark.

Eberhard trippelte in freudiger Erwartung seines Goldkantenfutters auf dem Fußboden herum.

»O je«, stöhnte ich. »Wie soll ich dir das nur beibringen?«

Nun mach schon, drängelte der Kater.

»Futter ist alle«, gestand ich. »Ich habe vergessen einzukaufen.«

Na, toll, grummelte er, *und wie willst du mich jetzt satt kriegen?*

»Keine Ahnung. Hast du eine Idee?«

Ja, klar, giftete er, *ich gebe morgen eine Anzeige im Whiskas-Magazin auf. Suche neues Zuhause mit genügend Essen und Ausgang. Blondinen bevorzugt.*

»Das also verstehst du unter Dankbarkeit?«, ereiferte ich mich.

Besorg gefälligst was zu essen, sonst bin ich bald weg, drohte Eberhard.

»Ich kann dir Spiegeleier braten«, schlug ich vor.

Nix da! Zu viel Cholesterin. Das schwächt die Manneskraft.

»Als ob du Gelegenheit hättest, die großartig zu gebrauchen«, kicherte ich.

Ich bin noch jung und bereite mich auf die kommenden Jahre vor.

»Ach, Süßer«, seufzte ich. »Du hast ja Recht. Ich bin eine echte Schlampe. Aber ich habe eine Idee.«

Ich ging zum Telefon und wählte die Nummer meines Nachbarn. Er hatte gestern erwähnt, dass er Katzenfutter zu Hause hätte – um auf Eberhard vorbereitet zu sein.

Aydin meldete sich zum Glück. Ich schilderte ihm meine Notsituation und er verstand sofort.

»Darf ich Sie und den Kater zum Essen einladen?«, fragte er charmant.

Er durfte. Ich klemmte Eberhard unter den Arm und stiefelte eine Etage tiefer.

»Geben Sie erst dem verfressenen Kater was«, bat ich, »sonst versaut er uns den Abend.«

Gut erkannt, sagte Eberhard.

»Hat er gerade gesprochen?«, wunderte sich Yunus Aydin. »Ich habe da tatsächlich was gehört. Hat er ›gut erkannt‹ gesagt?«

»Ja«, jubelte ich. »Jetzt verstehen Sie auch die Katersprache. Willkommen im Klub!«

Wir gingen in die Küche, der Rechtsanwalt holte die geliebten Schachteln mit dem Nobelfutter aus einem Schrank.

»Sie scheinen wirklich lecker zu sein«, meinte er. »Wollen Sie auch mal probieren?«

»Lieber nicht! Eberhard wird bestimmt zur reißenden Bestie ...«

Er holte einen goldumrandeten Teller, schaufelte das Futter darauf und präsentierte es dem Kater.

Die Opalaugen sahen mich triumphierend an. *Siehst du,* sprach Eberhard zu mir, *das ist Stil!*

»Na, na«, sagte Aydin, »nun mach mal halblang! Wenn du jeden Tag bei mir wärst, würde ich dir das Futter bestimmt nicht auf einem Goldrand-Teller servieren.«

»Sie haben ihn wirklich wieder gehört?«, fragte ich.

»Natürlich! Er drückt sich klar und deutlich aus.«

Wir lachten.

»Und jetzt zu uns«, sagte Aydin. »Ich habe gerade etwas zubereitet. Und es ist genug für zwei da. Türkisch – natürlich. Ich hoffe, Sie mögen es.«

»Ja, klar. Die türkische Küche ist raffiniert und lecker.«

»Freut mich«, meinte Aydin. »Dann darf ich zu Tisch bitten?«

»Vielleicht können Sie mir auch einen Rat geben«, sagte ich zögernd, als wir saßen.

»Als Anwalt oder als Mensch?«

»Vielleicht beides.«

»Kein Problem. Aber zuerst gibt es was auf den Teller.«

Er hatte in Windeseile für zwei gedeckt, sogar einige Kerzen angezündet, die in farbigen Gläsern standen.

»Wie im Urlaub«, sagte ich.

»Zuerst gibt es *Patlican Ezmesi*«, erklärte Aydin. »Das ist kaltes Auberginenpüree. Mögen Sie Knoblauch?«

»Oh, ja.«

Er reichte mir die Schüssel mit der Paste, ich strich sie auf das aufgebackene Fladenbrot und schnüffelte. Geruch von Knoblauch und Zwiebeln stieg in meine Nase.

Ich biss in das Brot. »Wunderbar«, schwärmte ich.

»Das ist nur die eine der Vorspeisen«, erklärte er. »Die Teigblätter mit Spinatfüllung müssten auch gleich fertig sein. Man nennt sie *Ispanakli Börek* und isst sie mit Jogurtsauce.«

»Ich kann es kaum erwarten«, sagte ich.

»Noch ein Glas Wein?« Selbstverständlich. Er hatte einen französischen Chardonnay besorgt, der gut zu dem knoblauchdominierten Mus passte.

»Also, fangen Sie an!«, forderte er mich auf.

Ich erzählte ihm von dem Besuch bei Pfarrer Großmann im Altenheim, von meiner zufälligen Verstrickung in das Schicksal des Kindes, dass dem Mörder meine Rolle bekannt war, und erwähnte den Besuch in Monika Kellers Wohnung, in der wir das Fotoalbum gefunden hatten. Und ich sagte, dass ich mich im Visier des Mörders befand – und er mir die Sünde CRUDELITAS zugeordnet hatte.

»Haben Sie Angst, auch ermordet zu werden?«, fragte der Anwalt.

»Nein«, entgegnete ich wahrheitsgemäß. »Ich weiß, dass mir nichts geschieht, solange ich den Mörder nicht enttarne.«

»Ich nehme an, dass Sie keine juristische Bewertung von mir wollen«, sagte er.

Ich nickte.

Aydin nahm einen Schluck Wein. »Ich muss mal nach den Teigblättern sehen.«

Ich sah ihm nach. Aydin schien ein normaler, unkomplizierter Mann zu sein. Warum wählte ich mir nicht solche Männer aus?

Genau, das meine ich auch, sagte Eberhard. Ich hatte nicht gemerkt, dass der Kater ins Zimmer gekommen war.

»Jetzt kannst du auch schon Gedanken lesen?«, wunderte ich mich.

Ja, da siehst du mal, wie gut wir uns verstehen!

»So – ich glaube, die *Börek* sind gut geworden.« Aydin hatte in der einen Hand einen großen Teller mit quadratisch geschnittenen Stücken, in der anderen trug er einen Keramiktopf mit Jogurtsauce. Er legte mir einige Teigplatten auf den Teller. »Erzählen Sie Ihre Geschichte weiter«, schlug der Delphin in der Morgenröte vor.

»Ich habe da eine Kollegin. Sie heißt Nikoll.«

»Und?«

»Sie hat sich heute Abend mit dem Mann getroffen, der die Henkersmahlzeit organisiert hat. Dieser Typ sollte eigentlich tot sein.«

»Merkwürdig«, sagte er. »Schmecken Ihnen die *Börek*?«

»Sie sind echt klasse!«

»Nehmen Sie doch noch was von der Sauce«, forderte er mich auf.

Das ließ ich mir nicht zweimal sagen und langte zu. Die türkischen Köstlichkeiten waren ganz nach meinem Geschmack: gut gewürzt, ein wenig scharf und nach frischen Kräutern duftend.

»Glauben Sie, dass diese Nikoll die Mörderin ist?«

»Nein. Aber sie hat etwas damit zu tun – da bin ich mir ganz sicher.«

»Fragen Sie sie doch einfach«, schlug er vor.

»Besser nicht. Ich nehme an, dass ihr Onkel auch in der Sache mit drinhängt. Er ist Theologieprofessor. Er heißt Georg Mahler. Sie wohnt bei ihm.«

»Theologieprofessor? Er kennt sich also in religiösen Dingen aus?«

»Allerdings.«

»Dann halten Sie ihn für den Täter?«

Ich zögerte mit der Antwort.

»Also gut! Nehmen wir an, Mahler ist der Mörder«, sagte Aydin. »Durch den Kontakt zu Ihnen und durch diese junge Frau weiß er immer, was geschieht, ist also immer auf dem Laufenden. Wie alt ist Mahler?«

»Anfang bis Mitte fünfzig – schätze ich.«

»An welcher Uni lehrt er?«

»Düsseldorf.«

»Haben Sie das überprüft?«

»Nein.«

»Haben Sie ihn nicht durchgecheckt?«, fragte der Rechtsanwalt ungläubig.

»Nein, warum? Ich gehe immer erst mal davon aus, dass die Menschen mir die Wahrheit sagen.«

»Das ist ein Fehler«, stellte Aydin fest. »Ich gehe immer davon aus, dass Leute, die mir was erzählen, lügen könnten. Kommen Sie.«

Er stand auf und ging ins Nebenzimmer, setzte sich vor den PC und fuhr ihn hoch.

Einige Minuten später hatte er die Website der Düsseldorfer Uni vor sich.

»Stimmt! Hier ist er! Prof. Dr. Georg Mahler. Zumindest existiert dort ein Mann, der diesen Namen trägt. Leider gibt es keine Fotos von den Professoren. Aber es dürfte kein Problem sein, herauszukriegen, ob die beiden identisch sind.«

»Ich werde mich morgen darum kümmern«, kündigte ich an.

»Gut. Und jetzt reden wir über ein mögliches Motiv.«

»Es will mir nicht in den Kopf, dass Mahler der Mörder ist«, sagte ich bedrückt. »Ich hatte … na ja … eine kurze Affäre mit ihm.«

Yunus Aydin schaute noch immer auf den Monitor und konnte nicht sehen, dass ich rot wurde.

»Sind Sie in ihn verliebt?«

»Nein, ich glaube nicht. Obwohl …«

»Obwohl?«

»Es ging alles so schnell. Wir hätten uns erst besser kennen lernen sollen, bevor wir …«

Der Anwalt nickte. »Ich verstehe.«

Wir kehrten zum Essplatz zurück. Aydin scheuchte Eberhard vom Tisch, der die Reste der türkischen Mahlzeit nicht nur inspiziert hatte.

»Vor zwanzig Jahren war Mahler Anfang bis Mitte dreißig. Welche Männer in diesem Alter spielten damals eine Rolle?«, fragte der Anwalt.

»Das habe ich mir auch schon überlegt«, sagte ich. »Marius Daniel und Hans Keller, der Mörder und der verschwundene Ehemann. Marius Daniel ist seit zwanzig Jahren tot und Hans Keller sieht völlig anders aus als Mahler. Die Polizei hat mir ein Bild von ihm geschickt.«

»Warum hat wohl der mysteriöse Besucher von dieser Keller die Fotos aus dem Album gestohlen?«

Ich zuckte mit den Schultern. »Keine Ahnung.«

»Sie sollten mit Nikoll reden«, wiederholte Aydin. »Sie scheint wenigstens ein schlechtes Gewissen zu haben. Das sollten Sie ausnutzen.«

»Ja«, sagte ich. »Ich werde mit ihr reden. Es gibt keine andere Möglichkeit. Gleich morgen werde ich sie fragen.«

Warum habe ich ihm eigentlich alles erzählt?, fragte ich mich. Hoffentlich würde es sich nicht irgendwann als Fehler herausstellen.

»Und jetzt lassen Sie uns weiter schlemmen«, lächelte Aydin. »Jetzt kommt nämlich das Beste: *Etli Kagit Kebabi* – Lammkebab in Pergament-Papier! Und das ist auch etwas für den Junglöwen!«

Gläubiger und Glauben

Verworrene Träume plagten meinen Schlaf. Ich sah mich im Mittelpunkt eines Spinnennetzes, in dessen klebrige Fäden ich mich immer mehr verstrickte, um schließlich bewegungsunfähig von der Spinne verspeist zu werden. Die Angst vor den Krabbeltieren wird Arachnophobie genannt – und unter solchen Hysterien hatte ich eigentlich noch nie gelitten.

Die Uhr sagte mir, dass es kurz vor sieben war. Ich duschte heiß, goss einige Liter Kaffee in mich hinein, versuchte die Zeitung zu lesen, doch Eberhard ließ es nicht zu: Er versteckte sich hinter der geöffneten Zeitung und schlug dann mit dem Pfötchen gegen das Papier. Die Buchstaben wackelten heftig, ich nahm die Arme herunter, der Kater ›betrat‹ den Artikel, den ich gerade lesen wollte, und legte sich schnurrend auf das Blatt.

»Willst die SZ wohl für dich allein?«, lächelte ich und kraulte seine Kehle. »Warum legst du dich nur auf die *Süddeutsche* und rümpfst beim *Bierstädter Tageblatt* deine Stupsnase?«

Das liegt am Niveau, antwortete der Kater.

»Danke! Runter da!«

Indigniert sprang der Kater auf den Boden und verschwand.

Ich frühstückte zügig zu Ende, denn ich hatte vor der Redaktionskonferenz noch etwas zu erledigen: Odysseus Odenski einen Besuch abzustatten. Um diese Zeit lag der Totgeglaubte sicherlich noch faul in seinen Kissen.

Kurz vor acht erreichte ich das graue Haus neben der Kirche. Die Fenster der Wohnung waren verschlossen, die Vorhänge zugezogen. Alles wirkte abweisend.

Ich checkte ab, welcher Klingelknopf zu Odenskis Wohnung gehören könnte. Wie immer in solchen Häusern lag eine Frau mit den üblichen Lockenwicklern im Fenster …

und zwar so weit unten, dass ich sie ansprechen konnte, ohne herumzuschreien.

»Ein Freund von mir ist hier kürzlich eingezogen«, log ich, »ich finde seinen Namen aber nicht. Lange Haare, ein Künstlertyp. Wissen Sie, wo er wohnt?«

»Müller«, sagte sie gelangweilt. »Sie müssen bei Müller drücken.«

»Können Sie mich reinlassen?«, fragte ich. »Der schläft bestimmt noch. Will ihn überraschen.«

Sie verstand. In diesem Haus schliefen wahrscheinlich alle Leute bis in die Puppen. Die Frau verschwand vom Fenster und ich hörte das Summen des Türöffners.

Der Hausflur wirkte heruntergekommen. Ich kletterte die Stiege hoch, deren Holzstufen in der Mitte abgewetzt waren, und stand wenig später vor der Wohnung *Müller*.

Ohne lange zu überlegen drückte ich den Klingelknopf, und zwar Sturm. Wenn der Künstler jetzt nicht aus den Kissen kippte, war er taub oder tot.

Irgendwann hörte ich ein Geräusch hinter der Tür. »Wer ist da?«, fragte eine müde Stimme.

»Post!«, sagte ich forsch.

Die Tür öffnete sich, Odenski stand vor mir – die Abdrücke des Kopfkissens noch im Gesicht.

»Darf ich?« Ich drückte ihn zur Seite. »Kommen Sie bloß nicht auf dumme Gedanken«, warnte ich ihn, »mein Kollege wartet unten auf mich.«

»Wie haben Sie mich gefunden?«, stammelte der Künstler.

»Das tut nichts zur Sache«, sagte ich kühl. »Also! Warum machen Sie auf tot? Was soll das?«

»Das geht Sie überhaupt nichts an!«, wehrte er sich.

»Wie Sie meinen. Ich werde zur Polizei gehen. Also – was sollte das?«

»Ich habe Schulden. Nichts als Schulden. Die Gläubiger sind hinter mir her. Ich musste untertauchen.«

»Und wer war die Leiche am Baum, da unten in Süddeutschland?«

»Keine Ahnung. Ich kam auf die Idee, als ich was von einem namenlosen Toten am Bodensee las. Da hab ich Vanessa hingeschickt und sie hat mich identifiziert. Der Polizei hat das gereicht. Ich wäre ja wieder aufgetaucht, wenn Gras über die Sache gewachsen wäre. Ehrlich.«

Das klang plausibel, was mir der abgewrackte Künstler auftischte. Blieb noch die wichtigste Frage: »Was hat Nikoll Mahler gestern Abend hier gesucht?«

»Ach so!« Er war nicht doof. »Dann waren Sie das mit dem Handy. Sie wollte nicht sagen, wer sie angerufen hat.«

»Beantworten Sie meine Frage«, forderte ich. »Also?«

»Sie hat früher mal für meine Agentur als Hostess gejobbt«, erklärte er. »Bevor sie zu dem Privatsender ging. Während des Studiums. Ist ein liebes Mädchen.«

»Haben Sie zu allen Ihren Hostessen noch so eine freundschaftliche Verbindung?«

»Sie hatte mich zufällig in der Stadt gesehen – und sich natürlich gewundert«, versuchte er zu erklären. »Sie wollte mich überreden, der Polizei alles zu erzählen.«

»Na, so ein liebes Mädchen«, höhnte ich. »Kennen Sie eigentlich Nikolls Onkel?«

»Nein. Ich wusste gar nicht, dass sie einen Onkel hat.«

»Stellen Sie sich besser der Polizei«, riet ich ihm. »Und zwar freiwillig. Sonst kommen Sie in Teufels Küche.« Damit ließ ich Odenski in Ruhe.

Auf dem Weg zum Verlagshaus kam ich an der Bäckerei meines Vertrauens vorbei. Ich schaute auf die Uhr, es war genau die richtige Zeit, sich ein zweites Frühstück zu gönnen und dabei nachzudenken.

Als ich den Laden betrat, hatte ich allen Grund zur Freude, denn Yunus Aydin stand an einem der Tische und ließ es sich schmecken.

»Guten Morgen!«

»Oh, die Frau Grappa«, sagte Anneliese Scholz. Sie ordnete gerade die frischen Brötchen, deren angenehmer Duft durch den Raum zog.

»Wie isses?«

»Muss!«

»Kaffee? Brötchen?«

»Beides. Das Brötchen bitte mit Appenzeller. Und den Kaffee mit viel Milch.«

»Da sagen Sie mir nix Neues.«

Ich trat zu Aydin an den Tisch. »Noch mal danke für den tollen Abend. Ich habe Ihnen hoffentlich nicht alles weggegessen?«

»Nein, ich frühstücke meistens hier. Wer oder was hat Sie so früh aus dem Bett getrieben?«

»Die Pflicht«, antwortete ich.

Anneliese Scholz hatte das Brötchen fertig und stellte es vor mich. »Und? Was macht der Kater?«, fragte die Bäckerin.

»Och, ich glaube, wir haben uns prächtig zusammengerauft«, lächelte ich. »Nach ein paar Anfangsproblemen läuft es jetzt echt gut.«

»Markiert er schon oder haben Sie ihn inzwischen kastrieren lassen?«

»Weder noch.«

»Wenn Eberhard kastriert wird, spricht er nicht mehr«, mischte sich Aydin ein.

»Der Kater kann reden?« Die Bäckersfrau schüttelte ungläubig den Kopf.

»Ja!«, bestätigten Aydin und ich unisono.

»Na«, meinte sie zweifelnd, »ihr seid mir ja zwei!«

Sie trollte sich wieder hinter ihren Tresen.

»Ich habe Odenski besucht«, raunte ich Aydin zu.

»Allein?« Er schien besorgt. »Das hätte aber ins Auge gehen können.«

»Der Typ ist harmlos, glaub ich.«

Ich fasste Odenskis Angaben kurz zusammen.

»Dann hat Nikoll am Telefon mit jemand anderem über Sie gesprochen«, stellte Aydin fest. »Sie gingen ja noch davon aus, dass Odenski tot sei – also konnte Nikoll ihn wohl kaum auffordern, Ihnen die Wahrheit zu sagen.«

Verblüfft schaute ich den Rechtsanwalt an. »Ja, das ist mir noch gar nicht aufgefallen. Sie haben Recht! Dann hat sie vielleicht doch mit Mahler gesprochen, oder?«

Schwesterlich

In der Redaktion hatte das Leben noch nicht so richtig begonnen. Kosmo war allerdings schon da – wie immer eine Augenweide und nach einem herben Duschgel duftend.

»Hallo, mein Prinz«, seufzte ich. »Was macht die Liebe?«

»Wunderbar!«, strahlte er. »Ich hätte nicht gedacht, dass ich so etwas noch mal erleben würde …«

»In deinem Alter? Du wirst dich noch oft verlieben …«

»Ich hoffe nicht«, sagte Kosmo und in seiner Miene lag heiliger Ernst.

»Kommt Nikoll heute?«, wollte ich wissen.

»Ja, wir sind heute Mittag in der Kantine verabredet – wenn du sie nicht irgendwo hinscheuchst, Grappa!«

»Nein, still ruht der See – zumindest zurzeit«, log ich. »Hat sie dir eigentlich mal was über ihren Onkel erzählt?«

Kosmo guckte mich grinsend an. »Nee – ich dachte, den kennst du besser. Habt ihr nicht was miteinander?«

Röte überzog mein Gesicht. »Es gibt Dinge, die möchte man so schnell wie möglich vergessen.«

»Ach so ist das!« Kosmo lachte. »Was hat denn nicht gepasst?«

»Er mochte Eberhard nicht. Und uns beide gibt es nur im Doppelpack.«

»Wegen dieses schwarzen Katers hast du ihn zum Teufel gejagt?«

»So ist es!«

»Kompliment, Grappa. Das schätze ich an dir. Entweder ganz oder gar nicht.«

»Danke, mein Hübscher. Und jetzt will ich mal meinen PC anschmeißen und so tun, als würde ich arbeiten. Sagst du

Nikoll bitte, dass ich sie dringend sprechen muss, wenn du sie vor mir siehst?«

Kosmo versprach es.

Doch Nikoll ließ die Redaktionskonferenz verstreichen und tauchte auch in den nächsten Stunden nicht auf. Das war kein gutes Zeichen.

»Hat sich Nikoll bei dir krankgemeldet?«, fragte ich Peter Jansen. Er verneinte.

Ich wählte zum x-ten Mal Nikolls Handynummer, doch wieder meldete sich niemand – der Ruf ging ins Leere, die Mailbox war nicht geschaltet.

Mir wurde langsam mulmig. War es ein Fehler gewesen, bei Odenski aufzutauchen?

Ich tippte Mahlers Nummer ein und wartete. Doch auch hier geschah nichts. Kosmo musste mir helfen!

Ich ging ins Großraumbüro. Dr. Elvira Bollhagen-Mergelteich saß als Einzige an ihrem Schreibtisch, die anderen Kollegen hatten wohl Termine. Der Kulturbeutel hatte die Feuilletons verschiedener überregionaler Blätter vor sich liegen und studierte sie.

»Hallo«, sagte ich.

Sie hob überrascht den Kopf – meine Freundlichkeit war ungewohnt für sie; prompt entspannten sich ihre verkniffenen Gesichtszüge.

»Wünsche ich Ihnen auch. Sind Sie krank, Frau Grappa?« Die Bollhagen sah mich prüfend an. »Sie sehen so bleich aus.«

Ich murmelte etwas von Kreislaufproblemen, unter denen ich neuerdings leiden würde, und bat sie, Kosmo auszurichten, dass ich ihn suchte – falls er ihr über den Weg liefe.

Die Erwähnung des Namens Kosmo ließ ihre Miene wieder strenger werden. Sie dachte wohl an unseren hässlichen Streit von neulich, der uns beiden nicht zur Ehre gereicht hatte.

In der Kantine holte ich mir eine doppelte Dosis Kaffee und setzte mich an einen der vielen leeren Tische.

Viele ungeklärte Fragen gingen mir durch den Kopf; ich steckte tief in einer Sackgasse ohne Wendemöglichkeit.

Mir fiel der alte Priester im Sauerland wieder ein. Er hatte mir Hilfe angeboten, für den Fall, dass ich nicht weiterwusste. War dieser Fall jetzt eingetreten?

Ich stand abrupt auf, stieß dabei die Kaffeetasse um. Egal. Ich tupfte die Brühe mit einem Papiertaschentuch auf, warf es wütend in den Blumenkübel und verließ den Raum.

In meiner Einzelzelle suchte ich nach der Telefonnummer des Altenheims. Je länger ich die Papiere und Zeitungen auf dem Tisch durchwühlte, umso verzweifelter wurde ich. Andere Menschen bewegten sich in einer gewissen sinnvollen Ordnung, um sich die tägliche Arbeit zu erleichtern, ich jedoch hatte das Chaos erfunden und es liebte mich.

Mir fiel das Fotoalbum in die Hände, das wir aus Monika Kellers Wohnung hatten mitgehen lassen. Mürrisch blätterte ich darin herum.

Da waren Bilder der Daniel-Kinder.

Ich vertiefte mich in das Gesicht der kleinen Luisa. Sie war tot, jedenfalls glaubten das alle. Und wenn nicht? Unmöglich! Ihr Name stand im Polizeibericht, Pfarrer Großmann hatte den Tod des Kindes bestätigt. Könnte Nikoll Luisa Daniel sein?

Nein. Nikoll war zu jung, erst Mitte zwanzig, das Mädchen von damals müsste Ende zwanzig sein.

Ich trat zu dem Plakat, auf das ich die Fotos der Opfer geklebt hatte. Da fehlte noch eins; das Foto mit meinem Porträt nämlich. Es lag noch auf dem Schreibtisch – ich heftete es als Letztes auf das Papier – neben das Konterfei der Monika Keller.

Jetzt war die Tafel der Todsünden komplett. Keine schöne Galerie, in der sich mein Bild befand. Mehr oder weniger zerstörte Gesichter, durch den Gastod nicht eben attraktiv, kaum entspannt und durch eine gemeinsame Schuld im Tod aneinander gekettet.

Und ich mittendrin, noch lebend, hatte keine klassische

Todsünde begangen, sondern war nur ein bisschen hartherzig gewesen. Wahrscheinlich hatte mir die Lässlichkeit meiner Sünde das Leben gerettet. Bis jetzt jedenfalls.

Sieben Vaterunser?

Es war nicht möglich, Pfarrer Großmann telefonisch zu erreichen, da war die Schnepfe von der Anmeldung des Seniorenheims vor. Also musste ich hin. Ich informierte Peter Jansen.

»Ich fahre jetzt zu dem Altenheim. Bitte sag mir Bescheid, wenn Nikoll wieder auftaucht.«

Ich hatte das Fotoalbum von Monika Keller auf dem Beifahrersitz liegen, um es dem alten Mann zu zeigen.

Nach etwa einer Stunde bog ich in den Weg zum Seniorenzentrum der Caritas ein. Die Büsche und Bäume leuchteten in bunten Farben, es wurde Herbst – zum Glück im Moment noch ein sonnendurchfluteter.

Der Geruch von Seife und genormtem Essen stieg wieder in meine Nase, als ich durch das Portal des Gebäudes trat. Ich fragte nach Pfarrer Großmann und erfuhr, dass sich der Geistliche in seinem Zimmer aufhielte.

Eine geschnitzte Treppe führte ins erste Geschoss in einen Flur, zu dessen Seiten die Zimmer der Bewohner angeordnet waren. Der Pfarrer hatte die Nummer 75.

Ich klopfte, zuerst zart, dann etwas heftiger; schließlich öffnete ich die Tür. Das Halbdunkel des Zimmers empfing mich, gegenüber sah ich das Blau des Himmels. Der Geistliche saß auf dem Balkon. Ich erkannte den schmalen Kopf, umrahmt von weißem dichtem Haar.

War er eingenickt? Ich trat näher, wollte ihn nicht erschrecken und sagte laut: »Guten Tag, Hochwürden!«

Ein leichtes Zittern lief über den Hinterkopf, er wollte sich herumdrehen, doch die hohe Lehne des Schaukelstuhles verhinderte es.

Schnell trat ich auf den Balkon, legte meine Hand auf seine Schulter, damit er sich nicht zu erheben brauchte, um mich zu begrüßen.

»Da sind Sie ja.«

»Sie wussten, dass ich wiederkommen würde?«, fragte ich.

»Ja. Ich wusste es.«

»Wieso?«

Großmann sah mich an: »Sie fühlen sich schuldig. Und jeder, der in seiner Erziehung den Trunk von Schuld und Sühne hat nehmen müssen, hat sich eine Antenne für solche Regungen bewahrt.«

»Ich fühle mich nicht schuldig«, widersprach ich. »Ich weiß nur nicht mehr weiter.«

»Was ist geschehen?«

Ich wollte mit der Tür ins Haus fallen, doch Großmann schlug vor, dass ich mir erst einen Stuhl aus dem Zimmer holte, um mich ebenfalls in die späte Sonne zu setzen.

»Sogar die Rosen tragen schon Trauer«, behauptete er, als ich auf einem Hocker neben ihm saß. »Der Sommer war viel zu trocken, sie haben keine Kraft mehr, die letzten milden Strahlen in sich aufzunehmen und Energie für die nächste Saison zu sammeln.«

»Der Mörder hat mir mein Bild geschickt«, begann ich unvermittelt. »Er hat gewusst, dass ich Kontakt zu Luisa Daniel hatte.«

»Aber Sie leben doch noch.«

»Ja. Aber – können Sie mir sagen, woher er das wusste?«

»Nein.«

»Erinnern Sie sich an jenen Nachmittag, an dem ich Sie besuchte? Kurze Zeit später bekam ich Post vom Mörder. Wem haben Sie von meinem Besuch erzählt?«

Der alte Mann sah mir ins Gesicht. Seine blauen Augen hielten meinem Blick stand. »Glauben Sie mir, Frau Grappa, ich habe mit niemandem darüber gesprochen.«

Ich legte Großmann das Fotoalbum auf den Schoß und sagte: »Schauen Sie sich die Bilder mal an … Ich weiß, dass in diesen Fotos die Lösung zu dem Fall liegt.« Ich erklärte ihm kurz die Herkunft des Albums.

Großmann schlug es auf. »Einige Fotos fehlen«, erkannte der Geistliche.

»Der Mörder muss sie herausgenommen haben. Es handelt sich wahrscheinlich um die Fotos, auf denen Hans Keller, der verschwundene Ehemann, abgebildet ist.«

Der Priester drehte eine Seite nach der anderen um, betrachtete die Bilder, manche etwas intensiver als die anderen.

»Es gibt einen Theologieprofessor«, erklärte ich. »Georg Mahler. Er ist der Onkel meiner Kollegin.«

»Könnte er Hans Keller sein?«, fragte Großmann.

»Nein«, sagte ich, »das habe ich bereits überprüft. Es gibt nicht die geringste Ähnlichkeit. Mahler ist ein schwerer Mann, an die 1,90 m groß, Keller war klein und schmächtig, etwa 1,70 m – so stand es in seiner Vermisstenakte.«

Der Geistliche legte den Kopf zurück und schloss die Augen. Er schien müde zu sein.

»Soll ich Sie allein lassen?«, fragte ich.

»CRUDELITAS ist keine Todsünde«, flüsterte er. »Er wird Ihnen nichts tun.«

»Woher wollen Sie das wissen?«

»Ich fühle es.«

Was hatte er gesagt? *CRUDELITAS ist keine Todsünde.*

Der Satz ließ in meinem Hirn etwas explodieren. Ich sprang vom Hocker auf. »Woher wissen Sie, dass mir der Mörder Hartherzigkeit vorgeworfen hat?«

Großmann öffnete die Augen. »Haben Sie mir nicht so etwas gesagt?«

»Nein, habe ich nicht.«

»Dann habe ich es in Ihrer Zeitung gelesen«, behauptete er.

»Unmöglich. Ich habe nie darüber geschrieben.«

»Lassen Sie mich bitte allein«, sagte Großmann. »Ich bin erschöpft.«

»Sagen Sie mir, wie Sie auf CRUDELITAS kommen!«, forderte ich.

»Das kann ich nicht.«

»Warum, zum Teufel?«

»Lassen Sie den aus dem Spiel. Ich weiß es eben, und das muss Ihnen genügen. Mehr darf ich nicht sagen.«

Ich überlegte, wie ich mehr erfahren konnte, und kam zu dem Schluss, dass er ein harter Brocken war.

»Nehmen Sie eigentlich noch die heilige Beichte ab?«, fragte ich.

»Ja, ich vertrete den jungen Pfarrer in der Hedwigskirche hier im Ort.«

»Jemand hat bei Ihnen gebeichtet?«, folgerte ich. »Der Mörder?«

»Meine liebe Tochter«, lächelte Großmann, »Sie wissen doch, dass ich schweigen muss.«

»Ja«, sagte ich, »so kenne ich diese Kirche. Bis zum Ersticken eingebunden in Rituale, die die Menschen nur quälen.«

»Sie irren«, widersprach Hochwürden, »die Beichte ist eine Enklave, in die sich die Menschen flüchten können, die keinen Ausweg mehr wissen. Hier können sie sich Gott ganz anvertrauen, ohne die menschliche Gerichtsbarkeit zu fürchten.«

»Und wie viele Vaterunser oder Ave-Maria musste der Mörder zur Buße beten? Sieben? Für jede Leiche eins?«, wollte ich wissen.

»Ich hätte kein *ego te absolvo* über ihm ausgesprochen – falls er bei mir gewesen wäre.«

»Und Sie wollen mir wirklich keinen Hinweis geben?«, fragte ich. »Vielleicht, wie ich weiter vorgehen soll?«

Großmann reichte mir das Fotoalbum. »Die Lösung liegt in diesen Bildern. Schauen Sie sie an und denken Sie darüber nach. Lassen Sie Ihre Seele darüber streifen und beachten Sie, dass der erste Eindruck meist ein falscher ist.«

»Was wollen Sie damit sagen?«

»Überlegen Sie, wer oder was in diesem Album fehlt, und glauben Sie nur das, was Sie genau wissen.«

Ich gab auf.

»Ich wünsche Ihnen alles Gute«, sagte ich und drückte dem Priester die Hand. »Und passen Sie auf sich auf. Vielleicht nimmt der Mörder das Beichtgeheimnis nicht so ernst wie Sie!«

»Wer sagt Ihnen, dass es ein Mörder ist? Könnte es nicht auch eine Mörderin sein?«

Geständnis

Lassen Sie Ihre Seele darüber streifen und beachten Sie, dass der erste Eindruck meist ein falscher ist.

Die Worte des Priesters gingen mir nicht mehr aus dem Kopf. Welchen ersten Eindruck meinte er? Und warum hatte er ausdrücklich darauf hingewiesen, dass es auch eine Mörderin sein könnte?

In Bierstadt angekommen, stürzte ich sofort in Peter Jansens Büro.

»Ist Nikoll aufgetaucht?«, fragte ich als Erstes.

»Keine Spur von ihr«, sagte er ernst. »Was hat der Pfarrer dir erzählt?«

»Er kennt den Mörder oder die Mörderin«, berichtete ich. »Aber das Beichtgeheimnis verbietet ihm zu sagen, wer es ist.«

»Mörderin?«, fragte Jansen überrascht. »Zuletzt gingen wir doch von einem Mörder aus, oder nicht?«

»Ja. Das ist vielleicht der Fehler, den ich die ganze Zeit gemacht habe. Mein Hauptverdächtiger ist noch immer Georg Mahler.«

»Schade, dass er kein Motiv zu haben scheint«, stellte Jansen fest.

»Es ist wie verhext«, jammerte ich.

»Odenski hat sich übrigens wieder unter die Lebenden eingereiht. Brinkhoff rief an, während du unterwegs warst.«

»Hatte er sonst noch Neuigkeiten?«

Jansen schüttelte den Kopf. »Wir haben nur kurz geredet.«

Die Tür ging auf, Kosmo stürmte herein.

»Ich werde zu Nikoll fahren«, kündigte er an. »Sie ist den ganzen Tag nicht aufgetaucht, hat unsere Verabredung nicht eingehalten, ich kann sie nirgends erreichen und jetzt will ich es wissen.«

»Nicht ohne mich!«, sagte ich entschlossen.

»Dann komm!«

Mahlers Haus wirkte uneinnehmbar und abweisend.

»Ich gehe einfach hin und klingele«, sagte Kosmo.

»Ja«, nickte ich. »Das ist das Natürlichste. Immerhin bist du mit Nikoll befreundet.«

Er stieg aus und stiefelte zur Eingangstür. Ich beobachtete, wie er den Klingelknopf drückte und wartete. Nichts rührte sich.

Kosmo versuchte, in eins der Fenster im Erdgeschoss zu spähen – doch es war durch eine Gardine uneinsehbar gemacht worden.

Er kehrte zurück. »Was sollen wir jetzt tun?«, fragte er unglücklich. »Sollen wir eine Vermisstenanzeige aufgeben?«

»Die lachen uns aus«, meinte ich. »Nikoll ist erwachsen, sie kann das Haus verlassen haben, um in die Redaktion zu fahren, sie kann die Nacht woanders geschlafen haben ... bei einer Freundin vielleicht.«

»Kann alles sein«, räumte Kosmo ein, »warum glaube ich es aber nicht?«

Unverrichteter Dinge zogen wir wieder ab.

»Vielleicht gibt es für alles eine einfache Erklärung«, versuchte ich mich und Kosmo zu beruhigen. »Ich setze dich jetzt am Verlagshaus ab und du bleibst ruhig, versprochen?«

Notgedrungen stimmte er zu.

Ich ging doch noch mal mit hoch in die Redaktion, um das Fotoalbum zu holen, und fuhr nach Hause.

Der Kater saß nicht – wie gewohnt – direkt hinter der Wohnungstür: Eberhard war bestimmt sauer, weil er wieder so lange allein in der Wohnung eingesperrt war.

Ich fand ihn auf dem Küchentisch liegend, er hob nur leicht den Kopf, als er mich erblickte, und schlummere weiter.

»Ich weiß, dass du wütend bist, weil ich dich immer allein lasse«, sprach ich ihn an. »Aber mit mir meint es das Leben zurzeit auch nicht gut.«

Der Löwe rührte sich nicht.

Ich setzte mich an den Tisch und kraulte ihn. Da konnte er nun doch nicht widerstehen, rollte sich auf den Rücken und ließ sich den Bauch streicheln.

»Redest du noch mit mir?«, fragte ich.

Ignoranz auf ganzer Linie.

»Bitte, Eberhard, sei nicht immer so schnell eingeschnappt«, sagte ich.

Wo hast du dich nur wieder herumgetrieben?, fragte er.

»Du weißt doch, dass ich einen Mörder suche«, antwortete ich.

Dazu brauchst du aber sehr lange, muffelte er.

»Leider!«, seufzte ich. »Aber ich verspreche dir, dass ich, wenn ich ihn habe, etwas kürzer trete.«

Das hältst du sowieso nicht durch, meinte der Kater spöttisch, *außerdem klingelt dein Handy.*

Tatsächlich, der Kater hatte ein feineres Gehör als ich. Ich kramte das Mobiltelefon aus den unendlichen Tiefen meiner Handtasche.

»Hallo?«

Nichts.

»Hallo? Wer ist da?«

»Ich bin's«, sagte eine Frauenstimme.

»Nikoll!«, rief ich aus. »Was ist mit dir? Wo warst du? Wir haben uns Sorgen gemacht!«

»Ich musste nachdenken«, hörte ich sie mit müder Stimme sagen.

»Wir müssen reden, und zwar bald.«

»Ja, du hast Recht.«

»Wo bist du?«

»Ich sitze in meinem Auto, und das steht vor deinem Haus.«

»Und? Worauf wartest du? Komm rauf!«

Wenige Augenblicke später stand sie in der Tür: blass und abgekämpft, mit strähnigen Haaren und Ringen unter den Augen.

»Komm rein.«

Eberhard hatte die Küche verlassen und blinzelte misstrauisch.

»Kannst du den wegnehmen?«, fragte Nikoll. »Du weißt doch – meine Katzenallergie.«

»Lass uns bitte allein, Eberhard!«, forderte ich den Junglöwen auf.

Er trollte sich zum Glück – diesmal sogar schweigend.

»Dann erzähl mal, was los ist!«, forderte ich Nikoll auf.

Sie druckste rum, sagte endlich: »Ich habe dich und euch alle von Anfang an belogen.«

Ich wartete.

»Mahler ist nicht mein Onkel.«

»Interessant.«

»Nicht, was du denkst, Grappa. Ich bin nicht seine Geliebte oder so. Ich kannte ihn bis vor einem Monat gar nicht.«

»Und warum wohnst du dann bei ihm?«

»Weil er mir Geld dafür gegeben hat.«

Ich atmete tief durch. »Verstehe ich nicht.«

»Er suchte jemanden. Für einen Job. Ich hatte meine Arbeit bei dem Privatsender aufgegeben und hatte nichts Neues. Mein Agent war noch auf der Suche. Dann kam das Angebot.«

»Angebot?«

»Mahler suchte jemanden mit journalistischer Erfahrung und einem gewissen schauspielerischen Talent«, fuhr Nikoll fort. »Da hat Odenski mich an ihn vermittelt.«

»Odenski? Wieso der!«

»Ich war doch bei seiner Agentur unter Vertrag.«

»Was solltest du tun? Mich ausspionieren?«

»Ihm als Insiderin Informationen über die Arbeit beim *Tageblatt* geben. Um dich ging es damals noch nicht. Er wollte nur wissen, an welchen Storys ihr gerade dran seid.«

»Und wann wurde dir klar, dass es ihm nur um die Todsündenmorde ging?«

»Ziemlich schnell natürlich. Aber – dann machte mir die Arbeit bei euch Spaß, ich fühlte mich wohl bei euch. Und sogar du, Grappa, warst nett zu mir. Es fiel mir immer schwerer, ihm Bericht zu erstatten und euch zu hintergehen.«

»Ich habe mal zufällig ein Gespräch zwischen dir und Mahler belauscht«, gab ich zu. »Was hat Mahler gesagt, als du sagtest, dass du aussteigen wolltest? Hat er dir gedroht?«

Sie schüttelte den Kopf. »Nein. Er blieb ganz cool, sagte, dass mein Auftrag ohnehin bald zu Ende sei. Er bat mich allerdings, noch ein paar Tage zu warten.«

»Weiß er, dass du hier bist?«

»Keine Ahnung. Ich habe gestern meine Sachen gepackt und bin ausgezogen – in eine Pension.«

»Warum bist du nicht schon früher damit herausgekommen?«

»Ich hatte nicht den Mut, euch unter die Augen zu treten.«

»Warum hat Mahler diesen Aufwand betrieben?«

»Keine Ahnung.«

»Ist er der Mörder?«

»Grappa!«, rief Nikoll verzweifelt. »Ich weiß es nicht! Ich habe ihm nur Informationen gegeben. Mehr nicht!«

»Was weißt du über ihn?«

»Nicht viel. Er lebt sehr zurückgezogen«, behauptete sie.

»Warum hast du mich damals vor ihm gewarnt? Gesagt, dass er jede Frau ins Unglück stürzen würde?«

»Das habe ich nur deshalb gesagt, damit du dich nicht in ihn verliebst«, erklärte sie. »Ich wusste ja, dass mit ihm etwas nicht stimmte!«

»Wo kommt er her?«

»Ich weiß es doch nicht!«

Resigniert beendete ich die Fragestunde.

»Du solltest Kosmo anrufen«, riet ich. »Er macht sich große Sorgen.«

Wenige Augenblicke später verließ Nikoll meine Wohnung, um die Nacht bei ihrem Freund Kosmo zu verbringen.

Gehirnblitze

»Also, was schlägst du vor?«, fragte Jansen am nächsten Tag. Wir saßen in der Redaktion. Ich hatte ihm gleich nach Nikolls Abgang von ihrem Geständnis erzählt und er hatte einen Zweier-Krisengipfel angeordnet.

Wie immer zu solchen Anlässen gab es Unmengen von schwarzem Kaffee. Als ob das Zeug mich ruhiger machen würde!

Ich lief im Zimmer umher.

»Mein Gott, Grappa!«, herrschte mich Jansen prompt an. »Setz dich mit deinem Arsch auf den Stuhl und hör auf mit der Zappelei! Du machst mich wahnsinnig!«

Ich gehorchte und ließ mich aufs Besuchersofa fallen.

»Der Schlüssel zu allem ist Georg Mahler. Ich muss mit ihm reden!«

»Wir sollten den Staatsanwalt und Brinkhoff einweihen«, meinte Jansen. »Ohne die beiden geht es nicht.«

»Nein! Lass uns noch warten. Ich muss zuerst mit ihm allein sprechen. Es ist meine Story!«

»Grappa! Sei doch nicht so verdammt borniert und theatralisch«, motzte mein Chef. »Immer das gleiche Theater mit dir! Wer schreibt die tolle Story denn, wenn er dich kurzerhand killt?«

»Du natürlich. Und einen netten Nachruf auf mich wirst du ja wohl auch zustande kriegen!«

»Die drei Zeilen schaffe ich«, nickte Jansen. »Das ist kein Problem. In Nachrufen sollen ja nur positive Dinge stehen.«

»Ich könnte mich ausschütten vor Lachen«, muffelte ich.

»Du bekommst wenigstens einen, Grappa-Baby! Denk mal an die armen Toten in dieser Geschichte! Einfach so sang- und klanglos verscharrt zu werden.«

»Ja«, sagte ich geistesabwesend. »Keiner nimmt Abschied von dir, niemand erinnert sich an dich. Du wirst vergessen – und erst dann bist du wirklich tot. Das ist bei Luisa Daniel anders – der Mörder hat sie niemals vergessen und zwanzig Jahre in seiner Erinnerung und seinem Hass gelebt.«

»Wie sollen wir weitermachen?«, fragte Jansen. Seine Stimme kam zwar in meinem Ohr an, erreichte jedoch nicht die Hirnwindungen.

»Grappa! Was ist?«

Ich blickte durch ihn hindurch, hörend, was er fragte, jedoch noch immer nicht darauf reagierend. Eine Idee war in meinen Kopf wie ein Blitz eingeschlagen.

»Ob er jetzt Ruhe gefunden hat?«, sagte ich leise.

»Wen meinst du?«

»Der Mörder. Es ist alles erledigt, eigentlich könnte er jetzt abtreten.«

»Tut er vielleicht auch.«

»Ja. Aber ...« Ich sprang auf. »Ich muss sofort weg!«

Jansens überraschtes Gesicht interessierte mich nicht. Die Tür fiel ins Schloss, nachdem ich, wie von alttestamentarischen Plagen verfolgt, aus dem Zimmer gestürzt war.

Ideen in Grau

Es wurde schon dämmrig. Nebel waberte in lang gezogenen Schleiern durch die Kiefern und Eichen, die den Kiesweg säumten. Inzwischen war es auch nicht mehr zu überfühlen: Der Herbst hatte die späte Sommersonne besiegt.

Feuchtigkeit kroch in meine Kleider – sie ließ mich frösteln. Jetzt fing es auch noch an zu nieseln und der Rest des Lichtes verschwand hinter dunkelgrauen Wolken, die sich bedrohlich aufgetürmt hatten. Gleich würde Regen auf mich herabprasseln.

Klar, es war nur eine winzige Chance, nur der Hauch einer Möglichkeit, endlich alles zu verstehen.

Ich beachtete die Grabsteine nicht, die rechts und links von mir aufgerichtet standen, manche klein und bucklig wie Märchengnome, andere schwer und archaisch wie neolithische Menhire.

Hier musste der Bereich sein, in dem die besseren Toten in prätentiösen Familiengräbern ihrer Auferstehung harrten.

Die Gruft der Familie Daniel lag im hinteren Teil des Geländes. Der Mitarbeiter des Friedhofsamtes hatte mir die Stelle am Telefon beschrieben.

Es begann zu regnen, im Zwielicht verschwammen die Grenzen, es schien, als würden sich Erde und Luft miteinander verbinden.

Wenn sich jetzt noch die Gräber auftun und die Toten herauskrabbeln, drehst du durch, dachte ich.

Da war es! Ich trat näher. Das Familiengrab wurde von einem riesigen rechteckigen Stein aus schwarzem poliertem Granit beherrscht, in den die Namen der Toten eingraviert worden waren.

Ja, hier waren sie versammelt: Marianna, Marius, die Eltern, und Michael Daniel, der Sohn, alle gestorben am 14. September 1981. Darunter die Gravur für die kleine Luisa: *27. September 1982.*

Ich schaute mir das Grab genauer an: Es war gepflegt, mit Heide und verbogenen Krüppelkiefern bepflanzt und mit Randsteinen eingefasst. Doch nichts deutete darauf hin, dass hier jemand häufiger verweilte, es gab keine frischen Spuren, keine Blumen – wie ich insgeheim gehofft hatte.

Die Zweige einer Trauerweide verbargen den oberen Teil des Granitsteines. Ich strich die Zweige beiseite, um den Grabspruch vollständig lesen zu können.

Rose, oh reiner Widerspruch, Lust, Niemandes Schlaf zu sein unter soviel Lidern.

Ja, das war es! Rilkes Gedicht. Meine plötzliche Ahnung hatte mich nicht getrogen! Als Jansen und ich über meinen Grabspruch geflachst hatten, hatte sich die fixe Idee in mein Hirn gebohrt, dass die Wahrheit vielleicht dort zu suchen sei, wo die Toten dem Himmel, der Hölle und dem Jüngsten Gericht am nächsten waren.

Den Rosenspruch hatte ich sowohl bei Pfarrer Großmann als auch bei Georg Mahler gehört und gelesen – und jetzt hier.

Beachten Sie, dass der erste Eindruck meist ein falscher ist, hatte der alte Priester mich gemahnt und er hatte Recht.

Bei der Durchsicht des Fotoalbums war ich selbstverständlich davon ausgegangen, dass die Fotos von Hans Keller fehlten – diesem völlig unwichtigen Mann. Der Mörder hatte aus dem Album nicht nur die Fotos von Keller entfernt, sondern auch seine eigenen. Und ich war sicher: Unter der Erde, auf der ich stand, lag nicht Marius Daniel, sondern Hans Keller.

Luisa Daniel war am 27. September tot aus dem Teich des Kinderheims gezogen worden, und dieser Tag war morgen!

Ich brauchte also nur am Grab zu warten, um endlich mit Bestimmtheit zu wissen, wer der Mörder war!

Mir war klar, dass ich weder Polizei noch Staatsanwaltschaft von meiner Entdeckung unterrichten würde. Georg Mahler alias Marius Daniel würde mir nichts tun und sich der so genannten irdischen Gerechtigkeit nicht entziehen – da war ich mir sicher.

Ich rief Jansen zu Hause an.

»Das kannst du nicht machen«, kommentierte er meinen Plan. »Viel zu gefährlich.«

»Ich habe die Sache voll im Griff«, behauptete ich. »Außerdem nehme ich Big Mäc mit. Er ist stresserprobt – und macht die Fotos vom Mörder am Familiengrab.«

Mein Chef willigte schließlich in die Aktion ein.

Jetzt musste ich nur noch Big Mäc überzeugen. »Ich brauche dich«, sagte ich zu ihm. »Sonderauftrag – du verstehst?«

Klar, für halbwegs Gefährliches und Aufregendes war der Fotograf immer zu haben. Ich erklärte ihm, wie ich die Sache angehen wollte, und er war stumm vor Anbetung.

»Du bist vielleicht clever, Grappa! So was kannst du ja. Supersache, das.«

»Danke für die Blumen«, wehrte ich ab. »Die Sache kann auch schief gehen. Vielleicht kommt er gar nicht oder er ballert auf uns oder tut sonst was Schlimmes. Wir müssen auf alles gefasst sein. Deshalb will ich, dass du alles im Bild festhältst, ohne dass dich jemand sieht. Auf dem Friedhof gibt es genug Bäume, hinter denen du dich verstecken kannst. Bei deiner Größe ist das ja wohl kein Problem.«

»Blöde Zicke«, gab es mir der Fotograf zurück.

Big Mäc zu engagieren war der eine Schritt. Jetzt war Kosmo dran. Auch er stimmte meinem Plan zu.

»Wie geht es dir, Traumprinz?«, fragte ich ihn zum Schluss.

»Eigentlich ganz gut«, bekannte er. »Nur Nikoll ist ziemlich fertig. Sie wohnt jetzt bei mir, aber sie hat echt Gewissensbisse – besonders dir gegenüber, Grappa.«

»Sag ihr, dass wir später darüber reden können, wenn sie will. Aber jetzt müssen wir erst mal einen Deckel auf die Todsündenmorde machen!«

Klang aus der Tiefe

»Er verlässt das Haus und steigt in seinen Wagen!«, teilte mir Kosmo am nächsten Morgen per Handy mit.

»Okay, Süßer«, sagte ich entschlossen. »Dann kann's ja losgehen.«

»Moment!«, hörte ich ihn flüstern. »Er ist nicht allein. Da ist noch jemand.«

Damit hatte ich nicht gerechnet. »Wer ist es?«

»Kenne ich nicht. Ein Mann, alt, ziemlich groß und hager.«

Pfarrer Großmann!, schoss es mir durch den Kopf.

»Egal. Ich starte jetzt. Wir treffen uns auf dem Friedhof. Aber pass auf, dass dich niemand sieht.«

Zügig verließ ich das Haus. Ich wohnte näher am Friedhof als die beiden Männer, die gerade losgefahren waren, würde also etwa zehn Minuten eher da sein. Kosmo würde sie verfolgen und mich über Unvorhergesehenes informieren. Beide Männer kannten ihn nicht, und das machte ihn zu einem perfekten Verfolger.

Bevor ich mein Auto in Gang setzte, informierte ich Big Mäc. Er fuhr den Friedhof von der anderen Seite an und musste etwa zur gleichen Zeit wie ich am Grab der Familie Daniel eintreffen.

Mein Herz schlug und ich hatte feuchte Hände, ich folterte mein Auto durch zu heftiges Gasgeben, würgte es an einer Ampel ab und schimpfte auf Verkehrsteilnehmer, die partout kein Verständnis dafür zeigten, dass ich eine gefährliche Mission zu erfüllen und es deshalb verdammt eilig hatte.

Ich stellte mein Auto nicht auf dem Parkplatz des Friedhofs ab, sondern versteckte es in einer Seitenstraße, durch die die beiden Männer nicht kommen würden.

Auf dem Friedhof war so gut wie nichts los. Die Deckel lagen wohl noch alle auf den Särgen. Es war noch früh am Morgen, ein regnerischer, kühler Tag, noch unfreundlicher als gestern. Vor manchen Gräbern kauerten Menschen, andere rückten mit Rechen und Schüppchen den Pflanzen zu Leibe.

Die Trübe der Atmosphäre kroch in mich, energisch verscheuchte ich die Frage, wer wohl mal an meinem Grab stehen und sich meiner erinnern würde. Ich beschloss, mich verbrennen und meine Asche über irgendeinem Meer verstreuen zu lassen, das sowieso schon umweltgeschädigt war.

Das Gräberfeld mit den Familiengruften war zum Glück menschenleer. Ich suchte eine Position zwischen den Bäumen, von der aus ich alles würde hören können, und wartete.

Mein Handy klingelte. Es war Kosmo. »Die beiden sind gerade durch den Haupteingang und laufen jetzt den Kiesweg hoch«, teilte er mir mit.

»Okay«, flüsterte ich. »Sag noch Big Mäc Bescheid, ja?«

Es dauerte vielleicht noch zwei Minuten, bis ich die Schritte auf den Kieseln knirschen hörte. Meine Atemfrequenz erhöhte sich, ich mahnte mich, ruhig zu bleiben.

Da waren sie: Durch die Zweige sah ich Georg Mahler und Pfarrer Großmann. Sie gingen langsam, als hätten sie einen schweren Weg zu bewältigen, aber es waren vermutlich nur die Kiesel, die unter ihren Sohlen wegrutschten und ihnen einen bedächtigen Gang verpassten.

Die beiden Männer hatten jetzt das Familiengrab erreicht. Niemand sagte etwas, ich hörte Autolärm weit weg, ein Vogel schimpfte irgendwo und mein Atem sprengte fast meine Brust.

»Heute ist der letzte Tag«, sagte Mahler. »Dann ist es vorbei.«

Der Priester stand mit gesenktem Kopf und gefalteten Händen vor dem Grab. »Nein. Der letzte Tag ist das Jüngste Gericht, mein Sohn.«

Mahler antwortete nicht, trat näher an die Gruft heran. Er hatte eine lange rote Rose in der Hand und legte sie auf das Grab.

»Nur eine Rose kann ich euch schenken«, sagte er. »Mehr bleibt mir nicht.«

»Du hast ihnen deine Liebe geschenkt und deinen Hass«, widersprach Großmann. »Die Schuld liegt in dir, und das weißt du auch.«

»Du bist ein alter, dummer Mann.« Mahlers Stimme war matt. »Du hast nie geliebt, nur diesen hartherzigen Gott, der die Menschen quält. Liebe muss brennen.«

»Aber verbrennen sollte sie nicht, oder?«, argumentierte der Priester. »Du hast die deinen so geliebt, dass sie verbrannt sind – im wahrsten Sinne des Wortes.«

»Ich will ein letztes Mal beten, bevor ich deinen verdammten Gott packe und mit ihm für immer in der Hölle verschwinde«, sagte Mahler.

Er senkte den Kopf und faltete die Hände. »Gott! Du hast meinen Weg vermauert mit Werkstücken und meinen Steig umgekehret. Du hast auf mich gelauert wie ein Bär, wie ein Löwe im Verborgenen. Du ließest mich des Weges fehlen. Du hast mich zerstückelt und zunichte gemacht. Du hast deinen Bogen gespannet und mich dem Pfeil zum Ziel gesteckt. Du hast aus dem Köcher in meine Nieren schießen lassen. Du hast mich mit Bitterkeit gesättiget und mit Wermut getränket. Du hast meine Zähne zu kleinen Stücken zerschlagen. Du wälztest mich in der Asche. Meine Seele ist aus dem Frieden vertrieben.«

»Du betest nicht, mein Sohn, du klagst an«, sprach Großmann in die Pause. »Sei demütig, füge dich in dein Schicksal und stelle dich der irdischen Gerechtigkeit.«

Mahler wandte den Kopf zu dem Pfarrer, wollte gerade etwas sagen, als sich ein Klingeln aus der Tiefe meiner Handtasche den Weg ins Freie suchte. Nein, dachte ich, nur das nicht!

Die beiden Männer hatten irritiert die Köpfe gehoben und sahen in meine Richtung.

Ich bog die Zweige auseinander, atmete einmal tief durch und zeigte mich.

»Frau Grappa!«, sagte Hochwürden erstaunt.

Mein Handy klingelte noch immer, ich hatte es auf vierzig Sekunden eingestellt, bis die Mailbox ansprang.

»Ich wusste, dass du es herausbekommst«, sagte Mahler.

»Darauf hast du es ja wohl auch angelegt!«, blaffte ich ihn an. »Und zwar von Anfang an.«

»Ich hätte gern noch etwas mehr Zeit gehabt«, bekannte er.

»Weil du abhauen wolltest?«, fragte ich.

»Ja, ich wollte ... abhauen. So kann man es sagen. Wie bist du darauf gekommen, dass ich Marius Daniel bin?«, fragte er tonlos.

»Durch das Fotoalbum von Monika Keller«, antwortete ich. »Durch die Fotos, die du herausgerissen hast. Ich habe anfangs allerdings die falschen Schlüsse daraus gezogen. Es dämmerte mir erst, als ich den Grabspruch von Rilke auf dem Stein deiner Familie las.«

»Rose, oh reiner Widerspruch, Lust, Niemandes Schlaf zu sein unter soviel Lidern«, zitierte Mahler. »Eigentlich mag ich seine Werke nicht – sie sind zu verschlüsselt, die Sprache manchmal ungenau. Aber dieser Spruch ist unübertroffen in seiner Trauer und Sehnsucht.«

»Was ist damals passiert?«

»Mandy Turner hat mir die Augen geöffnet. Hans Keller war an diesem Abend mal wieder bei meiner Frau. Ich habe die beiden im Bett erwischt ... und erschossen. Dann habe ich das Haus angezündet.«

»Hast du nicht an deine Kinder gedacht?«

»Natürlich.« Mahler lachte bitter auf. »Deshalb hatte ich ja diesen Abend ausgewählt. Die Kinder sollten in Begleitung des Au-pair-Mädchens bei einer Geburtstagsfeier sein. Nur hatte Mandy Turner leider keine Lust dazu und hat die Kinder im Haus gelassen, was ich nicht wusste. Sie ist für den Tod meines Jungen verantwortlich.«

»Du bist der Schuldige«, resümierte ich. »Du hast zwei Morde begangen und deinen Sohn umgebracht. Du hast die Waffe abgedrückt und das Haus abgefackelt. Du hast die Grundlage für die Sünden der Opfer gelegt! Du solltest dich bestrafen und die Schuld nicht bei anderen suchen.«

Mahler schaute mir fest in die Augen und sagte: »Ich werde mich bestrafen, da kannst du sicher sein.«

Eigentlich hätte ich ihn gerne gefragt, warum er mit mir eine Affäre begonnen hatte, doch die Anwesenheit des Priesters und das Wissen um Kosmo und Big Mäc hinter den Büschen hielten mich davon ab.

»Wie konntest du dich all die Jahre verstecken?«

»Sogar ich hatte Freunde«, sagte Mahler bitter. »Und meine Mutter hat mich, so gut sie konnte, unterstützt.«

»Welche Rolle spielt er?« Ich deutete auf Großmann.

»Ich habe Informationen über die Vorgänge im Kinderheim gebraucht und er hat sie mir gegeben. Und er ist mein Beichtvater, nicht wahr?«

Großmann nickte. »Nur dass du niemals bereut und gebüßt hast, mein Sohn.«

»Aber du musstest den Mund halten, Vater«, sagte Mahler. »Und ich konnte in Ruhe meine Rache vorbereiten.«

»Wo warst du alle die Jahre? Wie ist es dir gelungen, eine neue Existenz aufzubauen?«

»Ich habe mir falsche Papiere besorgt und bin erst mal untergetaucht.«

»Also hast du gar nicht Theologie studiert?«

»Doch, vor meiner Ehe. Die Papiere über die Abschlüsse habe ich einem Studenten abgekauft, der Geld brauchte. In dessen Identität bin ich geschlüpft.«

»Und niemand hat etwas gemerkt?«

»Nein. An der Uni war ich sogar richtig erfolgreich. Aber ich habe nie vergessen, welche Schuld ich auf mich geladen habe. Und ich habe die nicht vergessen, die sich mitschuldig gemacht haben.«

»Und jetzt fühlst du dich besser?«, fragte ich. »Nachdem du diese sieben Menschen getötet hast?«

»Es war nie mein Ziel, mich besser zu fühlen. Es ging mir um Rache. Um Gerechtigkeit nach den Auslegungen des Alten Testamentes. Ich musste mich mit etwas Sinnvollem beschäftigen, damit ich nicht wahnsinnig wurde in all den Jahren. Ich hatte damals den Plan, mit Luisa im Ausland zu verschwinden. Aber als ich alles organisiert hatte, war sie tot.«

»Was soll jetzt passieren?«

»Schreib die Geschichte zu Ende, Grappa«, forderte Mahler. »Mehr verlange ich nicht von dir.«

»Du weißt, dass die Polizei dich gnadenlos verfolgen wird?«, fragte ich.

Mahler lachte. Es war das Lachen eines Menschen, der mit sich und der Welt schon längst abgeschlossen hatte.

»Natürlich weiß ich das. Du wirst mir aber einen Vorsprung geben, nicht wahr? Um unserer alten Freundschaft willen?«

Erneute Flucht

Mahler und Großmann waren gegangen, Big Mäc und Kosmo konnten endlich ihr Versteck hinter dem Busch verlassen.

»Wahnsinnssache, das!«, begeisterte sich Big Mäc. »Wie im ganz großen Kino. Der Mörder am Grab seiner Lieben. Und ich hab alles im Kasten!«

»Was glaubst du, wird er tun?«, fragte Kosmo. »Wird er sich der Polizei stellen?«

Ich schüttelte den Kopf. »Nein. Er wird verschwinden – glaube ich. Sich umbringen vielleicht.«

In der Redaktion wartete Peter Jansen bereits auf uns. Ich gab ihm einen kurzen Bericht unserer morgendlichen Aktion.

»Sehr gut«, lobte er. »Bis auf das Handygebimmel.«

»Kleiner Unfall«, räumte ich ein.

Wer hatte meine Tarnung auf dem Friedhof eigentlich so rüde durch einen Handy-Anruf auffliegen lassen? Ich hörte die Mailbox ab.

Es war Aydin, er hatte auf meine Mailbox gesprochen, um mir mitzuteilen, dass Eberhard schon wieder auf seinem Balkon gelandet war – es ihm aber den Umständen entsprechend gut ginge. Lediglich an einer Pfote habe er eine geringfügige Verletzung. Mir fiel ein, dass ich wieder mal vergessen hatte, das Fenster zu schließen.

»Wie viele Zeilen kriege ich?«, wollte ich von Peter Jansen wissen.

»Die üblichen hundert?«

»Diesmal brauche ich mehr«, sagte ich forsch. »Ich will zweihundert auf der Eins.«

»Ist okay. Kann ich sonst noch was für dich tun?«

»Jemand soll mir zwei Mandelhörnchen holen. Mein Blutzuckerspiegel ist im Keller.«

»Wird gemacht«, versprach er.

Ich ging in mein Zimmer, machte die üblichen Lockerungsübungen mit Händen und Armen, überlegte kurz und schrieb:

»GOTT HAT MICH ZERSTÜCKELT UND ZUNICHTE GEMACHT« – so die Überschrift.

In der Unterzeile hieß es:

Todsündenmorde aufgeklärt – Totgeglaubter Familienvater nimmt nach zwanzig Jahren Rache – Ein Exklusiv-Bericht von Maria Grappa.

Ich stoppte. Sollte ich den Bericht kühl und nachrichtlich verfassen oder Gefühle hineinlegen? Ich entschied mich für das Letztere – das passte auch zu den Fotos, die Big Mäc geschossen hatte: Mahler, close-up, mit gesenktem Kopf, und Mahler in einer Halbtotalen, wie er die Rose auf das Grab seiner Familie legt.

Ich begann zu schreiben:

Traurig steht ein großer Mann vor einem Grab auf dem Hauptfriedhof. Er blickt auf den schwarzen Granitstein und liest die Namen seiner Frau und seiner beiden Kinder – aber auch seinen eigenen …

Großfahndung

Mein Artikel ging am nächsten Morgen ab wie eine Rakete, der freie Verkauf des *Bierstädter Tageblattes* war sensationell gut, denn der Verlag hatte die Mordgeschichte auf den Händlerschürzen angekündigt. Ich saß – erschöpft und ausgeschrieben – in der Redaktion und wusste nicht so recht, was ich mit mir anfangen sollte.

Das Telefon klingelte, es war der Oberstaatsanwalt. Guardinis Begeisterung über meinen Artikel hielt sich in Grenzen.

»Warum haben Sie mich nicht informiert?«, blaffte er mich an. »Jetzt ist Daniel über alle Berge.«

»Er lässt sich von Ihnen sowieso nicht einsperren«, weissagte ich.

»Wir haben eine Großfahndung eingeleitet. Ich erwarte von Ihnen, dass Sie sich bei mir melden, wenn er Kontakt zu Ihnen aufnimmt.«

»Mache ich«, versprach ich, um ihn loszuwerden.

»Haben Sie irgendeine Ahnung, wo er sich befinden könnte?«

»Nein, nicht die geringste!«

Langsam legte ich den Telefonhörer auf. Wo könnte Marius Daniel sein? Er hatte gesagt, dass er sich selbst bestrafen wolle – das klang nach Selbstmord.

Eine schreckliche Vorstellung. Aber lebenslanges Gefängnis mit anschließender Verwahrung in einer Klapsmühle auch. Ich konnte mir diesen intelligenten und hochsensiblen Mann weder im Knast noch in der Anstalt vorstellen.

Mir fiel unser erster Abend in der Tapakneipe wieder ein. Dort hatte er mir von seinem Traum berichtet, sich in ein Prämonstratenser-Kloster in Italien zurückzuziehen. Der richtige Ort für einen Massenmörder, wie ich fand. Mahler alias Daniel würde damit eine alte Tradition der Kirche fortführen, die oft jenen Zuflucht gewährt hatte, die im Namen Gottes Völkerstämme ausgerottet und Andersdenkende ermordet hatten.

Ich räumte meinen Schreibtisch auf, baute die Plakatwand ab und stopfte sämtliche Rechercheunterlagen und Fotos in einen Karton.

Die Geschichte war abgeschlossen – wenn auch nicht durch die Verhaftung des Mörders.

Ich entschied, nach Hause zu gehen und mich auszuruhen.

Jansen gab mir sein Okay und eine halbe Stunde später war ich zu Hause und schloss die Wohnungstür hinter mir zu. So, dachte ich, jetzt will ich niemanden mehr sehen und hören.

Eberhard trottete mir entgegen, ebenfalls erschöpft – vom Nichtstun. Der Kater hatte zu wenig Bewegung, war immer noch nicht kastriert, völlig verfressen und behandelte mich neuerdings mit einer schwer erträglichen Arroganz. Er ließ den Kater raushängen – und zwar kräftig.

Ab in die Freiheit

Der Bauernhof lag nicht weit von Bierstadt entfernt, zwischen einem kleinen Wald und zahlreichen Kleingärten. Anneliese Scholz, die Bäckersfrau, hatte den Kontakt hergestellt. Die Menschen, die hier lebten, hatten viele Tiere: Hunde, Katzen, ein vietnamesisches Hängebauchschwein und mehrere Gänse.

»Du wirst dich dort sehr wohl fühlen, mein Junglöwe«, sagte ich entschlossen.

Wir waren auf der Fahrt zu Eberhards neuer Heimat, der Kater saß eingeschlossen in einem Katzenkorb, der auf dem Beifahrersitz stand.

Wir erreichten den Hof. Ich atmete tief durch, stieg aus und griff nach dem Korb. Er war schwer wie der Mühlstein um meinen Hals.

Eberhard musterte mich durch die Gitterstäbe hindurch. *So einfach stellst du dir das also vor,* sagte er.

»Was soll ich denn machen?«, fragte ich. »Es ist doch nur zu deinem Besten.«

Und woher willst du wissen, was das Beste für mich ist?

»Es gibt bestimmte Grundbedürfnisse für Haustiere wie dich«, erklärte ich. »Und dazu gehört Freigang, sonst werden sie aggressiv und komisch. Das kannst du in jedem Buch nachlesen.«

Du bist eine verdammte Verräterin! Ich werde nie wieder ein Wort mit dir reden!

»Das ist jetzt sowieso egal«, entgegnete ich.

Die Bauersleute erwarteten uns schon, sahen einmal kurz in Eberhards Richtung. »Das isser also.«

»Werden Sie sich auch gut um ihn kümmern?«, vergewisserte ich mich.

»Aber klar«, meinte der Bauer. »Lassen Sie ihn erst mal aus dem Korb raus.«

Eberhard entstieg seinem Gefängnis, peilte die Lage und stolzierte – ohne jemanden eines Blickes zu würdigen – davon.

»Noch nicht mal ein Abschiedsblick?«, rief ich dem schwarzen Bündel nach. »Undankbares Vieh!«

Gejagte Wiener Klassik

Schon in der ersten Nacht, in der ich allein war, fehlten mir die kitzelnden Schnurrhaare im Gesicht, die sechs Pfund auf meinen Füßen und das morgendliche Gemaunze, wenn ich es nicht zur gewohnten Zeit aus dem Bett schaffte.

Und mir fehlten die Katerstreiche: Niemand verstreute mehr Wäsche in der Wohnung, niemand klaute das Spiegelei aus der Pfanne und schleifte es durch die ganze Wohnung, niemand saß abends vor dem Fernseher und schlug zornig mit der Pfote zu, wenn Politiker leere Worthülsen von sich gaben, niemand jagte, wie vom Teufel verfolgt, durch die Wohnung, wenn aus dem Radio Wiener Klassik perlte.

Es führte kein Weg daran vorbei: Ich war einsam.

An den Abenden zog es mich immer häufiger zu Yunus Aydin, der gern türkische Spezialitäten, die er erfunden hatte, an mir ausprobierte.

Irgendwann hatte ich mich dann auch mal getraut – beseelt durch Wein und Raki –, ihn zu fragen, warum er meine kompletten Daten in seinem Telefonbuch notiert hatte. Der Rechtsanwalt war rot geworden und hatte ein frühes, persönliches Interesse an mir zugegeben.

Die Polizei bemühte sich mehrere Wochen lang vergeblich, eine Spur von Georg Mahler alias Marius Daniel zu finden – es war, als habe er sich in Luft aufgelöst.

Beim *Bierstädter Tageblatt* änderte sich einiges. Nikoll und Kosmo hatten sich aus der Redaktion verabschiedet und waren gemeinsam in eine andere Stadt gezogen. Dr. Elvira Bollhagen-Mergelteich hatte gekündigt, weil sie die schleichende Boulevardisierung des *Bierstädter Tageblattes* mit ihrem journalistischen Ethos nicht mehr vereinbaren konnte. Sie schrieb jetzt Texte für Ausstellungskataloge, die keiner las. Sogar mein Freund Big Mäc verabschiedete sich – zum Glück aber nur vorübergehend: Er hatte ein Stipendium für die USA erhalten.

Ausklang

Versonnen saß ich eines Sonntagmorgens beim Frühstück, als ich ein Geräusch an der Wohnungstür hörte. Es bestand aus einer Mischung von Kratzen und Poltern.

Ich stürzte zur Tür, wusste aber schon auf dem Weg dahin, wer dieses Geräusch verursacht hatte.

Vor mir saß Eberhard. Den kräftigen Katerrücken rund gewölbt, die beiden Vorderpfötchen exakt nebeneinander gestellt und die Augen erwartungsvoll auf mich gerichtet.

»Junglöwe! Ich fasse es nicht!«, rief ich aus. »Wie kommst du denn hierher?«

Zu Fuß natürlich, sagte er, *oder glaubst du, ich habe mir ein Taxi genommen? Drei Tage habe ich gebraucht.*

»Rank und schlank bist du geworden«, stellte ich fest. »Der Aufenthalt auf dem Land ist dir gut bekommen. Wie haben dir die Mäuse geschmeckt?«

Du machst wohl Scherze? Knochiges Zeug. Diese Bauern sind so geizig, dass noch nicht mal die Mäuse fett werden.

»Und jetzt? Willst du dich wieder hier einnisten?«, fragte ich. »Hast wohl dein Goldkantenfutter vermisst?«

Genau. Meinst du, ich komme wegen dir zurück?

»So was würde ich niemals annehmen!«, behauptete ich. »Und jetzt?«

Der Kater sagte nichts, schaute mich nur mit seinen Opalaugen an. In seinem Blick lag kein Flehen, noch nicht mal eine Bitte, sondern eine klare Forderung.

Ich betrachtete ihn genauer. Er sah nicht gepflegt aus, das schwarze Fell war zerzaust, an einigen Stellen schimmerten kahle Stellen, ein Ohr war abgeknickt, die Nase geschwollen.

»Du siehst wirklich Mitleid erregend aus«, seufzte ich. »Na gut, komm rein!«

Eberhard rührte sich nicht.

»Was ist denn?«

Nichts.

»Nun beweg dich schon!«

Der Kater tat so, als hörte er mich nicht, sein grüner Blick schoss Pfeile in meine Richtung.

»Eberhard! Komm endlich rein.« Ich machte eine Pause und sagte dann: »Bitte!«

Jetzt kam Bewegung in das impertinente Bündel. Eberhard stolzierte mit hoch erhobenem Schweif an mir vorbei ins Bad.

Ich folgte ihm. Mit einem gekonnten Sprung landete der Kater in meinem Wäschepuff und rollte sich zusammen. Mein Ohr hörte ein Schnurren. Es kam ganz tief aus seinem Körper und klang zufrieden.

»Jetzt ist die Welt wohl wieder in Ordnung, Junglöwe«, murmelte ich. »Aber glaub bloß nicht, dass dies hier das Wunderland ist.«

Deutsche Crime Ladies

Dorothee Becker
Mord verjährt nicht
ISBN 3-89425-056-9
Warum verschwand Theo de la Cour? Veronika Wenger macht sich auf die Suche nach dem Verschollenen und lernt die verschiedenen Mitglieder einer zweifelhaften Familie kennen.

Rita Knott
Karriere ins Jenseits
ISBN 3-89425-254-5
Die designierte Schulleiterin Marlene Rubach gerät in Verdacht, eine Schülerin sexuell belästigt zu haben. Und dem Rufmord folgen Mordanschläge. Wer steckt hinter der Intrige?

Beate Sauer
Der Heilige in deiner Mitte
ISBN 3-89425-220-0
Veit Kadamczik, raumgreifender Theologieprofessor, ist tot. Und das nach einem heftigen exegetischen Streit mit der feministischen Theologin Verena Carsten. O-Ton Kommissarin: »Ich habe eine Abneigung gegen lebende Priester und konnte mir nicht vorstellen, daß mir ein toter wesentlich sympathischer sein sollte.«

Ursula Steck
Feuerzeichen
ISBN 3-89425-240-5
Ein Haus geht in Flammen auf, eine Frau stirbt. Trauriger Höhepunkt der Entmietungspraktiken eines Immobilienhais? Taxifahrerin Toni Walter gewährt den Überlebenden des Feuers Zuflucht. Der Vermieter soll nicht ungeschoren davonkommen, doch schon brennt wieder ein Haus.

Ursula Steck
Alles im Fluss
ISBN 3-89425-219-7
Ein toter Junge treibt in den Fluten des Rheins – vor den Augen der Taxifahrerin Toni Walter. Als ihre Freundin Nora überfallen wird, ist es mit Tonis Phlegma endgültig vorbei. Was hat es mit der Mailbox auf sich, die Nora betreute?

grafit

Internationale Kriminalromane

Harri Nykänen
Schwärzer als ein schwarzes Schaf
Aus dem Finnischen von Regine Pirschel
ISBN 3-89425-513-3
Befindet sich der Gentleman-Verbrecher Nygren auf einem Rachefeldzug im finnischen Norden? Doch bevor Kommissar Jansson Nygren und seinen Kumpel stoppen kann, wird der Unterweltkönig im tiefsten Lappland erschossen ...

Felix Thijssen
Isabelle
Aus dem Niederländischen von Stefanie Schäfer
ISBN 3-89425-513-7
Was als romantische Liebesnacht begann, endet als Tragödie: Der Liebhaber der jungen Isabelle wird vor ihren Augen erschossen, sie selbst schwer verletzt. Als die Ermittlungen der Polizei ins Stocken geraten, bittet die Witwe des Toten Max Winter um Hilfe. Eine Erbschaft, ein Waisenhaus und eine Adoption führen den Privatdetektiv auf die richtige Spur.

Jac. Toes
Tief gesunken
Aus dem Niederländischen von Stefanie Schäfer
ISBN 3-89425-516-1
In der Arnheimer Mafia rollen Köpfe. Eine Abrechnung unter Kriminellen? Oder hat die Polizei ihre Finger im Spiel? Fred Benter, Donald de Wacht und die Polizistin Yvonne Matiber kommen einer Verschwörung auf die Spur, die ihren Ursprung in politischen Ambitionen und verletzter Eitelkeit hat.

Sandrone Dazieri
Keine Schonzeit für den Gorilla
Aus dem Italienischen von Barbara Neeb
ISBN 3-89425-514-5
Gerade aus dem Krankenhaus entlassen, und schon zwei neue Fälle am Hals: In Cremona wird Sandrone in den Mord an einem jungen Albaner verstrickt, in Turin macht jemand dem Verleger Franco Scotti das Leben mit Drohungen und Anschlägen schwer. Hat einer der Verlagsmitarbeiter nicht nur schöngeistige Interessen?

grafit